小学館文庫

予備校のいちばん長い日

向井湘吾

企画・監修　西澤あおい

小学館

1

紙飛行機を待っていた。

灰色で蓋をされた空の下、かじかむ両手に息を吐きかけて。

言問《こととい》さくらは、腕時計の針を見つめつつ、時折、フェンスの向こうにチラリチラリと注意を配る。格子状のフェンス越しに見えるのは、葉のない枝々を魔女の手のように広げる木々と、背の高い、レンガ造り風の外観を持った大学校舎。

フェンスのこちら側の歩道では、歩行者や自転車が右に左に往来しているのだが、あちら側はまるっきり別世界だった。大学の敷地内は異様なほどに静まり返っている。といっても人の気配がないわけではなく、むしろその逆——獣たちのひそむ鬱蒼《うっそう》とした森林のように、ある種の緊張感が漂う中での張り詰めた静寂だった。か弱い小動物なら、すぐに回れ右して逃げ出しそうな。風船を投げ込めば即座に割れてしまいそうな。そんな空気。

受験。

校舎の中では、高校生と浪人生たちが、人生をかけた数時間の戦いに身を投じている。

彼らは等しく敬意を払われるべき存在であり、さくらには、その神聖な戦場に足を踏み入れる権利はない。彼女にできることは、こうして敷地の外で待つことのみである。校舎の四階窓へ視線を送る。そこから飛んでくる紙飛行機を心待ちにする。

ポケットに手を戻し、マフラーに鼻をうずめるも、北風は安物のコートを貫いて彼女の体温を奪っていく。一分が永遠にも感じられるのに、すでにその永遠の十五回分も、こうして一人震えていた。

数学の試験は十一時まで。

しかし、時刻は十一時五分十五秒。

「遅い……」

さくらは、その場で足踏みした。

ガードレールの向こうでは、自動車が次から次へと、例外なく急ぎに急いでひっきりなしに行き交っては、都内の汚く冷たくよそよそしい空気を攪拌《かくはん》することに貢献していた。

頭上を走る電線には数羽のカラスが止まっており、通行人にフンを落とそうと静かに狙っている。

「寒い……」

さくらはこらえきれず、バッグから水筒を取り出した。温かいお茶を蓋に注いで、口元に近づけると、立ちのぼる湯気と吐息が混じり合う。さくらは少し冷ましてから、お茶に口をつけようとした。

ちょうどそのときだった。

フェンスの向こう。校舎四階の窓が開いた。身を乗り出したのは、がっしりとした体格の、眉毛の薄い男子高校生。彼はしばらく、きょろきょろと視線を巡らしていたが……。

さくらの姿をみとめると、合図もなしに、いきなり手にしていた紙飛行機を宙に放った。待ち望んでいたものである。

しかし今、さくらの手はお茶でふさがっている。

紙飛行機は風に乗り、ふらふらと明後日《あさって》の方向へ飛んでいこうとしている。よほどうまく折りやがったのだろう。失速する気配はない。

「ああ、もう！」

さくらはとっさにバッグを振り捨て、水筒を放り出した。ステンレスが甲高い音を立て、お茶がアスファルトのしみへと化けるころには、さくらはもう歩道をフェンス沿いに走り出している。

向こうからやって来た自転車をかわし、歩行者をかわし、また自転車をかわした。その挙動に合わせて、無造作に束ねた髪がくるくると回る。その間にも、紙飛行機は順調に空を舞い、裸の木々の上を越える。その先にあるのはフェンス、歩道、そして当然、車道である。徐々に高度を落とす紙飛行機――その不時着予測地点が車道のど真ん中であることを、さくらは見て取った。

さくらは歯を食いしばって走った。

追いつけない。追いつけない。追いつけない。

彼女はついに、パンプスを脱ぎ捨てた。

運動不足の両足に鞭打《むちう》って、彼女は全力疾走する。束《つか》の間《ま》、気持ちだけは十年前——高校時代の体力測定の頃へと回帰する。紙飛行機はフェンスを越え、歩行者の頭のすぐ上を通って、車道に向かう。

彼女は跳躍した。今まさに車道に出ようとしていた紙飛行機を……つかんだ！

紙飛行機がつぶれるのもかまわず、しっかりと握りしめて着地する。直後、目と鼻の先を自動車が猛スピードで通り抜けていき、前髪が巻き上げられた。さくらは慌てて、歩道のもっとも内側へと引っ込んだ。

「……あいつ、あとで泣かす」

さくらは心がとても広い大人なので、そう悪態をつくだけにとどめた。息を整えつつ、紙飛行機を手に歩道を戻る。そして、自身が路上に捨てたものを思い出して顔をしかめた。

「あ〜……」

それはそれは無残な有様だった。パンプスの一方はガードレールの下に、他方は歩道の真ん中に落ちて、交通事故の現場を思わせた。その向こうではバッグの中身が、見事にアスファルト上にぶちまけられている。手帳も筆記用具もノートも化粧品も財布もパスケースも携帯電話も散らばって、あたりは台風のあとの海岸のようだった。バッグ本体は自転車のタイヤ跡がついてぺしゃんこになっていた。

さくらは数秒間、その場に立ち尽くしていたが、やがてハッと我に返った。

「……っ、それどころじゃない！」

さくらは慌てて靴を履き直し、散乱した小物を拾い集め、ついでに水筒も回収すると、朔風《さくふう》を切り裂き地下鉄の駅へと駆けだした。

一九九八年、二月のことである。


「三原《みはら》君、明大合格だって」

「試験は明後日だろう？　自分の努力を信じてやってこい」

「東大国語、今年はどうでしょうかね。易化するんじゃないかって噂《うわさ》ですけど」

「すみません。加納《かのう》さん、不安だから受けたくないって電話をかけてきたんですが」

ある者は生徒に、ある者は同僚に、ある者は電話に。

あるいは笑って、あるいは落ち込んで、あるいは戸惑って。

講師たちは言葉を交わす。そのどれもが、生徒の受験を――つまり一生を左右するような重大な内容である。ゆえに二月の七徳塾《しちとくじゅく》には独特の緊張感が漂っている。

生徒たちは、誰もが将来に希望を抱き、志望校に赴き、試験を受ける。望もうが望むまいが結果は出て、これからの道が示される。夢に貴賤《きせん》はないが、叶《かな》う夢と叶わぬ夢があるのもまた事実。人は努力によって時に救われ、時に裏切られる。

教え子全員が桜の木の下で笑えるわけではないとなると、この難しい時期、予備校講師はどんな顔をして過ごせばいいのだろうか。喜悦と落胆、期待と諦観が奇妙に混ざり合った複雑な感情を胸に抱き、今日も仕事に励んでいる。

「そういう生徒には『源氏物語』でも読ませとけ。二、三巻読めば点数上がるぞ。ああ、現代語訳でいいから」

「小柳《こやなぎ》さんの親御さんから電話です。早慶の今年の問題、解かせてみたら全然できない、いったいどうしてなのか、と」

「どうしても何も、まだ一年生だからだろうに。……分かった、俺が代わろう」

「えっ、今からできる前期対策ですか？　本番は来週なのに……？」

職場に戻ったさくらは、同僚たちの仕事を横目に見つつ、タイヤ跡のついたバッグを肩にかけたままのしのしと歩いた。コートを脱いだので、今はすらりとしたパンツスーツ姿である。

受験シーズンは授業が少ないため、講師室の中で仕事をしている講師は普段より多い。机を前にし、完全に自分の世界に入り込んでいる講師たち。付箋まみれの赤本とにらめっこしたり、赤ペンで丸とバツをリズミカルに描き続けたり、複数のテキストを机に並べた状態で辞書を引いたり。

デスクワークにもいろいろある。ただ、今が旬の作業が何かと問われれば、答えは一つしかない。

解答速報の作成業務である。

一分でも他社に先んじて速報を打つために。予備校同士が鎬《しのぎ》を削る。

「戻りました」

さくらは自分の部署――いわゆる「数学島」に戻ってきた。さくらを含む数学講師三人と、部長のデスクが寄り集まり、一つの島を形作っている部署である。ちなみに隣は国語島だ。

「部長」

さくらは真っ先に、小太りで優しそうな、五十歳くらいの男性――井頭《いがしら》部長に声をかけた。井頭部長は書類から顔を上げ、眼鏡にそっと手を添える。

「慶政《けいせい》大の数学、問題用紙手に入れてきました」

「お疲れ様です」

井頭部長は、穏やかに微笑《ほほえ》んだ。

「問題の中身は、帰りの電車の中でざっと目を通してきました」

「そうですか。いかがでしょう、感触は」

「全体的に難化してそうですが、恐れるほどではないかと。問1の微積分と問5の極限は弘樹《ひろき》君、問2、問6の座標平面・空間は小美山《こみやま》さんの得意分野だと思います」

さくらは問題用紙を井頭部長に手渡した。一度紙飛行機に折ってから開いたため、おかしな折り目がついている。部長は面白そうに目を細め、折り目を軽く指でなぞってから、問題文に視線を走らせた。

「……ふむ。たしかに、おっしゃる通りのようですね。ただ……問3と問4は、いずれも確率と漸化式《ぜんかしき》の複合問題ですか。なかなか難しそうですね」

「ええ、だから私がやります」

「なるほど。私も同意見です。さっそく作業にかかってください」

「了解です」

さくらは問題用紙を受け取ると、今度は数学島の仲間たち——社会人二年目の金岡《かなおか》弘樹と、さくらより十年以上先輩の小美山一《はじめ》に、順番に声をかけた。

「ヒロ君。問題用紙のコピーをお願い。それから、あんたの担当は問1と問5ね。見た目が複雑なだけで、ケアレスミスさえしなければ平気だから」

「ケアレスミスなんてしませんよ。あまりなめないでほしいですね」

「小美山さん。問2と問6、お願いできますか」

「話がちょろっと聞こえたけど、座標の問題だっけ？　う〜ん、おじさんにはちょっとハードだなあ」

「口ではなく手を動かしてください。残りの二問はあたしがやります」

「ふうん。ということは、その二問が難問ってことだね。解けそう？」

「大丈夫です」

さくらはあっさりと答えると、自分の机に戻った。間もなくヒロ君がコピーから戻ってきて、問題を配る。

さくらの机は、会社員の仕事机と呼ぶには、あまりにも異質なシロモノだった。パソコンや電話の類《たぐい》は置いておらず、代わりに鎮座しているのは、ほぼ全ページに付箋が貼ってある参考書、黄ばんだ電卓、表紙がセロファンテープに覆われたおんぼろノートなどなど。足元には鉛筆の削りカス、小さくなった消しゴム、破り捨てられた計算用紙といったものが堆積しており、一つの地質時代を形成しようとしている。

それは、数学職人が数学を解くためだけに使用する〝作業台〟だった。

（今日こそ大手を倒す。私たちがトップをとる）

問題用紙を目の前に置き、ノートを開き、鉛筆を手にすると……数秒もしないうちに周囲の音は聞こえなくなる。この世界にはさくらと問題だけがあった。今やまな板の上にのった、無防備な問題だけがそこにあった。

（ジャンルは確率と漸化式の融合……これと似た問題は、前に京大前期で出題された。解き方のポイントは……）

脳内から類題を引っ張り出し、解決の糸口を素早くつかむ。膨大な経験。努力の蓄積。それらがさくらに、最短、最速で敵を倒すための力を与える。

さくらは、七徳塾のエース講師である。

およそ受験数学と名のつくもので、彼女に解けない問題は存在しない。

……いや。

正しくは、存在〝しなかった〟。

少なくともこの年——一九九八年までは。

*

「ええ、たしかに私たちはまた負けました。受験生に協力させて、紙飛行機で飛ばしてもらってまで、いち早く問題用紙を確保したにもかかわらず。見事に全敗でした」

会議室の机に両手をついて、さくらは身を乗り出した。ブラインドの隙間から午後の陽《ひ》射《ざ》しが入り込み、机に鮮やかな縞模様《しまもよう》を作り出している。会議室には今、さくらの他に三人しかいない。その三人に向かって、彼女は演説をぶっていた。

「それでも、次は必ず大手に勝つつもりです！　後期試験がありますよ！　そこで勝って、七徳塾には優秀な講師がたくさんいるんだってアピールできれば、きっと生徒数も増やせます！」

「いえ、社長が役員会議で問題にしたのは、そのことではありません」

井頭部長が、静かに首を横に振った。まだ演説は三分の一くらいしか終わっていなかったのだが、さくらは残りの言葉をぐっと呑《の》み込み、椅子に腰を下ろす。部長は深刻な顔で、さくらを、小美山を、ヒロ君を見た。そして言った。

「問題は、二年連続で東大合格者がゼロだという点です。おかげで今年は、『数学世界』に東大コースの広告を掲載できなくなってしまいました。去年までは、長い付き合いということで格安で載せてもらえていたのですが」

「では、事態はもう数学科の内側だけにとどまらない、ということですか？」と、薄い頭をペタペタと触りつつ、小美山が尋ねる。部長は頷《うなず》いた。

「はい。七徳塾全体の在り方を検討すると」

「そうですか……。結論が出たんですか？」

「社長の下した結論は……東大コースの廃止です」

「廃止……⁉」

さくらは茫然《ぼうぜん》とつぶやいた。東大コースの授業を受け持っていないヒロ君も、これには驚き、束の間、言葉を失っている。

紙飛行機を利用して慶大の問題用紙を受け取ったあの日から、もう三週間ほどが経過していた。その間に東大の前期試験は終わり、結果も発表され、我が七徳塾の合格者はゼロであることが判明した。去年に引き続いての全滅である。「東大コース」を名乗っているにもかかわらず、惨憺《さんたん》たる有様。

さくらは唇を噛《か》み……また身を乗り出した。

「でも……今日、今まさに後期試験の真っ最中ですよ。いくらなんでも結論が早すぎます」

「いや、さくらちゃん。これでも遅いくらいなんだよ」

言いにくそうに、小美山が口を開いた。どういうことかと、さくらが目で問いかけると……小美山は肩をすくめた。

「おじさんも前々から噂は聞いていたんだ。近々廃止されるってね。だけどその『近々』というのがなかなか来なかった。いや、おじさんの情報網が間違っていたとか、そういう話ではないんだ。こう見えて顔が広くてね。特に競馬仲間は信頼できるよ、馬券に関すること以外ではね」

「つまり、どういうことですか？」

「部長が頑張って結論を延ばしてくれてたんだよ。部長、そうですよね？」

「……力が及ばなかったのは事実です」

井頭部長の言葉のあと、しばしの間、会議室には沈黙が舞い降りる。次にタイミングを見計らって口を開いたのは……また小美山だった。

「……それで、いきなり来月から廃止なんですかね？」

「表向きは、『東大コースの名称変更』と『医学部マスターコースの創設』を同時に行うと発表するようです」

「名称変更……そいつはいかにも胡散臭《うさんくさ》いですねぇ……」

「ええ。『栄冠コース』とし、東大よりも早慶やMARCHなどの難関私立をメインに据え置くようです」

「あ〜……。たしかにそれでは、実質的に東大コースは消滅ですか」

小美山が渋い顔をする。部長は肯定した。

「はい。そして、代わりにこの塾の主柱となるのが『医学部マスターコース』……つまり、私立医学部向けのコースです。最初はキャンペーン期間ということで良心的な値段だと思いますが……ゆくゆくは、授業料も大幅に値上げすることになるでしょう」

「……っ！」

さくらは我慢ならず、椅子を蹴って立ち上がった。隣に座っていたヒロ君が、驚いてひっくり返りそうになる。彼は少し動揺しながら、ズレてしまった眼鏡を直したが……生憎《あいにく》、それを気にかける余裕は、さくらにはない。

「それじゃあ、もうこれまでの七徳塾とはまったく違います……！　何千万っていう私立医学部の学費を払えるような富裕層しか、お呼びじゃないってことですか？」

「………」

「それに、東大コースに所属している子たちはどうするんですか？」

「新しい『栄冠コース』に勧誘する方針、とのことです」

「詐欺じゃないですか、そんなの」

さくらは舌打ち混じりに吐き捨てた。相手は上司だったが、感情を抑えることができない。

「部長。東大の二次試験は五科目ですよ？　文系の科類を受けるにも数学が必須です。それに対して、早慶もMARCHも二～三科目――ごく一部の学部を除いて数学は不要。一緒のクラスで教えるなんて無理ですよ」

「はい。ですので、栄冠コースでは、文系に数学は教えません」

「文系に数学を教えない？　それじゃあ、七徳塾から東大を狙うのはもう不可能じゃないですか！」

「………」

さくらは声を荒らげた。部長は彼女の視線を、真っすぐに受け止める。部長のせいではないと分かっていても、怒りが溢《あふ》れてどうしようもない。

これまでの七徳塾の強みは――大手と比べて授業料が良心的であること、そして大手ほど生徒数が多くないために、東大志望の生徒一人ひとりを丁寧に指導できることだった。会社の方針はさくらの目標とも合致していた。家が金持ちじゃなくても、中高一貫校の生徒じゃなくても、男でも女でも、東大を目指したい人なら誰でも受け入れる。誰にでも東大に受かるための武器を与える。そんな塾だと思っていた。

それなのに。

七徳塾は変わってしまう。一部の金持ちのみを対象とした拝金予備校に。

「……しかも『七徳塾栄冠コース』って、響きがダサすぎますよ。もう確定なんですか？絶対に覆らないってことですか？」

「『東大後期で多くの合格者が出るなど、予想外の朗報がない限り』ということです」

「それ、もう実質的に廃止決定ってことじゃないですか」

さくらは立ったままこぶしを握り、机に視線を落とした。隅っこの方に、セロファンテープか何かをはがしたあとがかすかに、茶色く残っている。よく見ると小さな傷も多く、年季が入った机であることがうかがえた。それでも、七徳塾の東大コースの歴史の方がずっと古いだろう。

その東大コースは、今年で廃止。東大後期で多くの合格者が出るなど、予想外の朗報がない限り。

つまり、天と地がひっくり返らないと決定は覆らないということだ。

東大をはじめとして、国立大学には試験が二回ある。二月の前期試験と、三月の後期試験だ。東大の場合は、前期試験で合格者約三千人を決めたあと、それ以外の者たちの中から、わずか三百数十人を選ぶのだ。後期試験だけを受験することも可能だが……。後期を受ける者の多くは、前期試験で落ちた者たちである。

敗者復活戦――そう呼んでしまえば前期試験よりも楽そうな印象を与えるが、現実はもっと過酷で、容赦ない。東大後期の足切りラインは前期よりはるかに高いのである。年にもよるが、センター試験でおよそ九割をとって、ようやく受けることが許される。

そして、本試験の難易度は想像を絶する。

東大前期が、「教科書レベルの知識」をいかに積み重ね、いかに応用できるかを問うのに対して、東大後期は……全日本変態王者決定戦の様相を呈している。東大後期を受験しなければ一生見ないで済むような、気持ち悪いくらいに難しい問題が並んでいるわけだ。数学にいたっては、制限時間百五十分に対して問題はたった三つ――一問あたり五十分かけることが想定されている。前期試験が一問あたり二十五分であることを考えると、単純計算で難易度は二倍だ。

それを突破できる受験生は、数学にすべてをかけて生きているような、変態的数学強者のみ……。

「……そうだ。じゃあ、後期数学の解答速報を、大手より早く打てたらどうですか？」

さくらは顔を上げ、思いついたばかりの案を口に出した。三人の視線が、彼女に集まる。

「後期数学はとんでもない難問です。その解答をトップで完成させて、たとえば『数学世界』に掲載してもらうとか。それって、『予想外の朗報』になりませんか？」

「う〜ん、どうだろうねえ。おじさんはあんまり詳しくないけど……ああいうのって早い遅いじゃなくて、編集部が、いつも解答を掲載している大手予備校に今年も同じように頼むんじゃないかなあ……」

小美山が、夢も希望もないことをつぶやいた。彼がチラリと井頭部長を見やると、部長は少し考えて、こう答えた。

「正確なところは、『数学世界』の編集長に直接訊《き》いてみる必要があるでしょう。ただ、数学の解答速報でトップをとるだけでは、東大コース全体を救うにはインパクトが足りないと思います」

井頭部長の冷静な言葉を聞き、さくらは唇を嚙んだ。

解答速報というのは、それぞれの予備校が講師の質をアピールする手段である。特に数学は主要科目であるのみならず、実力によって解くスピードに大きな差が生まれるため、速報レースの花形と見なされているのだ。

東大などの有名大学の試験が実施されたあと、他のどこよりも早く模範解答を完成させ、生徒に配ることができたなら……その予備校の講師たちが日本で一番優秀だということになる。受験生たちだって、できることなら最高の講師に自分の命運を託したいに決まっている。早い話、解答速報レースで勝利した予備校というのは、生徒集めにおいて優位に立てるのである。

だが、解答速報のレースは、あくまでも非公式の戦い。

審判がストップウォッチで厳密に計測しているわけではなく、「○○予備校は×日の△限に配布した」とか、「□□塾は当日の夕方には試験会場の出口で配っていた」などという情報から、暗黙のうちに一位が決まる。勝敗は口コミなどによって広まり、生徒たちの予備校選びに影響を与える。

表彰もなければ賞金もない。曖昧さを残したレースなのだ。

もちろん、「生徒集め」という目的のためなら、曖昧さがあっても十分機能するのであるが……。部長の言う通り、そうしたレースに勝ったところで、「東大後期で多くの合格者が出る」ことに匹敵する実績にはなり得ない。

「言問先輩。念のため訊きたいんですけど……。東大コースの生徒で、奇跡が起きれば後期に受かる、って人は何人くらいいそうですか？」

「ゼロだよ」

ヒロ君の問いかけに、さくらは即答した。自分の言葉が、自分にのしかかってくる。

そう、「多くの合格者」どころか、完全に〇人なのである。

東大後期に合格する者というのは、東大受験生……というか日本中の全受験生の中でも異質。普通の試験では漏れてしまうような一握りの天才を拾い上げるためのものなのだ。残念ながら、そのような異能力者は七徳塾にはいない。そもそも、足切りラインである「センター試験九割」を突破できた者さえいない。塾に提出したセンター自己採点表に誤りがあって、「実は九割取れてたので受験してきました」とかいうぶっ飛んだ生徒でもいれば話は別だが、普通はあり得ない。

受験において、「奇跡」というのは最後の一押しをしてくれるだけだ。徒競走でライバルが百メートル先にいる場合、一押しされたぐらいで追いつけるはずがない。

今年もいつもの通り、『数学世界』には大手が解答を掲載し、後期合格者は大手が独占。七徳塾の東大コースは、恒例となっていたはずの格安広告掲載まで断られて、生徒募集の道を失い、方針転換を余儀なくされる。

それで話は終わり。現実はかくも残酷なり。

「私ももう少し、何かできないか考えますが。会社はそういう方針だということは、覚えておいてください」

井頭部長のその言葉をもって、会議は終わった。さくらは意気消沈したまま、のろのろと会議室を出た。

自らの居場所である東大コースが消滅する。正直、そんな情報を聞かされたあとに仕事などする気にならなかった。だが困ったことに、職場にいる限り仕事というのは虚無の空間からいくらでも湧き出て、いくらでも自己増殖するものだ。放っておいたら肉体も精神も仕事に呑み込まれ、二度と脱出できなくなるだろう。

ゆえに彼女は仕方なく、仕事を再開すべく講師室に戻った。

そして――。

「何をしている?」

そう声をかけてきたのは、隣の国語島で働く藤倉弥生《ふじくらやよい》である。さくらは自分の机に突っ伏して、頭の上で両手を組んでいる。彼女は顔を上げることなく、邪教の儀式のようなポーズを維持しつつぼそりと返事した。

「祈ってるの」

「何を?」

「恐怖の大王が、大手予備校だけをきれいさっぱり滅ぼしてくれるように」

「言問、ノストラダムスを信じているのか?」

「いや、一切信じてないけど。ほかに頼めそうな人とか大王とかがいないから」

「まあ、いないだろうな」

あきれたように、弥生は言った。さくらが顔を上げてみると、弥生は自分の机の上に栄養ドリンクとコーラの瓶を並べているところだった。ひどく傷んだ長い黒髪が、両目の前に落ちかかる。弥生は面倒くさそうにヘアピンを取り出し、髪を留めた。目の下には相変わらず濃い隈《くま》が残っている。

　弥生はいつものように水筒を開けると、そこに栄養ドリンクとコーラを順番に注ぎ込んだ。通称「弥生スペシャル」である。彼女はマドラーを使って、真顔で水筒の中身をかき混ぜる。

「……大手予備校と、うちの東大コースの廃止は関係ないだろう」

「関係あるよ。大手が消えてなくなってくれたら、『数学世界』には七徳塾が解答を載せられる。受験生たちに向けた最高の宣伝になって、うちに東大志望者が集まる。そうなったら社長だって廃止を撤回せざるを得なくなる。ほら、そうなったらみんな幸せでしょ？」

「ずいぶん範囲の狭い〝みんな〟だな」

「だからねえ、今から大手を片っ端から爆破しに行かない？」

「一人で行ってこい」

　弥生はドリンクをかき混ぜ続けた。彼女の机には小さなカレンダーが置かれており、普通は写真や絵などが入る部分に、漢詩の一節が印刷されている。三月は「勿言無己知　躁静各有徒」だった。さくらには意味も読み方も分からない。

「それでお前は、本当は何をしているんだ？」

「待ってるんだよ、東大後期の問題用紙。今、ヒロ君が本郷まで取りに行ってくれてるからね。解答速報、今度こそうちが勝ってやる」

「まだ勝つ気でいるのか。MAS《マーズ》予備校の数学講師、何人いると思っている。たった三人で勝てるわけがない」

「それは……」

さくらは言葉を詰まらせた。机にアゴをつき押し黙る。正面の机では、小美山がスポーツ新聞を熱心に眺めている。ヒロ君は外出中で、井頭部長は会議中。

たった三人。そう、三人だ。

数学島は四人で構成される部署であるが、井頭部長は一線を退いて管理職になっているから、講師は三人。しかも、東大、京大、私立医学部のような難関の解答速報作成となると、ヒロ君と小美山の二人はあまりあてにできない。問題を解くスピードがさくらと違いすぎるし、たまにケアレスミスなどもするので、出来上がった解答はさくらが細かくチェックすることとなる。大変な労力だ。

つまり実質的に、さくらは毎回、大手予備校の数百人の講師たちにたった一人で戦いを挑むこととなる。人海戦術というのは、人類の生み出した最も強力な問題解決法の一つであり、さくら程度があがいてもがいて駄々をこねたところで、到底、対抗できるものではないわけだ。

「でもね、だからって白旗掲げて『負けました。私が悪うござんした。もう大手には逆らいません』って宣言するわけにいかないじゃない」

「実際それ以外にないだろう。勝ったことがないのだから」

弥生の返事はあくまでもドライである。さくらは頭を傾けて机に耳をつけ、「う〜ん」とうなった。二時間前の島会議での、部長の言葉を思い出す。

——社長の下した結論は……東大コースの廃止です。

さくらにとって、それは自宅を燃やされるにも等しい衝撃だった。

「……あの二世社長、受験のことなんて何も知らないくせに」

「声が大きいぞ」

弥生は自分のデスクで、出来上がったばかりの弥生スペシャルを飲みはじめる。

七徳塾は大手予備校と比べると、講師のレベル、教材の質など、あらゆる面で負けている。そんな弱小塾が生き残ってこられたのは、「非進学校からでも、丁寧な指導で東大に受からせます」という売りがあったからだ。それなのに、今後は方針を転換し、主なセールスポイントを「東大受験」から「医学部受験」にシフト。富裕層の私大受験生をメインターゲットとし、授業料を大幅に値上げするという。

そうなってしまっては、もうかつての七徳塾ではない。

さくらが己の居場所と定めた七徳塾ではない。

「仕方がないだろう。二年も東大合格者を出していないんだ。おまけに解答速報は全敗。むしろ今までよく存続できたものだ」

「たまたま……たまたまみんな本番で力が出せなかっただけだから……力はあるはずだから……」

「現実逃避するんじゃない。戻ってこい」

弥生は首をひねり、水筒に栄養ドリンクを追加する。またひと口飲み、今度は満足げにうなずいた。さくらは再び机にアゴをつき、その様子を横目で見る。

東大コースなのに、二年も東大合格者ゼロ。

言葉にすると滑稽でさえある。おかげで、これまでは贔屓《ひいき》にしてもらっていた雑誌『数学世界』の東京数理《とうきょうすうり》出版からも、「今年の広告からは通常の料金」と宣告されてしまったのである。「東大に合格できない東大コース」にいつまでも甘い顔をしていては、雑誌の信用にかかわるということだろう。

それが、東大コース廃止の一因になったことは間違いない。

(せめて、前期の解答速報でトップさえ取れていれば……)

意味がないと分かっていても、頭の中で後悔のメリーゴーラウンドがぐるぐると回るのを止めることができない。

(東大合格者ゼロっていうマイナス面を、速報レースのプラスで相殺できたかもしれないのに。そうなったら、今年はまだ今までの料金で広告を載せられたかもしれないのに。東大コースを延命させられたかもしれないのに……）

そんなことを考えても、過去が変わるわけではない。勝てなかったものは仕方がない。

今月号の『数学世界』では前期試験特集が組まれ、いつもの通り大手予備校の作成した解答が載るだろう。理系の難関大志望者たちから絶大な支持を集めるその月刊誌に掲載されることで、大手はその力を満天下に示すこととなる。受験生たちはますます大手に引き寄せられ、七徳塾はますます弱体化する。

ゆえに、何らかの変革が必要だと社長は判断した。東大コースの廃止と、新たに医学部マスターコースの創設とを決定した。それが、かつての七徳塾の掲げた理想をすべて捨て去ることであるにもかかわらず。

（私に経営のことは分からない。私はただの予備校講師だから）

さくらはすさんだ心の中で、どこぞのメロスのようなことを、そっとつぶやく。

（でも、塾がよくない方向に進もうとしていることだけは、なんとなく分かる……）

「戻りました」

後輩のヒロ君の声が聞こえたのは、そのときだった。入社二年目という若々しさと、高そうなスーツのアンバランス――いつも通りの自信と危うさを漂わせて、ヒロ君は講師室に入ってくる。今日のスーツは初めて見るものだ。よく見ると眼鏡もいつもと違う気がする。給料のほとんどをファッションに費やしているのではなかろうか。

「来たか。さあて、次の馬券もだいたい決まったし……。おじさん、お仕事頑張っちゃうぞ」

スポーツ新聞をたたみながら、小美山が楽しげに言った（先日の競馬でスペシャル某《なにがし》という馬のおかげで儲《もう》けたらしく、今週はずっと上機嫌である）。

ままならぬ現実は、相変わらず彼女の行く手に横たわっている。考えるべきことは山積みだ。しかしながら、その手前には入試問題がある。東大数学がさくらに解かれるのを待っている。ならば、戦闘を開始せねばならない。

「……よし」

さくらは自分のほおをはたいて、背筋を伸ばした。

「なぜ僕が使い走りなんて……。僕から授業準備の時間を奪うのは、この七徳塾にとって大きな損失ですよ」

「はいはい、手が足りないんだから、ぶつくさ言わない」

さくらは、不満げなヒロ君をきわめて適切にあしらうと、問題用紙を受け取った。東京大学後期。センター試験で九割を取った猛者たちが、わずか三百数十の枠を争って最後の勝負を繰り広げる、日本の受験界における最高峰である。

大手に勝てる可能性が限りなくゼロに近いとしても。東大コースが廃止されるとしても。

さくらは今日も数学を解く。それが彼女の仕事だから。彼女にはそれしかできないから。

胸に広がるむなしさに気づかぬフリをして、頭脳をフル回転させる……。

「え？　これは……？」

ページをめくり、問題にざっと目を通そうとしたところで。さくらの手は止まった。

人によっては拒絶反応を起こしそうな。

恐懼《きょうく》すべき問題文がそこにあった。

【操作1】 この操作は G の頂点 P_{i_0} を1つ選ぶと定まる. V' はV に新しい頂点 P_{n+1} を加えたものとする. W' はWに新しい辺 E_{m+1} を加えたものとする. E_{m+1} の頂点はP_{i_0}と P_{n+1} とし, G'のそれ以外の辺の頂点はG での対応する辺の頂点と同じとする. G において頂点 P_{i_0} の色が白又は黒ならば, G' における色はそれぞれ黒又は白に変化させる. それ以外の頂点の色は変化させない.また P_{n+1} は白頂点にする **(図3)**.

図3

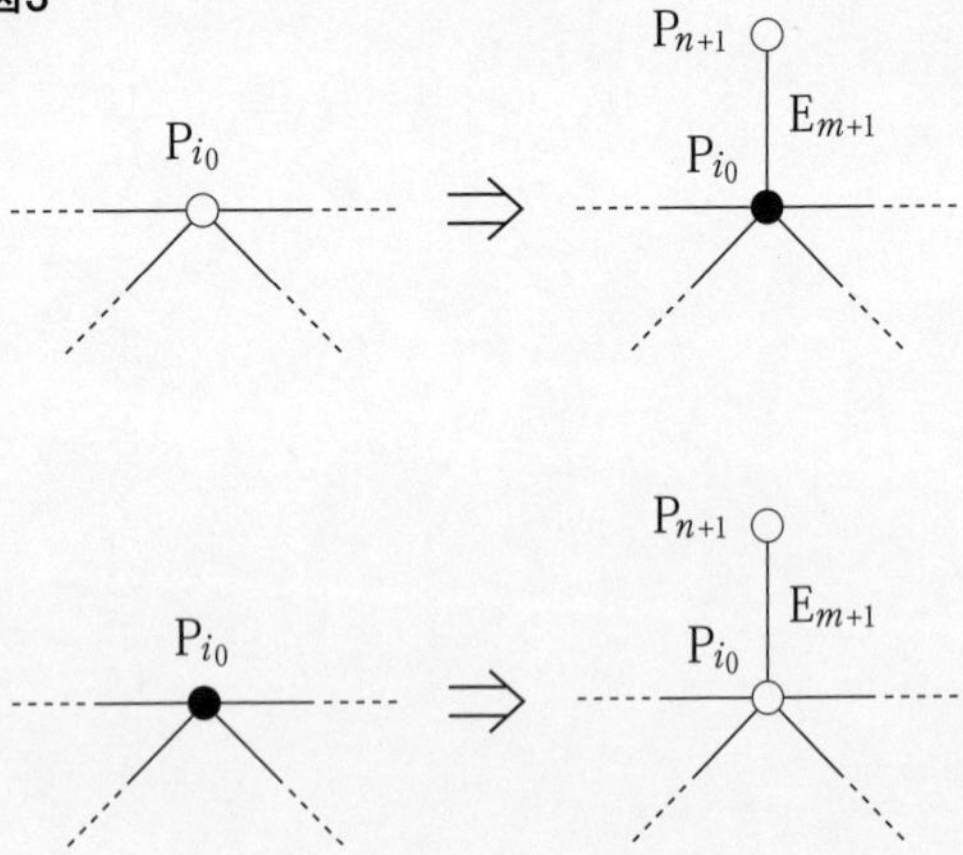

3

グラフ $G=(V,W)$ とは有限個の頂点の集合 $V=\{P_1,\cdots,P_n\}$ とそれらの間を結ぶ辺の集合 $W=\{E_1,\cdots,E_m\}$ からなる図形とする. 各辺 E_j は丁度 2 つの頂点 $P_{i_1}, P_{i_2}\ (i_1 \neq i_2)$ を持つ. 頂点以外での辺同士の交わりは考えない. さらに,各頂点には白か黒の色がついていると仮定する.

例えば, **図1** のグラフは頂点が $n=5$ 個, 辺が $m=4$ 個あり, 辺 $E_i\ (i=1,\cdots,4)$ の頂点は P_i と P_5 である. P_1, P_2 は白頂点であり, P_3, P_4, P_5 は黒頂点である.

出発点とするグラフ G_1 (**図2**) は, $n=1$, $m=0$ であり, ただ 1 つの頂点は白頂点であるとする.

与えられたグラフ $G=(V,W)$ から新しいグラフ $G'=(V',W')$ を作る 2 種類の操作を以下で定義する. これらの操作では頂点と辺の数がそれぞれ 1 だけ増加する.

図1

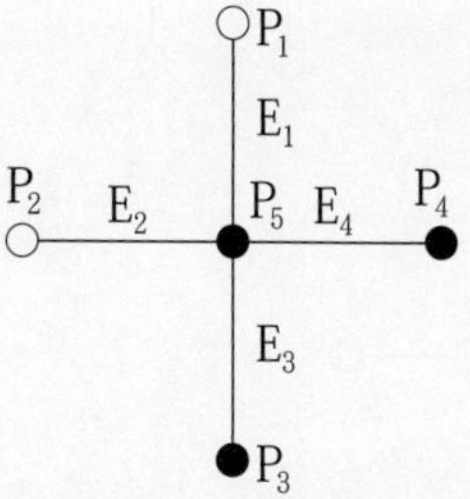

図2

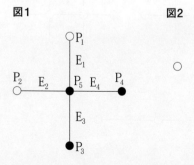

出発点のグラフ G_1 にこれら 2 種類の操作を有限回繰り返し施して得られるグラフを可能グラフと呼ぶことにする. 次の問に答えよ.

(1) 図5 の 3 つのグラフはすべて可能グラフであることを示せ. ここで,すべての頂点の色は白である.

(2) n を自然数とするとき, n 個の頂点を持つ図6 のような棒状のグラフが可能グラフになるために n のみたすべき必要十分条件を求めよ. ここで, すべての頂点の色は白である.

図5

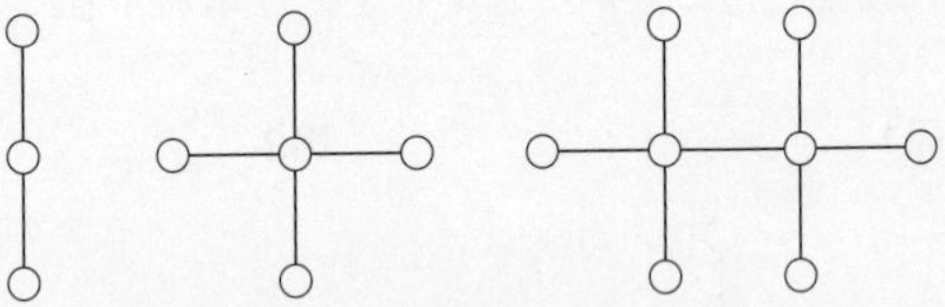

図6

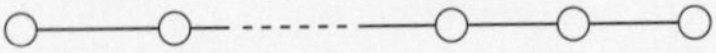

【操作2】 この操作は G の辺 E_{j_0} を1つ選ぶと定まる. V' は V に新しい頂点 P_{n+1} を加えたものとする. W' は W から E_{j_0} を取り去り, 新しい辺 E_{m+1}, E_{m+2} を加えたものとする. E_{j_0} の頂点が P_{i_1} と P_{i_2} であるとき, E_{m+1} の頂点は P_{i_1} と P_{n+1} であり, E_{m+2} の頂点は P_{i_2} と P_{n+1} であるとする. G' のそれ以外の辺の頂点は G での対応する辺の頂点と同じとする. G において頂点 P_{i_1} の色が白又は黒ならば, G' における色はそれぞれ黒又は白に変化させる. P_{i_2} についても同様に変化させる. それ以外の頂点の色は変化させない. また P_{n+1} は白頂点にする(**図4**).

図4

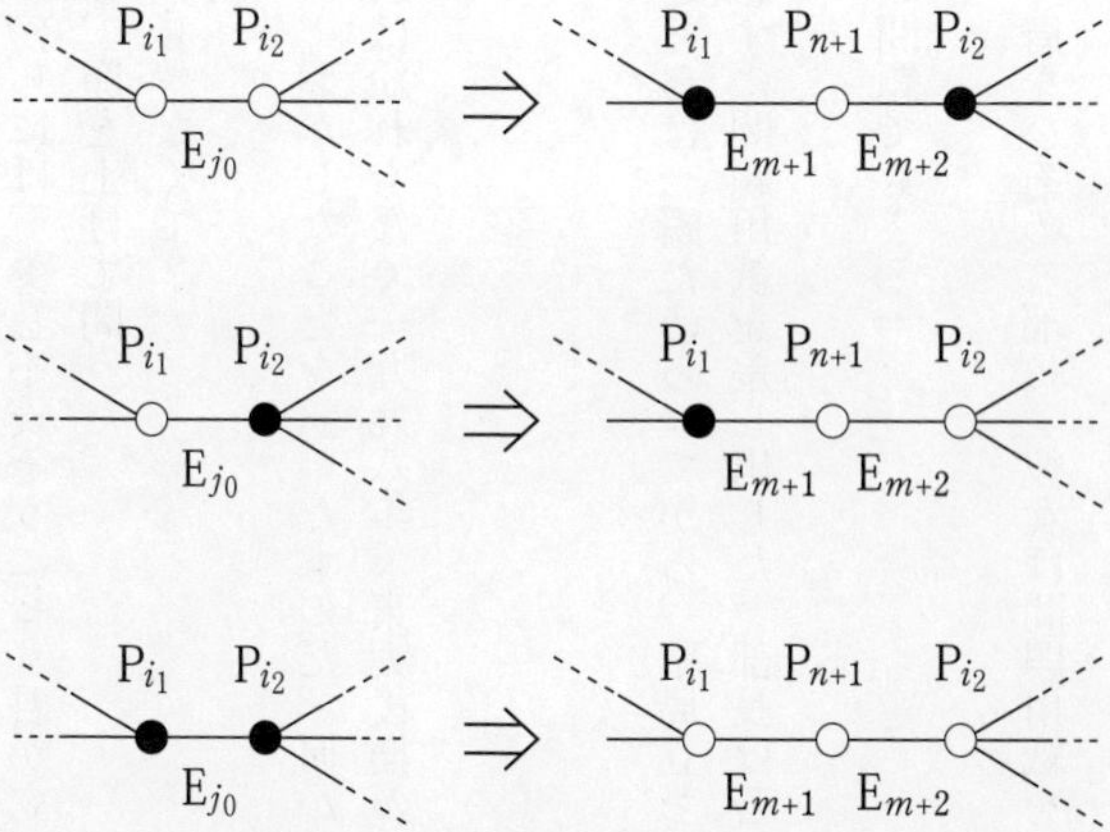

「どうかしたのかい？」

小美山が不思議そうに声をかけてくる。デスクの傍らには、少し不安そうにヒロ君が立っている。さくらはしばらく問題文を凝視してから、顔を上げて問うた。

「これ、ホントに東大の後期？　数学オリンピックじゃなくて？」

「ええ。表紙にそう書いてあるでしょう」

ヒロ君は少しむっとした様子で答えた。たしかに、おかしなことを訊いたものだ。何か奇跡的な印刷ミスでも起こったのでなければ、これは紛れもなく一九九八年・東大後期の入試問題だ。

だからこそ強烈な違和感を覚える。

これは本当に入試問題なのだろうか。

ちょうど、井頭部長が会議室から戻ってきた。さくらは一瞬ためらってから、結局立ち上がる。そして部長が椅子に座るや否や、何も言わずに問題用紙を差し出した。部長は苦笑した。

「気合いが入っていますね、言問さん。何か面白い問題でも……」

「大問3です。ほかは正直、どうでもいいんです」

井頭部長の言葉が終わる前に、さくらは言った。眉をひそめる部長。彼女は問題用紙をめくって、例の問題のページを机に広げた。

「とりあえずご覧いただけますか」

「ふむ……」

部長は眼鏡のずれを直すと、問題用紙に視線を落とした。大問3。長大なるその問題文を、部長は黙々と読み進める。

さくらは机の傍らでじっと待つ。どう思いますか、言問さん」

「なるほど、これは……。どう思いますか、言問さん」

「正直ぱっと見、大学受験の問題には思えません。非常に珍しいタイプで、難易度も、ジャンルも、今のところ見当がつかなくて」

「類題に心当たりは？」

「まったくないです。普通はそんなことあり得ないんですが」

「そうですか。……ふむ、非常に難解な言い回しが使われていますね」

部長はページをめくり、問題文の冒頭部分をあらためて見る。

「……つまるところ、白丸一つから始めて、ルールに従って白丸や辺を追加したり、白丸を黒丸に変えたり、逆に黒丸を白丸に変えたりするゲーム……でしょうか」

「そうですね。オセロとドミノを足して、塩コショウで味付けしたようなルールです」

さくらはそう答えた。言葉だけ聞くと楽しく美味《おい》しそうだが、本当に楽しく美味しいゲームになるかどうかは分からない。現時点では「得体の知れないゲテモノ」という印象だ。

オセロの石を棒でつないで、星座のような図形を作っていくのをイメージしてもらいたい。このゲームのプレイヤーは、ルールに従って石と棒をどんどん増やしていく。それに伴い、図形もどんどん大きくなっていく。大きくなるたびに、石はひっくり返ったり、ひっくり返らなかったりする。

夜空で星座が瞬くように、図形は瞬間ごとに色合いを変えていく。

石は「頂点」、棒は「辺」と呼ばれており、その集合体たる図形を「グラフ」という。ただし、一般的な図形問題とは違い、長さも面積も関係ない。重要なのは石の色と、石の数と、石と棒のつながり方である。ゆえに三平方の定理も、メネラウスの定理も、デカルト・グアの定理も出番はない。そういう公式とか定理で解ける問題の方が、方針が分かりやすくて助かるのだが。

井頭部長も、さくらと同様のことを感じ取ったらしい。問題文をさくらに返しながら、こう言った。

「たしかに読んだだけでは、ちょっとつかみどころがありませんね」

「大問3は私がやります。ほかの二問は、弘樹君と小美山さんに」

「……それが良さそうです」

部長の同意を得ると、さくらはすぐに動き出した。地の底から現れたような不気味な問題だが、尻込みしてはいられない。とにかく解答を作成し、速報を打たねば。

「ヒロ君、問題用紙のコピーをお願い。それから、君の担当は大問2。積分、得意でしょ？」

「もちろんです。楽勝ですよ」

「小美山さんは大問1をお願いします。座標平面です。問題はヒロ君から受け取ってください」

「ほいほい」

「あと、ヒロ君。私がこれから取っ組み合うのは、ちょっと厄介そうな問題だから。二時間経《た》つまで声かけないで」

「分かりました」

指示を出し終えると、さくらはさっそく、足元にゴミが堆積した自分の机に戻った。ノートを広げ、問題をにらみつける。解へとつながる細い糸を見つけ出すべく、暗闇の中を手探りで進む。未知の敵に、鉛筆一本で立ち向かう。

（ゲームのルールは二つ……。操作1。グラフの頂点を一つ選び、その隣に新しい白頂点を加える。二つの頂点は新しい辺で結ばれる。選んだ頂点の色は白から黒に、黒から白に変化する……）

操作1の例：真ん中の白丸P_1を選ぶと……

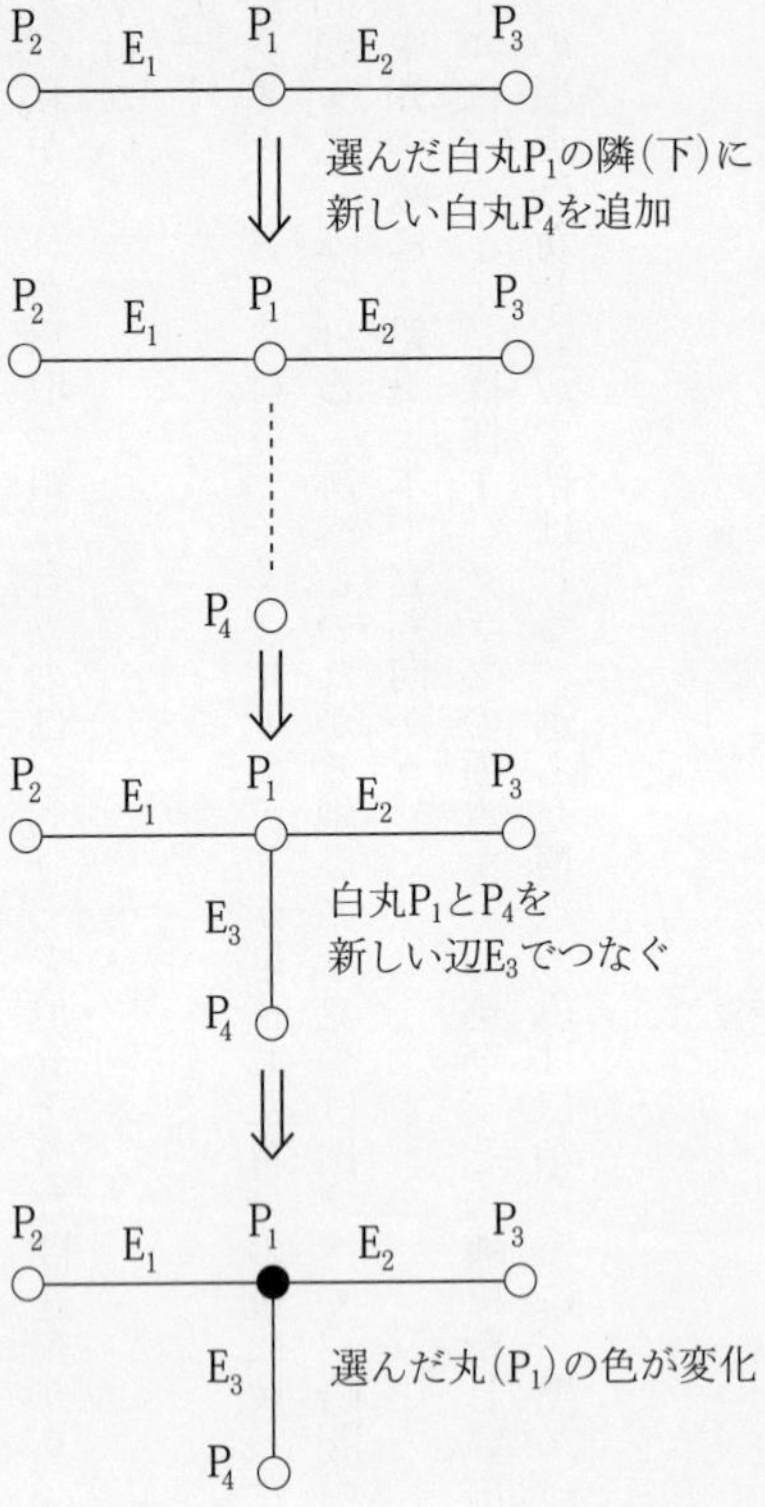

便宜上、頂点はP_1とかP_2とか、Pに添え字を付与した形で識別されている。同様に、辺はE_1やE_2などと区別される。それぞれの頂点や辺がグラフに追加された順番が、添え字を見れば分かるようになっているわけだ。

（そして操作2。辺を一つ選んで取り除き、代わりに新しい辺二つと白頂点一つを加える。

新しい二つの辺は、三つの頂点を結ぶことになる……。三つの頂点のうち一つは新しい頂点。他の二つは、取り除いた辺がもともとつないでいた二つの頂点で、二つとも操作のあとに色が変化する……）

操作2の例：P_1とP_2の間の辺E_1を選ぶと……

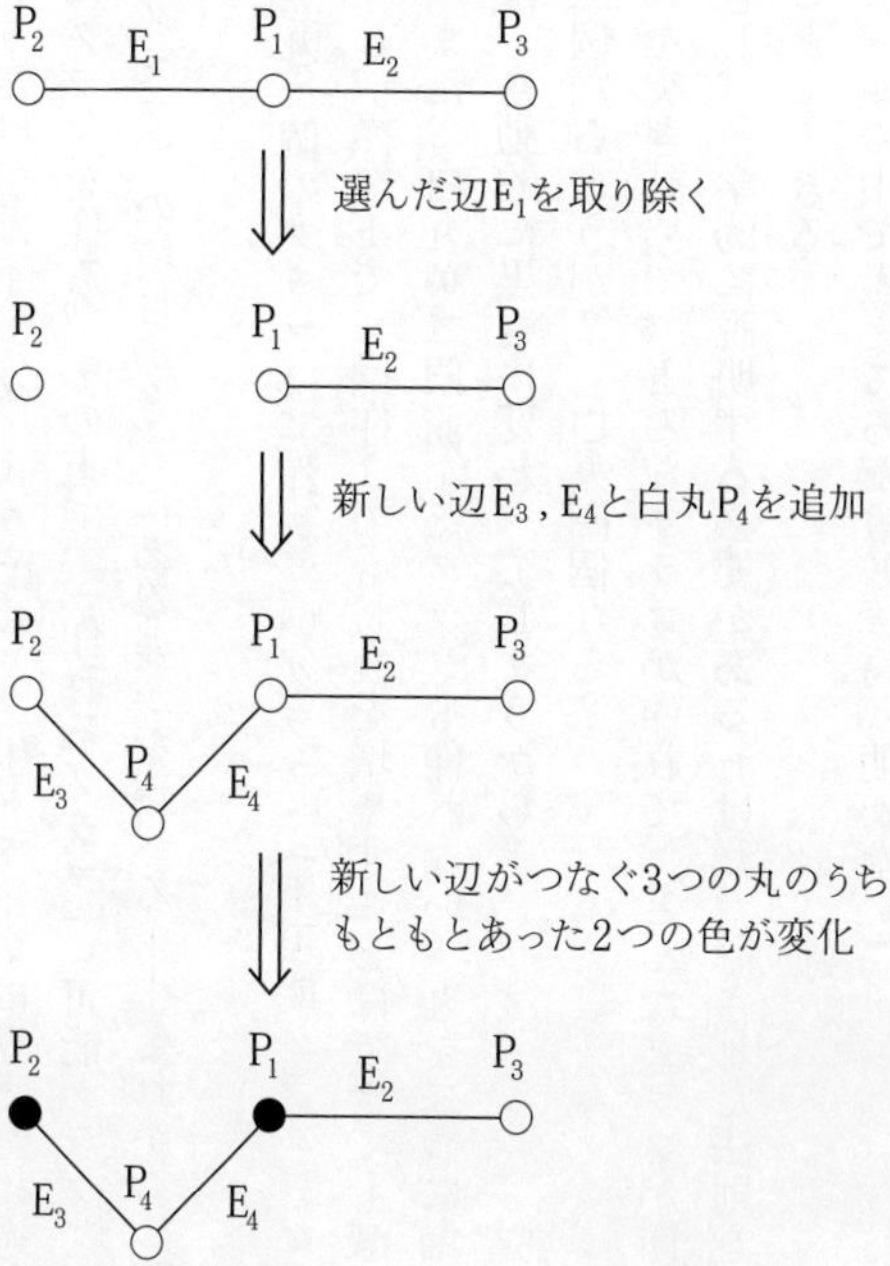

文章を噛み砕き、ルールを把握するのも一苦労だ。そして当然、ゲームを行うにはルールが分かるというだけでは不十分。ようやくスタートラインに立ったに過ぎない。ルール通りにグラフを作る。その上で、「作れるグラフ」(可能グラフ)と「作れないグラフ」(不可能グラフ)の境目がどこにあるのかを調べる——それがこの問題の趣旨である。

たとえば、黒丸一個のグラフは「作れないグラフ」(不可能グラフ)だ。最初は白丸一個からスタートし、操作1でも操作2でも、丸を増やすことはできても減らすことはできないのだから。また、白丸が二個並んだグラフも作れない。丸を二つに増やすと、最初からあった白丸は、自動的に黒丸に変わってしまうから。

では、黒丸三個ならどうか？　白丸四個なら？

そうした問いを突き詰めて、どんなグラフが作れて、どんなグラフが作れないのか、はっきりと線引きし、数学的に説明する必要があるわけだ。隠された法則を見つけること、と言い換えることもできる。

(こういうのは、頭の中で考えてるだけじゃ埒《らち》が明かない)

進むべき方向は見えてこなかったが。さくらは手を動かしはじめた。鉛筆一本を使って、ノートを汚して汚して、汚しまくる。常軌を逸した速記と、あきれるほどの粘り強さ、そして、受験数学を命懸けで解き続けてきた経験値——それが、さくらの手の中にある武器のすべてである。天才的ひらめきでも、鮮やかなテクニックでもない。何時間かかってでも、ノートを何ページ潰してでも、泥の中を這《は》ってでもゴールに辿《たど》り着けばよい。それが彼女のスタイルだ。

だから、今回も同じだ。

実際にゲームを実行してみて、どんなグラフが出来上がるのか調べる。操作1と操作2とを繰り返し、繰り返し、調べて調べて、手探りで法則性を求める。それが最善手であると信じて、さくらはノートにグラフを描きだす。

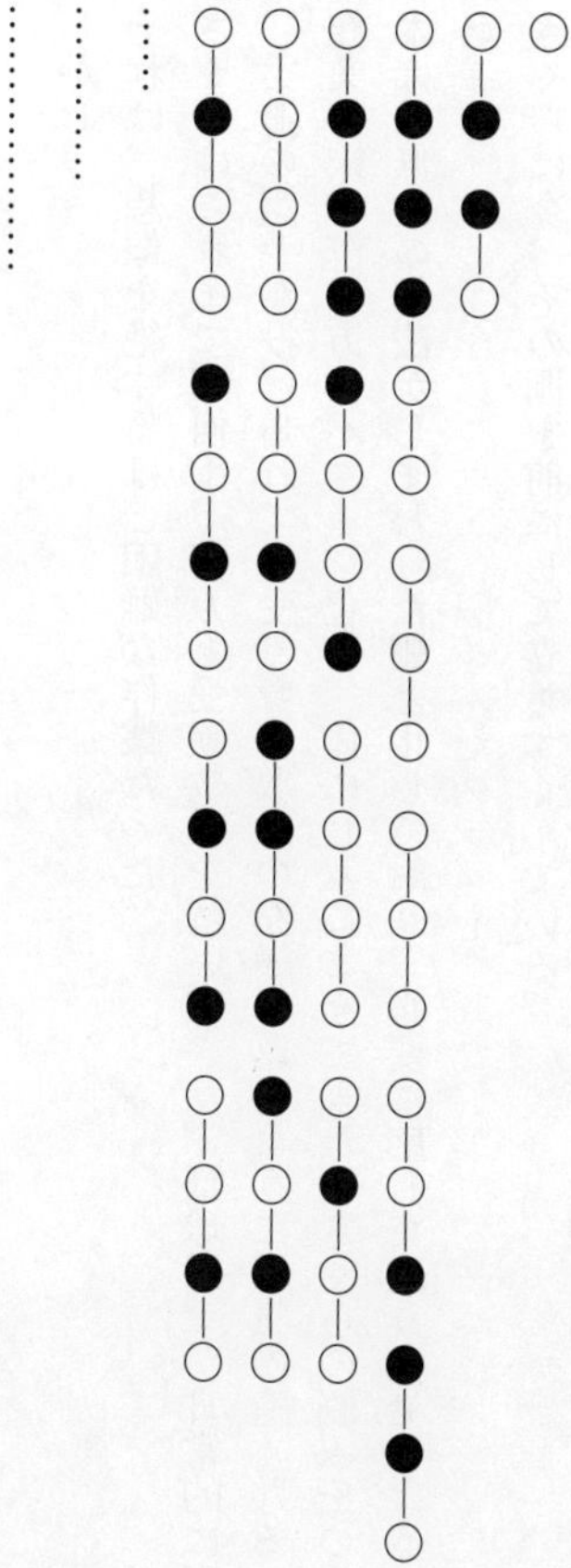

しかし。

それは、想像を絶するほど困難な作業だった。

さくらはこれまで、何千、何万と受験数学を解いてきた。野球選手が日常的に素振りをし、柔道の選手が投げられては受け身を取るのを繰り返すように。気の遠くなるような反復作業の末、解き方をパターン化し、体にしみこませてきた。さくらの脳みそのしわ一本一本は、無数の解法がしまわれた棚と化しており、必要に応じて取り出せるようになっていた。

さくらは今、その棚を前にして立ちすくんでいる。

(ルールに従えば、グラフは作れる……。でも、それだけ。何が解決に結びつくのか……「作れるグラフ」と「作れないグラフ」の法則性がどこにあるのか……どんな数学的アプローチをすればそれを発見できるのか……見当もつかない)

彼女はもう一度、問題文を読み返す。あまりにも長大な問題文であるため、一読するだけでも骨が折れた。その過程で、さくらは問題の核がどこにあるのか必死に探ろうとする。

(グラフの問題というけれど、関数なんかとは違う……整数問題でもないし、場合の数でもない……数列……漸化式を利用する……? どうやって……?)

さくらの積み上げてきた経験が、蓄積してきた知識が、ことごとく無用の長物と化す。

脳内のデータベースに、似た問題は存在しなかった。あまりにも特殊。あまりにも異様。問題の正体さえも摑《つか》むことができない。

グラフ生成の分岐も膨大だった。最初は白丸一つだから一通りだが、たとえば丸の数が五個に増えれば、横一列に並べるパターンだけ考えても操作の方法は120通りある。七個なら5040通りに膨れ上がり、十個なら3628800通り、十二個なら479001600通りだ。もはや人間が扱える大きさではなく、グラフを描くだけでも修験者のごとき忍耐力が必要になる。

頂点はP_1からP_nまでのn個、辺は（取り除かれたものも含めれば）E_1からE_mまでのm個である。nやmには、言うまでもなくどんな自然数も入り得る。グラフのパターンは文字通り無限に存在した。

（いったい、これは何？）

さくらは極度に困惑していた。目の前の現実が、彼女を遠く置き去りにしようとする。

（これが本当に、出題されたっていうの？）

十八歳とか十九歳が中心の受験生たちが、これを他の二問と合わせて百五十分以内に解く——東大がそれを想定しているとは、とても思えなかった。さくらには、これと似た問題の心当たりがまったくない。類題が過去に存在しないということは、必死に公式を覚え、計算でノートを汚し、暗記するまで問題集を解いたとしても、この問題を前にしては無力

──すべての努力は骨折り損に終わるということ。

(そんなこと、あっていいはずがない)

さくらは鉛筆を動かし、必死に抗《あらが》った。彼女の努力のすべてを否定しようとする問題と、孤独な格闘を続ける。条件に合ったグラフをノートに書き出す。書き出す。悩む。書き出す。書き出す。悩む。

頂点が一つ増えるたびに、書き出さねばならないグラフの数は雪だるま式に増えていく。ノートを何ページも埋め、手のひらが鉛筆で汚れるが、解答というゴールがどっちにあるのか、どれくらい遠くにあるのか、それすら分からない……。

「……先輩。言問先輩」

名を呼ばれて、さくらの思考は唐突な中断を余儀なくされた。顔を上げると、机の脇にヒロ君が立っている。さくらは苛立《いらだ》った。集中を乱さないように、二時間経つまでは話しかけるなと釘《くぎ》を刺しておいたというのに……。

しかしながら。

苛立ちが言葉となってさくらの口から飛び出す前に、ヒロ君が言った。

「二時間経ちましたが……今、大丈夫ですか?」

「えっ?」

一瞬、耳から入ってきた音の意味を理解できなかった。数秒の沈黙ののち、ハッとして腕時計を見る。目を疑った。

本当に彼の言う通り、問題を受け取ってから二時間が経過していた。さくらは卓上時計と壁掛け時計も確認したが、どれも同じ時刻を示している。

ということは、どういうことか。

二時間を費やして、さくらは何をしたか。

腕時計からノートへ視線を移すが……白丸や黒丸が乱雑に書き散らしてあるだけで、そこに「答案」はない。いや、もちろん二時間で解けない問題くらいなら珍しくはないのだが、そうした場合でも「作りかけの答案」くらいは出来ていてしかるべきである。

しかし、今回は違う。手元にあるのは、大問3に体当たりし、もがき苦しみ、あえなく粉砕された痕跡だけだった。ルールに従い、「作れるグラフ」と「作れないグラフ」の法則を導き出さねばならなかったのに。結果、出来上がったのは紙ゴミである。

自分でも信じがたいことに。スタート地点近辺をうろうろしていただけで、二時間が経ってしまったのだ。

机の横に立つヒロ君の顔には、戸惑いの色が見える。無理もない。彼は今、人生で初めての出来事——さくらに対して答案作成の進捗を尋ねるという事態に直面しているのだから。彼が入社してから約二年。さくらの方が早く仕事を終え、悪戦苦闘するヒロ君をフォローするというのが、変わることのない日常だった。それなのに。

（認めたくない。でもこれは……）

さくらは唇をかみしめた。

解けない。

予備校講師になりたての頃ならいざ知らず……今のさくらにとって、あってはならないことだった。さくらは東大コースの数学講師。しかもエースである。東大に行きたいと心から願う生徒に、合格点を取る方法を教える——それで飯を食っているのだ。普段、教壇で偉そうなことをしゃべっているくせに、「難しい問題は解けません」では話にならない。

そう、話にならないのだ。

ヒロ君が横で待っているのは分かっていたが、さくらはなおも数分間、無言で問題用紙をにらみつけていた。その重苦しい空気は島全体に波及したらしく、井頭部長も小美山も、ずっと黙りこくっていた。長く、異様な沈黙だった。

やがてさくらは、ため息を吐いた。顔を上げ、律儀に待っていてくれた後輩に尋ねる。

「……大問2、できたの？」

「はい、確認をお願いします」

「分かった」

「おじさんもできたよ、大問1」

さくらがヒロ君から答案を受け取ったのとほぼ同時に、小美山が正面の机から声をかけてきた。右手に持った答案を振っているが、反対の手には紫煙を立ちのぼらせる煙草《タバコ》。報告のタイミングを見計らっていたのだろう。

二人からここまで気を使われることは珍しい。さくらは頭に鈍い痛みを感じつつ、よろめきながら立ち上がった。ヒロ君と小美山の答案をいったん自分の机に置いてから、井頭部長のところへ。

さくらの様子がおかしいと、さすがに感じ取っているだろうに。仕事の手を止めた部長は、いつも通りの応対をしてくれた。

「部長、東大後期ですが……」

「はい。どうですか、様子は」

「大問1は小美山さんが、大問2は弘樹君が解いてくれました。これから確認しますので、部長はのちほどダブルチェックをお願いします」

「分かりました」

「それから、大問3については……」

さくらはそこで言葉を切り、唾を飲んだ。口を開き、閉じ、そして開く。入社直後でさえ数えるほどしかなかったような、情けない報告を絞り出す。

「すみません、どういうわけか、解けないんです……」

「そうですか。やはり一筋縄ではいかないようですね。では、あとどれくらいかかりそうか、だいたいの目安は分かりますか？」

「いえ……。実は、方針がまったく立たなくて。二時間、ほとんど一歩も進めていないんです……」

「なんと……！」

部長は眼鏡の奥の目を丸くした。五十年かけてひと通りの艱難辛苦《かんなんしんく》を経験し、豚が飛んでも豪華客船が沈んでも恐竜が蘇《よみがえ》っても、いつでも平然としていそうなこの上司が、これほど分かりやすく驚愕《きょうがく》しているのを、さくらは初めて見た。

やがて、部長は我に返った様子で咳払《せきばら》いをした。

「……いや、すみません、驚きすぎました。言問さんがこれまでどんな難問でも解いてきたものだから、それが当たり前だと思ってしまっていました。言問さんも人間だった、ということでしょうね」

「いえ……」

「相手は数学ですから。時には、二時間で解けない問題に出会うことくらいあるでしょう」

「そうじゃ……ないんです。単に時間がないから解けない、というのとは違いまして」

さくらはうつむき、消え入りそうな声で答えた。

「まだ、何を考えればいいのかも分かっていないんです。それが見えてくるまで、あと何時間かかるか。……この問題に関しては、『難しい』という表現が適切なのかどうか疑問です」

「といいますと?」

「どうも、蜃気楼《しんきろう》みたいで。解くべき問題が本当にそこにあるのかないのか、はっきりと断言できないんです」

「ほほお……」

井頭部長の目に浮かぶ感情が、驚きから好奇心へと変わった。

「得体が知れないとは思っていましたが、まさか、それほどとは」

「本当にすみません」

「しかし、東大はそんな問題を出して何がしたいのでしょう。不思議ですね」

井頭部長は微笑みながら首をひねった。部長はどこか楽しげにも見えたが……一方のさくらは、情けなくて、今すぐにでも大声を上げながら窓から飛び降りてしまいたかった。多分、肉体的、社会的な死の心配がなければ実行していただろう。さくらは床を見つめていた。

「……言問さんが解けないとなると、もう仕方がないことです。おそらく、MAS予備校が速報を打つと思います。それを待って、参考にすることにしましょう」

「すみません……」

　さくらは力なく頭を下げ、自分のデスクに戻った。予備校講師になって六年。過去最大の屈辱である。これまで、解答速報レースには負け続けてきたものの、問題が解けずに終わったことなど一度もなかった。

　それなのに、今回はどうだ。敵の解答を参考にせねばならぬとは。受験数学のプロフェッショナルにあるまじき体たらくである。

「結局、どうするんですか？」

　さくらが自席に戻るのを待って、ヒロ君が尋ねてくる。さくらは歯を食いしばり、恥の痛みにじっと耐えてから声を絞り出した。

「……ＭＡＳ予備校の速報を待つことになったよ」

「ええ、それは聞こえていました。ＦＡＸか何かで送ってもらうんですか？」

「ううん。他社のためにＦＡＸしてくれるほど、向こうもお人よしじゃないでしょ。悪いんだけど、ヒロ君。こっそりもらってきて」

「えっ」

「あたしはこの問題、もう少し考えてみる。そろそろＭＡＳが配ってると思うから、お願い。校舎に入れば無料でもらえるはず。あっ、その高そうなスーツはコートで隠して。受験生に見えないからね」

「なんで僕が……」

ぶつぶつと文句を言いながらも、ヒロ君は出かけていった。時計を見ると、十九時半を回ったところだった。いつもの通りなら、都内にいくつもあるMAS予備校の校舎内で、後期試験の解答速報配布が始まっていることだろう。大手同士の解答速報レースはハイレベルであり、トップをとるにはたいてい、試験当日に配布する必要がある。そして早ければ早いほどに、速報トップの栄誉は大きなものとなり、生徒獲得にもつながるわけだ。

ヒロ君の使命は、受験生のフリをしてその速報を受け取ってくること。

さくらは再び、問題用紙に目を落とした。もしかしたら、ヒロ君が帰ってくる前に解法を思いつくかもしれないと、わずかに期待してみるが……生憎、彼女の脳みそはそんな都合のよい閃《ひらめ》きとは無縁だった。このまま何時間眺めていても解ける気がしない――これはそういった種類の奇問なのだと、すでに散々思い知らされた。

十分が経ち、三十分が経ち、一時間が経った。

解決の糸口は見つかりそうにない。

そして。

「……戻ってこないねえ」

正面のデスクでスポーツ新聞を眺めつつ、小美山が言った。さくらも壁の時計に目をやって、続いて自身の腕時計を見る。二十一時。ヒロ君が二十時過ぎにMASで解答を受け取ったとすれば、もう帰社していなければおかしい時刻である。

「寄り道してるとか？」

「まさか。そういう不真面目なことは、おじさんの専売特許だよ」

小美山は笑って、スポーツ紙をめくる。言いたいことはいろいろあるが、ヒロ君に関してはさくらも同意見だった。彼は文句の多い後輩だが、与えられた仕事はきっちりこなす。

さくらの胸に、なんともすっきりしない靄《もや》がかかっていた。

講師室に電話の音が鳴り響いたのは、ちょうどそのときだった。三度のコール音のあと、国語島の弥生が面倒くさそうに受話器を取る。

あとから思い返すと。

その電話は、常識が崩れていく最初の合図だった。

「はい、七徳塾です。……ああ、ヒロか。ちょっと待っていろ」

弥生の声を聞いて、さくらは反射的に立ち上がった。保留ボタンが押される前に受話器をひったくる。不思議な予感がした。それが良い予感なのか悪い予感なのかは、分からなかったが。

「あ、言問先輩。お疲れ様です」

「ヒロ君、ずいぶん遅いけど、何かあったの？」

「配ってません」

「えっ？」

「解答速報、配ってないんです」

意味を理解するのに数秒かかった。いや、嘘《うそ》だ。数秒程度では状況を呑み込めず、思わず問うた。

「配ってない……。それは、もう配布が終わっちゃったってこと?」

「いえ、数学以外の教科は配ってました。でも数学だけは全然見当たりません。神田校舎のあと、本郷校舎にも行きましたが、空振りで」

「数学だけ、見当たらない……」

さくらは舌の上で言葉を転がしてみた。それが事実なら、速報レースでトップをとるにはもう遅い。天下のMASは敗北したわけか。

小美山の方をチラリと見ると、事情を察したらしい彼は小さくつぶやいた。

「何かトラブルがあって、配布は間に合わなかったってことかねえ」

間に合わなかった。間に合わなかった。間に合わなかった。

そうだ。いくら大手予備校といえども完全無欠ではない。アクシデントに見舞われて、当日中の配布に間に合わないこともあるだろう。

(本当に?)

さくらの胸に、疑問が渦を巻く。

「ヒロ君。ちょっとその足で、テクネ・マクラに行ってくれない?」

「え？　今からですか？」

「あそこもいつも、解答速報は一番か二番でしょ？　本郷にも校舎があるし……たしか、君の知り合いもいるって話だし」

「まただ。またそうやって僕をいいようにこき使って……」

ヒロ君の文句は呼吸のようなものなので、気にする必要はない。もう一社の大手予備校に足をのばすことを承諾させると、さくらは電話を切った。


しかしながら。

ヒロ君は、テクネ・マクラ会でも解答速報を得ることができず、手ぶらで帰ってきた。数学島を困惑が支配する。その困惑は空気中を伝染し、いつしか講師室全体が異様な雰囲気に包まれていた。常ならぬ緊張感。自然と、講師たちは声をひそめて会話していた。

「ええ……ええ……折り返しお願いします」

「古文の今度の課題ですが……」

「井頭部長、ちょっと……」

ひそひそ声に、キーボードをたたく音が混じる。夜が更け、授業時間はとっくに終わったため、講師室を訪れる生徒もいなくなった。重苦しい空気の中、さくらは問題文とにらめっこを続けるが……相変わらず、とっかかりさえもつかめない。

「MAS予備校も、テクネ・マクラ会も……ほかも一緒みたいだねえ。どこも数学の解答速報は未完成らしいよ」

受話器を置いて、小美山が言った。小美山は飲み友だちの講師たちに電話をかけてくれたものの……はっきりとした答えは返ってこなかったのだ。残業を終えた講師たちが退社しはじめ、空席が目立つようになっていく。隣の国語島にいたっては、すでにもぬけの殻だった。

数学島の面々はいまだに帰らず、大問3を考えたり、情報を集めたりしているが……。進捗はないに等しい。手を尽くしても解答が手に入らない。

まさか、大手の数学講師たちの能力が足りないせいではないだろう。相手はあくまでも入試問題――本来はプロではなく、高校生や浪人生に解かせるために用意された問題なのだから。きっと偶然が重なったのだ。偶然にも、大手予備校の講師たち「全員」が、謎の体調不良に襲われたとか。偶然にも「全社」がストライキの真っ最中だとか。

長い歴史の中では、きっとそういう偶然もあるだろう。

(本当に?)

さくらは自分自身に問いかける。視線は、机の上の問題用紙に吸い寄せられる。受験数学にしてはいささか長すぎる、難解な問題文。大問3。

(本当に、そんなことが起こると思う?)

「そうですか。……分かりました、ありがとうございます」

井頭部長が、いつもと同じ穏やかな口調でそう言うと、電話を切った。あまり期待してはいなかったが……案の定、部長は首を横に振った。

「『数学世界』の編集長も、まだ解答を入手していないようです。編集部の面々も独自に解こうとしているようですが、まだ成果はないらしく」

「じゃあ、本格的に全滅ですか。ふ～ん、今日はおじさんだけじゃなく、みんなが仕事をサボってるってことかな？」

小美山が背もたれに身を預け、椅子を傾けて天井を仰ぐ。冗談めかした口調だったが、目は笑っていなかった。誰もが、何かがおかしいと感じていた。

さくらは無言で席を立った。三人の驚いたような視線が集まるが、気にしている余裕はない。彼女は携帯電話だけをひっつかんで、大股で講師室を出ていった。

廊下を抜けて非常階段の踊り場に出ると、彼女は一瞬、深更の北風に身を震わせた。コートを着てこなかったことを後悔したが、結局、取りには戻らなかった。携帯電話を操作し、耳に当てる。

長い長いコール音。

さくらが苛立ち、通話を切ろうとしたまさにそのとき、やっと電話はつながった。

「もしもし？」

廣瀬昭《ひろせあきら》の気だるげな声が鼓膜を揺らす。飽きるほど聞いた声であり、かつてはこの声に疲労回復の効果があると本気で信じていたものだが。魔法はもう解けてしまった。

もちろん、今重要なのは、魔法ではなく現実的労働の方である。

「もしもし、あたしだけど」

「ん。どうかしたか？」

何百回と繰り返したやり取り。ある種の儀式のようになったその会話ののち、さくらはさっそく本題に入ろうとした。

「ちょっと訊きたいことがあって。時間いい？」

「後期のことなら、多分ご期待には沿えないな」

出鼻をくじかれ、さくらは言葉を詰まらせる。けれど、すぐに気を取り直した。

「いったいどういう状況？　ＭＡＳがまだ速報を打ってないなんて」

「……まあ、そういうこともあるさ。たまには」

「たまにもないよ。あんたんとこの数学、何人いると思ってんの。うちとは全然事情が違うじゃん」

「んん～……」

「内紛でも起こったの？」

「いや、まあ……」

「やっぱり、何かあったんだ」

昭は、すぐには答えなかった。電波に乗って、彼のためらいの感情までもが伝わってくる気がした。

しばしの沈黙。何かを観念するように、彼はため息を吐いた。

「……解けないいんだよ、誰も」

「えっ？」

「うちの数学講師、全員がかりでやってるよ。でも解けないんだ」

さくらは、昭の言葉をゆっくりと咀嚼《そしゃく》しようと試みた。解けない。全員がかりでも、解けない。

「そんなわけないでしょ」

「なんだよ、疑ってんのか？」

「それは……違うけど」

さくらは口ごもった。昭はこういうくだらない種類の嘘を吐く男ではない。少なくとも、さくらに対しては。

ということは、どういうことか。この「大問3」は本当に、MAS予備校の数学講師たちが束になっても解けないということだ。

言うまでもないことだが、大手の数学講師というのは、「ちょっと数学が得意な理系の人間」というのとはわけが違う。誰もが受験数学に特化した専門家たちで、その多くは年収一千万を超えるプロフェッショナル。トップ講師となると、億の単位で稼いでいるという噂もある。予備校がかつてない華の時代を迎えていると言われるのは、そうした景気の良さによるわけだ。

MASには優秀な数学講師が、都内だけで何十人もいる。

そのプロフェッショナルたちが誰も解けない？

全員合わせたら年収何億になるか分からない人たちが、雁首《がんくび》揃《そろ》えて考えているのに？

「なんだ、お前も苦戦してんのか」

「秘密。じゃ、あたしはこれで」

「不公平だなあ……」

「また連絡するから」

そう言って、さくらは通話を終えた。電源を切る手は震えており、動揺を隠し通せたかどうかは分からない。心臓が高鳴る。喉が渇いて、ひりついている。

（大袈裟《おおげさ》なんかじゃない）

胸にかかっていた靄は、ある種の確信へと姿を変えていた。

（あたしたちは多分、受験史に残る大事件の中にいる）

さくらはのしのしと歩いて、講師室に戻ってきた。日付が変わろうとしている時刻にまったく似つかわしくない、そのあまりに力強い歩き方のせいか、普通にすれ違おうとした同僚が飛びのくようにして道をあける。

さくらはその勢いのまま、部長のデスクに両手をついた。

「井頭部長。チャンスです、チャンス」

「おや、どうしました、そんなに鼻息を荒くして」

さくらの勢いに押されてのけぞりつつも、部長は冷静に問うてくる。ヒロ君や小美山に奇異の目で見られたが、さくらはかまわなかった。

「この状況の話です。もしかしたら、今年の後期は東大史上……いえ、日本の受験史上最悪の難問かもしれません。だから大手の連中が束になっても解くことができない」

「受験史上最悪、ですか。そこまで言えるかどうかは、現段階では分かりませんが……」

「分かってしまったら遅いんです。敵の正体が誰にも見破られていない今だからこそ、私たちにとってチャンスなんです」

「つまり、どういうことでしょうか？」

「社長を説得する材料がないというなら、作ればいいんですよ」

さくらの言葉を聞くと、部長は腕組みし、アゴをひいて机を見た。すぐには返事がなかったが……これは彼が物を深く考えるときの姿勢だ。ヒロ君はよく分かっていない様子で、鉛筆をくるくると回している。小美山にいたっては競馬雑誌を開こうとしている。ただ、部長にだけはさくらの真意が伝わったらしい。

もちろん、東大コース廃止の件である。

そもそも、コースが廃止の方向へと突き進んでいる原因には、二年連続で東大合格者がゼロだったことがある。そして、「東大に合格できない東大コース」について、いつまでも特別価格で広告を載せ続けるわけにはいかないと、『数学世界』に見切りをつけられてしまったことも一因。

「東大後期で多くの合格者が出るなど、予想外の朗報がない限り」廃止は覆らない。逆に言えば、『数学世界』からの信用を回復するくらいの「予想外の朗報」があれば交渉は可能なのだ。しかし部長が言っていたように、普通だったら、解答速報でトップだったくらいでは「予想外の朗報」にはなり得ない。

そう、普通だったら。

「これがもし、私の見立て通り史上最難問だとしたら……もしかしたら明日いっぱいかかってもMASは解答を完成させられないかもしれません。いや、MASだけではなく他の予備校も同様です。それなのに七徳塾だけが、その間に解答を完成させてしまったとしたら、どうなるでしょうか？」

「ふむ。大手の講師が何十人がかりでも解けない問題なのに、ですか」

「ええ。そして大手を出し抜き、『数学世界』に解答を送り付けます。今年の後期解答速報レースの勝者は七徳塾――そうはっきりと宣言するんです」

ヒロ君が、鉛筆を回す手を止めた。井頭部長の顔からは穏やかな微笑みが消える。

「本気で言っているのですか？」

「もちろん、私はいつだって本気です。一日、二日と時が経てば、今年の東大後期が史上最難問だと、講師たちには分かるはずです。もちろん、私の勘が正しければということですが。そうなったら、『解答速報でトップをとること』の価値ははね上がります。例年とは比べ物にならないくらいに。そんな栄誉を私たち弱小予備校が手にしたら、受験業界がひっくり返る――そうは思いませんか？」

さくらは早口にまくし立てた。井頭部長はまた腕組みをし、机に目を落とす。そこに並べられたさくらの言葉に手を触れて、摑んでよいのか、放り捨てた方がいいのか、判別するかのように。

大手予備校の名だたる講師たちが解けない難問。これを真っ先に打ち倒したとなれば、必ず知れ渡ることになる。七徳塾には日本で最も優秀な数学講師がいるのだ、と。その宣伝効果は、もしかしたら「東大に合格できない東大コース」という汚名を返上してもまだお釣りがくるかもしれない。

「……たしかに、もしそれが実現できるならば、東大コース廃止の件、社長に再検討を提案できるかもしれません」

　やがて、部長は顔を上げ、言った。

「ですがそれには、問題を解くことが絶対条件です。しかも、トップで」

「もちろん解きますよ。私が必ず」

　さくらは自分のデスクから、問題用紙を拾い上げて戻ってきた。それはおそらく、プロフェッショナルたちを跳ね返し続けている超難問。入試問題というレベルを超えてしまった孤独な怪物。

「日本で最初に、この問題を解いてみせます。だから部長は、社長の説得をお願いします。それから『数学世界』の編集長への根回しも」

「……分かりました。やってみましょう」

　明らかに、無茶なお願いだったが。

　部長は快くうなずいてくれた。

　このとき、一九九八年三月十四日午前〇時。

　大手も中小も、都会も田舎も、男も女も関係ない。日本中の数学講師たちが、たった一つの難問を解くために四苦八苦した稀有《けう》なる一日。

　予備校の、いちばん長い日が始まった。

2

静まり、冷え切っていた講師室に、少しずつ朝陽《あさひ》が忍び入りはじめる。最初は黒、やがては群青色の膜がかかったようだった机や椅子、パーティション、電気スタンドやゴミ箱などが、徐々に色彩を取り戻していく。

こうした自然の営みは、毎朝毎朝、人間の目の届かぬところで繰り返される。この日——一九九八年三月十四日の朝も同様だった。〝彼女〟が目を覚ましたのは、闇が講師室の隅へとすっかり追いやられた頃である。

「うっ……」

机に突っ伏していたさくらは、体を起こそうとしてうめき声を上げた。さわやかな朝とは程遠い。椅子とともに、体中の骨がぎしぎしときしむ気がした。

(腕が……背中が痛い……)

数分間の苦労の末、さくらはようやく顔を上げる。うっ血した腕の下には、しわの寄った問題用紙と、真っ黒になった計算用紙。右の手のひらに鉛筆のあとがついて、彼女の汚い計算式が印字されてしまっている。

さくらはくしゃみをして、こめかみを押さえた。直前まで夢の中でも問題と格闘していたのだが、あいにく、解決のためのちょっとしたヒントさえも手に入らなかった。一流の数学者は夢の中で気づきを得るという。さくらは当然、その域には到達していない。

彼女にできるのは天才的な閃《ひらめ》きに期待することではなく、ひたすらに、地道に手を動かすことだけである。やはり彼女の戦場は夢の中ではなく、この現実——汚い机の前にある。

ノートと鉛筆だけを駆使して、今日もさっそく問題に取り掛かる……。

「……いや、その前にお風呂入りたい」

＊

銭湯から帰ってくると、すでに他教科の講師たちは何人か出勤しており、自席で新聞を読んだり、煙草《タバコ》を吸ったりしていた。さくらは大あくびをしつつ、足元にゴミが堆積したいつもの席へ戻る。

「おはよう」

「あ、弥生《やよい》。おはよう」

隣の国語島では、弥生がすでに仕事を開始している。相変わらず目の下の隈《くま》がすごいが、また寝ずに出勤してきたのだろうか。日ごろからさくらが、「ちゃんと寝た方がいい」という幼児向けのようなアドバイスを繰り返しているのだが、一向に改善される気配はない。

弥生は、さくらの顔をチラリと見ると、少し両の眉を上げた。

「昨日は帰らなかったようだな」

「あ、分かる？」

「言問《こととい》は顔に出やすい」

「まあ、あんたはいつも変わらないからね……」

さくらは苦笑した。弥生は常に疲労困憊《こんぱい》の顔をして、日々の変化というものがない。

そもそも、近くに早朝から入れる銭湯があるのがいけないのだ。そういう施設は人の生活リズムを崩壊へと導くけしからぬものである。今後もお世話になるので末永く営業してほしい。

さくらは自分の肩を何度か叩《たた》いてから、もう一度あくびをした。足の痺《しび》れが時間とともに薄れていくように、脳が徐々に覚醒していくのが分かる。睡眠は不足しているが、一日、二日程度なら問題ないだろう。まだ少し頭痛が残っているものの、これもしばらくすれば消えてしまうはず……。

「おはよう！　良い朝だね！」

講師室に大声が響き渡り、さくらの脳を揺さぶった。消え去ろうとしていた頭痛がぶり返し、顔をしかめる。たしかめるまでもなく声の主は分かっていたが……さくらはゆっくりと振り返った。

東大コースの同僚——英語講師のダリ先生が、ドアを開けて入ってきたところだった。口ひげがサルバドール・ダリのようにとがっているので、そう呼ばれている。ちなみに、趣味は絵画ではなく小説。

「おお、今日は早いね、言問さくら君」

ダリ先生は、他の講師もたくさんいるというのに、よりによってさくらの方に近づいてきた。

「優秀な社会人たるもの、目覚めも早いというわけか。いやはや、見習いたいよ」

「はあ、どうも」

「ところで言問さくら君に、ぜひとも話しておきたい、重要なことがあるのだがね」

「いえ、今忙しいのであとにしてください」

「忙しいって……まだ始業前じゃないか」

「私はもう仕事を始めているんですよ」

「では、藤倉《ふじくら》弥生君でもいい。とにかく聞いてくれたまえ。素晴らしい小説に出会ったのだ」

ダリ先生は矛先を弥生へと変え、鞄をごそごそとあさりはじめた。中から出てきたのは、赤い汽車と眼鏡の男の子が表紙に描かれた洋書である。

「これだよ、これ。“Harry Potter and the Philosopher's Stone”」

ダリ先生は興奮した様子で、国語島と数学島の間——つまり弥生とさくらの間に立ち、本を見せてくる。

「イギリスで大ヒット中だというから読んでみたのだが、傑作だよ。翻訳されたら、きっと日本でも話題になるぞ。間違いない」

「へえ」

さくらは気の抜けた声で相槌《あいづち》を打った。弥生に至っては返事もしなかった。ダリ先生が怪しげな洋書を薦めてくるのはいつものことである。同僚がそれを読もうが読むまいが関係なく、感動したことを他人に話せればそれで良いらしい。

「洋書の専門店に行けば、必ず置いてあるはずだ。探してみてくれたまえ。いや、もし読みたかったら貸してもいい」

ダリ先生はそれだけ言うと、どうやら満足したらしく、国語島の向こう——英語島へと向かっていった。

「……忙しいと言っていたが。まさか、まだ解けていないのか」

弥生は少し驚いた様子で尋ねてきた。たしかに国語には、「一日かけたのに、どうしても解けない」などという奇問は存在しない。弥生にとって、今のさくらの状況は異様に見えるのかもしれない。

「小問1と2があってね。1はもう解けた」

「ほお。それはつまり、全体の半分はもう済んだということか？」

「全体の五パー……いや、一パーセント未満かな……」

「全然ダメだな」

弥生はあきれた様子であった。

「いったいどういうことなんだ。そんなに難しいのか？」

「うん。……ちょっと常識から逸脱してて」

一瞬、いかに今回の後期数学が難しいか、いかに前例からかけ離れているかを説明しようとしたが、さくらは諦めた。自分自身、まだこの問題の底を見極められていないのだ。他人に対して講釈を垂れることなど、現時点では不可能である。

「この問題のことは、ノストラダムスも予言しなかったのかな」

さくらはただ、そう力なくつぶやいただけだった。対して弥生は無言である。さくらが戦っている得体の知れないものの、その不気味さをわずかだけでも、感じ取ってくれたのかもしれない……。

「おはようございますっ！」

またもや、講師室に元気な挨拶が響いた。疲弊した社会人の声ではなく、張りのある、前途洋々たる青少年の声だった。ドアの方を見ると、がっしりした体格の、眉毛の薄い男子生徒が立っていた。

まだ始業時間よりも前なのだが。生徒は一切遠慮することなく、数学島へずかずかと歩いてくる。

東大コースの高校三年生。柏木竜一郎《かしわぎりゅういちろう》。

彼はさくらを見つけると、笑顔になった。

「あっ、さくらちゃん。おはようございます。弥生センセも」

「ああ、おはよう」

「おはよう、竜一郎君。朝からずいぶん元気だね」

「俺、後期はどこも受けてないんで。元気だけはあり余ってます」

竜一郎は偉そうに胸を張る。「受けてない」というのは、足切りで受けられなかったからに他ならない。

彼は、試験会場から紙飛行機を飛ばしてくれるなど、非常に協力的で助かっているのだが……。一年生の頃から自身の東大受験を「四か年計画」などと呼んでおり、少しばかり能天気すぎる傾向がある。

「……まあなんにせよ、こんな早くから塾に足を運ぶとは、感心だね」

「というか、ヒマでヒマで」

竜一郎は本気で困った顔をした。

「さくらちゃん、なんか課題くださいよ。東大コースの授業、再開まだなんでしょ？　やること全然なくて」

東大コース。その単語を耳にして、さくらと弥生は顔を見合わせた。

現時点で、一生徒である竜一郎にどの程度伝えるべきか。その微妙な問題について、さくらは同期の国語講師とアイコンタクトすることで、素早く、的確に結論を出す腹積もりであった。

しかしながら。同期はさくらの意図を、一切察してくれなかった。さくらの懸念など完全に無視して、弥生は言った。

「東大コースはなくなるぞ」

「ええ!?」

「ちょっと弥生。まだ決まってないんだから……」

さくらは慌てて口止めしようとしたが、すでに遅い。竜一郎は目を丸くしており……あいにく、耳に飛び込んだばかりの言葉をきれいさっぱり忘れてくれることは期待できそうにない。

「なくなるんすか？　東大コースが？」

「ん～……」

さくらはしばし言いよどんだが……やがて観念し、ため息を吐《つ》いた。

「……正確に言うと、なくなる可能性がある、ってところかな」

「可能性？」

「コレの解答速報を大手より早く出せば、きっと……多分……もしかしたら……存続できる、かもしれない。運が良ければ」

さくらは机の上の問題用紙を取り上げた。竜一郎はそれを受け取り、パラパラとめくる。

「後期っすか。今年の」

「そう、その中に厄介な問題が一つあってね。あんたにも、また手伝ってもらうかも」

「っていうと、また清書？」

「うん。代わりに、その問題をマンツーマンで解説するから。あとラーメンもおごる」

「そりゃお得っすね。厄介ってのは、どれですか？」

「大問3」

それを聞くと、竜一郎はさっそく大問3のページを開いた。前期は不合格だし、後期は足切りされたとはいえ、一応、東大受験生である。予備校講師が苦戦しているのがどんな問題なのか、見てやろうと思ったのだろう。

だが。

「うっ……」

問題を目にしたとたん、竜一郎は、迫りくる毛虫の大群にでも遭遇したかのような顔をした。隠すこともできない、生理的拒絶感。

「なんかこれ、読む気もしないっす……」

「そんなこと言ってられないよ。来年も東大受けるんでしょ？」

「でも、さくらちゃんもまだ解けてないんすよね？　だったら捨て問ですよ、そんなの」

竜一郎はばっさりと言い切った。講師相手でも遠慮がない。いつもは即座にたしなめてやるところだが、今日に限ってはすぐには言い返せなかった。

捨て問。たしかにそうだろう。もしこれがさくらの見立て通り受験史上最難問なのだとしたら、解けるか否かが合否に直結することはない。むしろ、「これは捨て問だ」といち早く見抜いて他の問題に時間をかけられた者だけが、合格の切符を手にする——そんな皮肉な結末が待っている可能性が高い。

しかし、予備校講師が「捨て問だから、解答も作りません」などと言ったら、その者は二度と生徒から信用されないだろう。

「まあ、誰も解けないからこそ、やる気が湧いてくるってもんよ」

さくらは強いて、元気な声で言った。

「とにかく、あとで清書お願いすると思うから」

「へいへい。今日は自習室にいるんで。声かけてください」

そう言うと、竜一郎は問題用紙を置いて去っていった……と思ったら、講師室のドアを出る手前でダリ先生に出くわし、呼び止められる。

「おお、柏木竜一郎君ではないか。元気そうで何より。私は先日、素晴らしい小説に出会ったのだが、興味はないかね？……いやいや、答えずとも分かるよ。さすがは若人《わこうど》、好奇心旺盛ではないか。見たまえ、この本だ。タイトルは〝Harry Potter and the Philosopher's Stone〟！　名作だから、ぜひ読みたまえ」

「そうなんすか。気が向いたら読みます」

「うむ。良い心がけだ」

「それはそうとダリ先生。ちょっと訊《き》きたいことがあるんすけど」

「なんだね？」

「英語のリスニングあるじゃないっすか。でも俺、聴き取れる気がしないんで。音声が流れてる最中に、それを無視して長文を読むコツとか、ありませんか？」

「若人とはいえ、なかなか自由すぎる発想だな。コロンブスも卵を放り出して逃げ出すだろう」

「リスニングは選択問題もあるから、イとかウとかを選んどけば、うまくすれば何点か取れますよ。だったらその三十分間を長文読解にかければ、一発あるでしょ？」

「次は一年後なのに、今から一発狙いなのかね、君は。なかなかの大物だな」

「いっそのこと、耳栓があればいいんですけどね。試験中に使っていいのかどうか、分かります？」

頭がまた痛くなってくるので、一連の会話を、さくらは聞かなかったことにした。

そうこうしているうちに、他の講師たちも次々と出勤してきた。数学島にもまずヒロ君があらわれ、続いて井頭《いがしら》部長が、役員や部長たちによる早朝会議を終えてやってきた（小美山《こみやま》は来ないが、また遅刻だろうか）。

そして。

始業開始時刻を五分過ぎると、社長・金岡茂《かなおかしげる》が講師室を訪れた。

「おはよう」

毎朝の恒例。金岡社長は六階建ての社屋を上から下へ、隅々まで挨拶して回る。さわやかな日課だ。名前のみを連呼して町中を走る選挙カーを連想しなくもないが。

さくらはチラリと、左隣の机——後輩のヒロ君を見やった。ヒロ君は——若手社員・金岡弘樹《ひろき》は、わざとらしく社長から目をそらして、熱心にマウスをカチカチ鳴らしている。親子だけあって鼻の形と目元が似ているが、不機嫌になるので、間違っても本人に言ってはならない。

「おはようございます」

「おはようございます」

講師室のあちこちから挨拶が飛ぶ。社長はゆっくりと足を進め、満足げな様子だったが
……さくらに気づくと立ち止まった。

「ああ、言問さん。早朝会議で話は聞いたよ。頑張っているようだね」

社長はにこやかに笑い、そう声をかけてきた。この笑顔の裏側にある感情は、いつもの通り読み取れない。まったくの無表情よりも情報に乏しい笑顔である。さくらは慎重に、一番無難な返事をした。

「……ありがとうございます」

「そんなにかしこまらなくてもいい。私は経営者で、言問さんは講師。お互いに立場が異なるからね、意見もまた異なる。そして、それをちゃんと表明してくれるのは意義のあることだ。しかしね……」

社長はもったいぶって言葉を切った。さくらの足元のゴミの堆積と、机上のノートと、東大後期の問題用紙を一瞥《いちべつ》する。彼は意味ありげにうなずき、また口を開いた。

「どのみち、仮定の話では駄目だ。成果を見せてくれなくては」

「ええ、分かっています」

「期待しているよ。君一人で大手と戦おうという、その根性はとても素晴らしい」

「……社長。僕もいますよ」

横から口を挟まれ、社長は眉をひそめた。見ると、さっきまでパソコン画面をにらみつけていたヒロ君が、今は社長に鋭い視線を送っている。

「僕も一応、数学科なんで」

ヒロ君がそう言うと、社長の顔に一瞬だけ不快感があらわれ、そして消えた。社長はいつもの笑顔に戻り、ヒロ君の肩を軽く叩く。

「そうだったな。……とにかく、期待している」

そう言い残して、社長は去っていった。ドアから出て行く背中を、見るともなしに眺める。しばしの間、奇妙な緊張感が数学島の近辺に残っていたが……。やがてさくらが首を伸ばすと、ちょうど部長と目が合った。

「これは……社長の説得は一応うまくいった、ってことですか？　今年の後期はいつもと違う特別な難問だから、トップで解答を完成させて勝利宣言すれば……東大コースの強烈な宣伝になるって。うまくいけば『数学世界』に解答や広告を掲載できるって。そのことを納得して、コースの廃止を再考してくれるとか？」

「いえ、納得はしていないでしょう」

「まあ、そうですよね」

「ただ、『数学世界』に打診しておくようにと、指示がありました」

「打診？　今年だけはうちの解答と広告を載せてくれるように、ってことですか？」

「そう簡単にはいきません」

井頭部長は、ゆっくりとかぶりを振った。

「ご存じのこととは思いますが……。解答速報レースというのは、もちろんタイムを計って勝敗を決めるわけではありません。『何月何日の何限の授業で生徒に配ったか』といった情報から、どこが一位かがだいたい分かるので、それが噂《うわさ》として広まります。まあ、つまり暗黙のうちにトップが決定するわけです」

「はい。だから、そこでうちもトップをとれば『数学世界』に解答を載せてもらえるんじゃないかって、期待してるんですけど……」

「昨日のうちに、電話でこっそり教えてもらいました。『数学世界』の花巻《はなまき》編集長と私は、昔馴染《むかしなじ》みですからね。彼によれば編集部は、毎年の慣例として『最も完成が早かった予備校』に解答・解説の原稿を依頼するといいます。東大数学に関してはね。しかし……候補になっているのは、MAS《マーズ》やテクネ・マクラ会、駒場《こまば》予備校などの大手のみだということです」

「え……。つまり最初から、大手だけのレースということですか？」

「はい。そして解答の最終ページには、その予備校の広告が大きく載る。今年のトップは我が社であると、誇らしげに主張するわけです」

さくらは額に手をやり、顔をしかめた。それでは、中小企業である七徳塾《しちとくじゅく》は、最初から解答速報レースにはお呼びでないということではないか。レースに参加できないなら、解答をトップで完成させても勝ちようがない。

しかしながら。

部長の表情を見る限り、そんな絶望だけを話すために口を開いたとは、思えなかった。

さくらは問うた。

「じゃあ、部長は社長に、いったい何を打診するように言われたんですか？」

「そのレースに、我が社も参戦する方法がないか訊いてみろ――社長の指示を要約すると、そんなところです」

「それって……！」

さくらは思わず声を明るくした。

社長が、七徳塾の解答レースへの参加に意欲的だということは。さくらの主張に賛同してくれているということではないか？　彼女がトップで解答速報を打てたら、本当に東大コースを存続させてくれるのではないか？　いや、そんなことがあるだろうか？　あの曲《くせ》者《もの》社長のことだから、裏があるのではないか？

「しかし……」

「やっぱり、何かあるんですね」

さくらは喜びに躍り出そうとしていた心を再び抑えつけた。分かっている。あの社長はそこまで単純ではないのだ。自身が決めた経営方針を、そう簡単にひっくり返すとは思えない。

「社長はこうも付け加えました。速報レースで大手に勝利したとしても、あくまでも『廃止を再検討する』ということであって、結局は当初の予定通りに廃止になるかもしれない、と。その場合は、仮に『数学世界』に解答が掲載できることになったとしても……その横に載るのは『東大コース』の名前ではなく、新しい二本柱である『医学部マスターコース』と『栄冠コース』である、と」

「う〜ん……」

さくらは顔をしかめた。予想通り、一筋縄ではいかないようだ。

社長はおそらく、今年も『数学世界』に広告が載せられるなら載せたいと思っているだろう。しかし、そこに「東大コース」の名前は記載しない可能性もある。もしかしたら初めから、解答速報を売り物として、新体制の宣伝をするつもりかもしれないのだ。速報レースに勝っても、東大コースの廃止自体は変わらず——その場合、さくらは塾の方針転換に利用されただけで終わることとなる。

即刻却下されるよりはずっとマシだが……。

「……その点は、言問さんは考える必要ありません。解答作成に集中してください」

さくらが鬱々とした気分になりかけていると、井頭部長は言った。

「私の仕事ですから。『数学世界』との交渉も進めますが、同時に、他の役員とも話して、どうにか味方を増やせないかやってみましょう」

「……お願いします」

さくらは頭を下げ、自分の机に体を向け直した。自然とため息が漏れる。机上には問題用紙が、動かしがたい現実として鎮座している。

おそらく社長も、井頭部長以外の役員たちも、大手に勝てるとは思っていないだろう。一応、「勝ったら再検討（かも）」というところまではいったものの、結局は善戦むなしく大手に敗北する——そういうシナリオが彼らの頭にはある。そういう道筋を辿《たど》ることで、東大コース存続を望む者たちとも、自動的に合意が成立するというわけだ。一方的に廃止を強行するよりも、反対の声を封じ込めやすくなる。形ばかりの譲歩。

もしもさくらが大手に勝ち、七徳塾が解答速報のトップを獲得した場合には、また別の理屈を用意してくるかもしれない。道筋は変わっても、最終的な目的地は変わらないのかもしれない。

社長はもともと商社勤務であり、さまざまなビジネスの場を切り抜けてきたやり手である。海外勤務などの経験も豊富だという話だ。受験業界については門外漢であるとはいえ、ビジネスマンとして有能であることはたしか。

一言でまとめると、非常に曲者なのである。

さくらは井頭部長を尊敬している。というか、彼の理念に惹《ひ》かれて七徳塾に入社したのだ。しかしながら、部長はもともと予備校講師である。今では部長兼役員として日々奔走しているが、ビジネスマンとしては社長の方が何枚も上手《うわて》……。

「……言問先輩」

そのままだったら、どこまでも暗く、深く沈んでいってしまいそうだったが。

ヒロ君に声をかけられ、さくらは顔を上げた。彼はいつも以上の仏頂面で、左隣の席に座っている。

「うん。どうかした？」

「どうかした、じゃありませんよ。さっさと解いてしまいましょう。ええ、僕が本気で取り組めば楽勝ですよ」

ヒロ君は鼻息荒く、そう言った。

「僕、午前中は授業がありますけど、午後から手伝えますから。いやむしろ僕が全部解いてしまうので、先輩の出番はないかもしれません」

「あの……なんか、ムキになってる？」

「いいえ。そんなことはありません。ええ、ムキになんてなってませんよ。あんなの、気にしていたってキリがないですからね」

それだけ言い置くと、ヒロ君はまたパソコンに向き直ってしまう。さくらは鉛筆を手に取り、そのお尻の消しゴムの部分を、こめかみあたりにぐりぐり押し当てる。

ヒロ君は社長の息子、前社長の孫である。彼が入社したときには、前社長はすでに引退していたから、祖父と孫の関係は知らないが……。少なくとも、父子の関係が良好ではなさそうだということは、なんとなくみなが察している。

社長が将来的に、ヒロ君に地位を譲るつもりがあるのかどうかは、分からない。いや、もしその気があるなら、まずは自分と同じく大企業に就職して経験を積むことを勧めるのではなかろうか。なぜ、息子が中小企業の予備校講師になることを許したのか。反対されたが、ヒロ君自身の意志で押し切ったのか。詳しいことは知らない。きっとヒロ君にもいろいろあるのだろう。

（まあ、あたしが考えても分かるわけないか）

さくらはため息を吐いた。ただ先ほどとは違い、負の感情の表出としてのため息ではなかった。

（……東大コースの件だってそう。あたしは逆立ちしたって、役員会議には出られないわけだし。考えるだけ損）

さくらより感情的になっているヒロ君を見たおかげか、一分前と比べて少し冷静になれていた。どのみち、役員の説得などさくらにできるはずがない。さくらの専門は受験数学。それだけで食べてきた。それだけで生きてきた。

「では、一限やってきます」

そう言って、ヒロ君はノートとテキスト、それからマイ・チョーク入れを抱えて出て行った。他の科目の島でも、慌ただしくプリントをかき集めたり、腰に手を当ててコーヒーを飲んで気合いを入れたり、授業開始前のいつもの光景があった。

今日のメインは、来年度の入塾を考える生徒のための、体験授業。幸い、さくらの担当授業はない。

ゆえに、彼女の今日の仕事はただ一つである。

彼女は自身のほおを叩くと、尖《とが》りに尖らせた鉛筆を手に、作業を再開した。

*

（全然分からない……）

昨夜と変わらず、さくらは自分の机で頭を悩ませる。すでに本日の一限が始まってから、五十分近くが経過していた。それはすなわち、さくらが問題との格闘を再開してからも、五十分近く経っていることを示している。進展はない。さくらは迷いの森で右往左往し続けている。

大問は二つの小問で構成されており、弥生にも話した通り、小問1は昨日のうちに解いてしまってある。こちらは簡単だった。ルールに従って、図5に示された三種のグラフが実際に作れるかどうかをたしかめればいいだけだ。

たとえば、こんな具合に。

P_1○
↓（操作1）
P_2◎$\overset{E_1}{—}$$P_1$●
↓（操作1）
P_2○$\overset{E_1}{—}$$P_1$○$\overset{E_2}{—}$$P_3$◎

これは操作1を続けて二回実行しただけだ。ちなみに、◎は新しく追加した白丸である。
操作1——すなわち、グラフの頂点を一つ選び、その隣に新しい白頂点を付け加えること。二つの頂点は新しい辺で結ばれる。選んだ頂点の色は変化する。
どのグラフも最初は必ず、一個の○からスタートする。だから必然的に、最初に選ぶ頂点は一択である。グラフには二つ目の頂点が付け加えられ、一個目の頂点は黒へと変わる。
そして二回目の操作で黒い方の頂点を選べば、白丸が三つ並ぶグラフが完成するわけだ。黒丸の隣に白丸が増え、選ばれた黒丸は白丸に変わるのだから。
このようにして書き出せば、三種のグラフが「作れるグラフ」（可能グラフ）であることが、大して苦労もなく証明できる。
しかしながら、これはいわば、最初の草むらで出てくるポッポとかコラッタとかのよう

図6

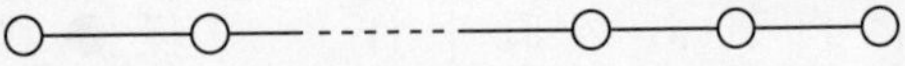

なものである。問題はこの先だ。

あらためて確認する。小問2には、こうある。

「nを自然数とするとき、n個の頂点を持つ図6のような棒状のグラフが可能グラフになるためにnのみたすべき必要十分条件を求めよ。ここで、すべての頂点の色は白である」と。

つまり、白丸がn個並んだ棒状のグラフに関して、「作れるグラフ」と「作れないグラフ」の条件は何か、ということだ。

白丸の個数が少ないうちは、そのグラフを作れるか否かはすぐに分かる。たとえば、白丸三個のグラフは簡単に作れる。白丸四個のグラフも作れる。しかし、白丸五個のグラフはどうやっても作れない。

では、n個ではどうか。

その「3」や「5」と「n」との隔絶こそが、この問題を解く上での関門の一つ。数字がnになったとたんに、解答への道筋は暗々然として、探求者たちを惑わせる。

具体的な、目に見える数字——「3」とか「5」とかを扱っているうちは、地球上にはただ算数のみが存在した。古代文明の誰かが方程式を編み出し、「未知なるもの」を扱う手段を発明したことにより、人類は数学という、火と同等に重要な武器を得たのである。その基準で言えば、小問1は算数であり、小問2でようやく数学になる、と解することができる。数学は人類の英知であり、具体的な数字を扱うより、文字式にした方がすっきりと分かる場合も多い。

しかしこの問題は、受験というレベルから逸脱した数学である。具体的な数字が n という文字へと変わった瞬間、難易度ははね上がる。

算数から数学へ。猿から人へ。飛躍と呼ぶには、あまりにも隔たりが大きすぎた。

事実、小問1を解き終えてから何時間考えても、小問2に関してはいまだに初手も分からないままだ。数学の問題を解くときには、まず急所を探すべきなのだが、その急所がどんな形をしているのか、どんな手触りなのか、匂いはあるのか、味は、重さは、硬さはどうか……。一つもつかめない。

（これは今までにない問題……とすると、今までのやり方は通じない……）

さくらは机に肘をつき、頭を抱えた。目の前のノートには、無数のグラフが何ページにもわたって書き出してあるのだが……それだけでは突破口が見えない。

（何か、もっと画期的な手段が必要なのかも。何か、これまでとは違う何か……）

もちろん、そんな新しい方法への乗り換えが、服でも着替えるような具合でできたら誰も苦労しない。これまで積み上げてきたものをいったん捨て去る行為である。あまりにも難易度が高く、本当に可能なのかどうかも分からない……。

「いやあ、失敗失敗」

そのときだった。

一限の終わりまでにはあと十分ほどあったのだが……。ドアが開いて、小美山が講師室に入ってきた。普段と同様、スポーツ新聞を片手に、サンダルをカポカポ鳴らしながら。

さくらは時計を見やり、授業が終わったにしてはおかしな時間だと一瞬思ったのだが……やがて気がついた。そもそも今日、小美山の姿を見るのはこれが初めてなのだ。

ということは、どういうことか。

大遅刻である。

「う～ん、部長になんて言い訳しようかなあ」

井頭部長が外出中であるのをいいことに、小美山は悠然と数学島にやってきた。

「あ、おはよう、さくらちゃん」

「おはようございます」

さくらは必要最低限の礼節のみをもって、この遅刻魔に挨拶した。小美山は椅子に座ろうとせず、莞爾《かんじ》として笑った。

「さくらちゃん。おじさんがどうして遅れたか訊かないのかい？」

「ええ。全然興味ないので」

「つれないなあ……。せっかくかわいい後輩との親交を深めたいと思っているのに。おじさんは悲しいよ」

小美山は沈痛な表情を作り、首を横に振った。このまま無視していれば大人しく仕事にかかってくれるだろうと思っていたのだが……運悪く、ダリ先生が通りかかってしまった。

ダリ先生は年の近い数学講師を発見し、嬉《うれ》しそうに近寄ってきた。

「おはよう、小美山一《はじめ》君。重役出勤かね」

「おはようダリちゃん。いやあ、今日は一限からじゃなくて、命拾いしたよ」

「どうしたのかね。天下の行く末を左右するような、よほどの大事があったのか」

「実はね、おじさんは、夜が明けるまで心の友と語らっていたんだ」

ダリ先生に尋ねられ、自然な流れで小美山は語り出す。頼むから、さくらの机の横で世界一無駄な話をするのはやめてもらいたいのだが。

「そのせいでちょっとばかり眠くてね、お天道《てんと》様が空に昇ったことに気づかなかったのさ」

（競馬仲間と飲み明かしたのか……）

さくらはあきれたが、一瞬後、生活の破綻という意味では、自身も人のことを言えないと思い出す。昨夜家に帰っていないのは彼女も同じだ。朝から入れる銭湯が近くにあるのは非常に助かるのだが……。おかげでさくらや小美山のように、非人間的な日常を送る者が出る始末である。

己と小美山との共通項を発見してしまい、さくらは戦慄した。一方の小美山おじさんは、気にせず話を続ける。

「その語らいの場には、大手予備校で働いている人も何人かいた。自然と、東大後期の例の難問の話になり……MASの噂話になったんだ」

「MAS？」

ドキリとして、さくらは割って入った。

「まさかもう解いたんですか？」

「いや、その逆だよ。なんと、あのエリート集団でもまるで歯が立たず、ついには外国の大学教授に協力を求めたそうだ」

小美山は、まだ酒が残っているかのような上機嫌な様子だった。

「フランスの……たしかリヨン工科大だっけ、とにかくそこに出張中の教授にツテがあるらしくてね。グラフ理論に一家言を持っている人だ。MAS予備校の誰かが、教授にメールを送ったらしいよ」

大学教授。さくらは顔をしかめた。かつて、どうやってもなることができないと諦めた雲の上の存在。天才の中の天才だけがその門を叩くことが許される職業——数学者。しかもグラフ理論の専門家ときた。さくらは入試問題の専門家であるものの、入試の枠を越えた大学レベルの理論を持ち出されては、とても太刀打ちできない。

　そんな人まで舞台に引っ張り上げようというわけか。MASの奴《やつ》らもまだ解けていないことを確かめられて、ホッとはしたものの……。これはいよいよ、尋常の事態ではない。

「ふむ。そこまで難しい問題なのかね、今年の後期数学は」

　そばで興味深そうに聞いていたダリ先生が、そう尋ねた。

「難しいなんてものじゃないよ。おじさんには手も足も出ない。一応プロなんだけどねえ、自信なくすなあ……。ダリちゃん、アメリカの大学にツテとかないかい？」

「残念ながら、私はアメリカに住んでいたことがあるというだけで、大学は日本なのだよ」

「日本でもアメリカでもフランスでも同じですよ。どっちにしろ教授に対して、そんなふうに気軽に依頼できる人なんて例外中の例外ですから」

　さくらはため息混じりにそう言った。

　当然、大手のようなエリート集団と違い、さくらたちには人脈もない。外部の力に頼るという選択肢は最初からなく、信じられるのは己の脳みそただ一つ。

　数学教授――しかもこの分野の専門家ならば、言ってみれば世界で一番、大問3を解くのに向いている人間ということだ。きっと解いてしまうだろう、となると、フランスからのメールの返信がMAS予備校に届くまでが勝負。

「……で、これかね、世紀の難問というのは」

ダリ先生が、さくらの机上を覗《のぞ》き込んできた。そろそろ問題に取りかかりたかったので、彼女はこのとがったヒゲを持つ英語講師を、何と言って追い払おうか考える。

けれど、ほんの束《つか》の間《ま》、追い払うのは延期することにした。

ダリ先生が真剣な顔をして、こんなことを言ったから。

「私に数学は分からない。しかしだね、言問さくら君。外国語副作用というのをご存じかな？」

さくらは眉をひそめた。怪しい本を薦めてくるときとは違う。プロの英語講師の顔だった。

「……いえ、聞いたこともないです」

「人の思考についての研究だよ。まあ簡単に言えば、外国語の文章を読んでものを考えるとき、普段よりも思考力が低下する、というわけだ。たとえ文章それ自体は完璧に理解できていたとしても、ね」

言いながら、ダリ先生は問題用紙を取り上げた。一方の手でヒゲをつまみながら目を細め、問題文に視線を走らせる。

「いくら英語に堪能な人でも、母語が日本語であれば、英文を読むときと日本語の文を読むときとでは、同じパフォーマンスを期待することはできない」

「そうなんですか」

「うむ。だからまずは、この問題を日本語に……君にとっての母語に訳すべきではないだろうか」

「いや、これも一応、日本語なんですけど……」

「私にはそうは見えないよ」

ダリ先生は肩をすくめた。言いたいことを言い終えたからだろう。彼は問題用紙をそっと机に戻すと、意外なほどあっさりと、早足で英語島の方へ戻っていった。さくらはその後ろ姿をぼんやりと眺めた。

「たしかに、他教科の人からすると、外国語も同然かもしれないねえ……」

小美山が席につき、煙草に火をつけながら笑った。しかし、さくらは笑わなかった。

(日本語に……訳す)

心の中でつぶやくと、その長大な問題文にあらためて目を向ける。

さくらは数学の問題文を読みなれている。これまで何千、何万という問題を解き、数学の用語を己の手足の延長のように使えるよう、訓練し続けてきた。

しかし、あくまでも「訓練」で身に付けたものだ。母語のように自然に体得したものではない。

もし……もしも。さくらは数学を、「英語が得意な日本人が英語を読むように」すらすらと読める「だけ」だとしたら？

つまり、外国語を読むような感覚で読んでいるのだとしたら？

この異常なほどに長く複雑な問題文によって、さくらの思考力が奪われているのだとしたら？

（……試しに、やってみようか）

＊

神奈川県の西部に、大磯《おおいそ》という小さな町がある。神奈川というと都会のイメージがあるらしいが、それは東京近郊の話であって、西部にいくほど人口は減り、のどかになっていく。大磯町というのは、人口三万ほどの田舎町だ。休みの日には観光客が押し寄せる、なんてこともなく、穏やかな海と、低い山に挟まれて、常に平穏な時間が流れている。

さくらはその地味な町で育った。大磯では電器屋や、雑貨屋や、パン屋や、歯医者などを指すのに「〇〇君のお母さん」とか「××ちゃんのお父さん」とか呼んだ。たいていが知り合いか、知り合いの身内だった。何か困ったことがあっても、友だちの親が解決してくれるような。そんな狭い社会だ。

小学生の頃は、魚屋の店頭に並んだ干物を見ながら登校し、花の蜜を吸ったり、ヘビイチゴを食べたりしながら下校した。受験などというものとは縁がなく、同級生たちほぼ全員とともに、町立の中学校に進学した。そこで普通に勉強し、普通に運動会や文化祭に打ち込み、普通に初恋をし、普通に失恋した。

中二の秋の文化祭で、クラスの男子に告白して、見事にフラれた。家で大泣きしながら相手の男子に対する罵詈雑言《ばりぞうごん》を連呼したため、両親は閉口していた。

涙と悪口とともに悲しみをすべて吐き出し、数日のうちに復活する――さくらの恋は、たいていそのように終わるのだ。しかしながら、この初恋だけは例外だった。物語はそれで終わらず、形を変えて継続した。

文化祭の翌週あたりだったと思う。さくらの告白を断った男子が、近辺の二番手校を受けるという話を耳にしたのだ。偏差値的に、さくらが目指している高校よりもレベルが上だった。

今思えば、別にどうという話でもない。しかし当時のさくらにとっては、まさに自らの存在価値を揺るがすほどの重大事であると思えたのだ。

フラれた上に、勉強まで負ける。そんな事態は天地がひっくり返っても許容できなかった。さくらは見栄《みえ》を張り、だったら自分は、偏差値がもうワンランク上の高校――つまりトップ校を受けてやると宣言。周囲にも積極的に言って回った。おかげで、さくらが失恋で壊れて勉学に目覚めたという噂は、クラスどころか他学年にまで広まってしまった。

おかしな意地を張ったものだ。

けれど、張って良かった意地だと、今では思っている。

当時の神奈川では、県下一斉試験である「アチーブメント・テスト」(通称ア・テスト)が実施されていた。これは、中学二年の三学期の一斉テストで結果を出さなければ、あとからどんなに頑張っても望みの高校には入れないという、理不尽極まりない制度だった。季節は、すでに中二の秋。全九教科の実力を合格圏内にまで伸ばすには、準備時間はあきれるほどに短かった。担任にも親にも難しいだろうと言われたが、さくらは聞こうとはしなかった。大磯の書店は品揃《しなぞろ》えが十分とは言えなかったので、電車で四駅離れた藤沢市まで向かい、大きめの書店で参考書を選んだ。

あれは、人生で二番目に努力した時期だと思う。

英単語をカードに書いて、休み時間や朝礼のときにまで暗記に励んだ。眠い目をこすって、歴史の教科書を一冊、ノートに丸写しした。理科の実験器具に追いかけられる夢を見た。漢字の書きすぎで指が何度もつった。年末年始は数学の猛特訓に集中するあまり、日付の概念があやふやになり、朝食に出た餅を見るまで年が明けたことに気づかなかった。

そして、さくらはやり遂げた。全エネルギーをア・テストで消費したため、試験二日目——ラストの第九教科終了の直後に失神し、保健室に運ばれる始末だった。

(……あの頃に比べたら、こんなの苦しいうちに入らない)

今、さくらは脳みそが沸騰しそうなほど集中し、問題と向き合っていた。解くためではない。その本質をつかみ取るために。日本語への翻訳、問題の簡略化——といっても、ただ単に短くすればいいという話でもない。問題の趣旨が変わってしまっては困るのだ。その芯の部分を変質させることなく、表面だけに手をつけ、文章だけを簡単にする。

慎重に、慎重に。ドリルやのこぎりではなく、刷毛《はけ》やピンセットを使う気持ちで。壊してしまわないように、丁寧に、問題の核心を取り出そうとする——。

*

《大問3》
白丸ひとつからはじめて次の操作1、2により○を1列に並べていく。
（操作1）新たな白丸を列の両端のいずれかに置き、その隣の丸の色は、白は黒に、黒は白に変える。
（操作2）新たな白丸を丸と丸の間に入れ、その両隣の丸の色を白は黒に、黒は白に変える。

○→●◎→○◎●

右の図は、まず操作1を施し、その後に操作2を施したものである。なお、◎は新たに置いた白丸を表している。

さて、これらを有限回行うことによって得られるグラフを可能グラフとよぶ。白丸一つから始めてこれら二種類の操作を行い、白丸n個が可能グラフであるための自然数nの必要十分条件を求めたい。

(1)「$n=$　　　」が可能グラフであることを示せ。

(2)「$n\neq$　　　」が不可能グラフであることを示せ。

*

……ずいぶんときれいになったものだ。

書き終えて、さくらは思わず、元の問題文と自分の文とを見比べた。もともと国語の試験問題のような文章量だったものが、今では、真夏のアスファルトの上でのたうち回るミミズのような文字で、十行程度に圧縮されている。

もとの文章では、「操作1」の説明だけでもこれだけの長さがあったのだ。

（操作1）この操作はGの頂点P_{i_0}を1つ選ぶと定まる。V'はVに新しい頂点P_{n+1}を加えたものとする。W'はWに新しい辺E_{m+1}を加えたものとする。E_{m+1}の頂点はP_{i_0}とP_{n+1}とし、G'のそれ以外の辺の頂点はGでの対応する辺の頂点と同じとする。Gにおいて頂点P_{i_0}の色が白又は黒ならば、G'における色はそれぞれ黒又は白に変化させる。それ以外の頂点の色は変化させない。またP_{n+1}は白頂点にする。

これが「（操作1）新たな白丸を列の両端のいずれかに置き、その隣の丸の色は、白は黒に、黒は白に変える。」に変換された。ダリ先生の言う「日本語」に翻訳できたと言えるだろうか。

「あ、竜一郎君」

ちょうどいいところに竜一郎が通りかかったので、さくらは呼び止めた。多分、誰かほかの講師のところに質問に来ていたのだろう。ノートとプリントを小脇に抱えて、その眉毛の薄い高校生は歩み寄ってくる。

「なんか用っすか、さくらちゃん」

「ちょっとこれ、読んでくれない？」

デスクの横に来た竜一郎に、さくらは「日本語」に訳した問題文を差し出した。

「何の問題っすか？」

「今年の東大後期。大問3の小問2」

「ええっ⁉」

竜一郎は目を丸くした。さくらの乱雑な文字列をもう一度眺め、そしてつぶやく。

「嘘《うそ》でしょ」

「嘘じゃないよ。ほら、『私は嘘吐きだ』みたいな文章はパラドックスをはらんでるって、授業のときにちょろっと話したでしょ？」

「ふざけてます？」

「いや、ふざけてない。嘘は吐いてない」

「大問3って、あの難問っすよね？」

「情報を整理して、シンプルにしたの」

さくらは少し胸を張って答えた。けれど、竜一郎はまだ半信半疑のようだ。

「本当に、アレと同じ問題なんすか、これ」

「そう」

「これなら俺でも、問題の意味は分かりますよ。どうしてこんなにスッキリしちゃったんですか？」

「元の問題を見て。この図が、混乱の第一の原因なんだよ」

さくらは椅子に座ったまま、机上の問題用紙をめくった。問題には「図1」から「図6」までが添えられている。○、●、P_5、E_{m+1}などで構成される図だ。

「この問題は簡単に言うと、条件に従って白丸を追加したり、丸の色を変えたりするゲームをしましょう、って話。図を見ると、頂点は縦、横、斜め、どんな方向にも追加されるように見える」

「ように見える? 違うんすか」

「そう、違うんだよ。この小問2を読むと、『棒状のグラフ』の話しかしていない。棒状、つまり頂点も辺も横一列に並べるってこと。縦と斜めは考えなくていいってわけ」

さくらは、縦と斜めが使われた図をすべて斜線で消した。残ったのは、白丸一個のみで構成されたグラフ(図2)と、棒状グラフ(図6)のみである。

「小問2に関係する図は、この二つだけだね。そして混乱の第二の原因は、添え字のついたPとE」

「P_nとE_mっすよね」

竜一郎は顔をしかめた。前期試験の悪夢を思い出したのかもしれない。今年の東大前期数学、大問5――「ベクトル」「数列」「極限」の複合問題で、多くの受験生の心がへし折られた。竜一郎もその一人である。

「数列が二つ同時に出てくるってだけで、もうやる気なくなりますよ」

「そう見えるだけだよ。このPとEに関しては、実際は数列も漸化式《ぜんかしき》もいらない」

「え？」

「こうやって全部の辺と頂点を区別しているんだけど、実は、そんな必要ないってこと。ちょっとノートいい？」

さくらは、竜一郎にノートを返してもらうと、簡略化した問題文の下に、三つの白丸と二本の辺からなるグラフを二種類書き込んだ。棒状の、小問2の条件に合うグラフである。


$P_3\bigcirc\overset{E_2}{—}P_1\bigcirc\overset{E_1}{—}P_2\bigcirc$

$P_2\bigcirc\overset{E_1}{—}P_1\bigcirc\overset{E_2}{—}P_3\bigcirc$

「これは、ルールに従って作った二種類のグラフ」

「添え字が違ってますね」

「操作の順番が違うからね。けど実は、問題を解く上ではどっちも同じグラフなんだよ。白丸を追加した順番が違っても関係ない。……だったら、こう書いても同じじゃない？」

さくらは、さらにもう一つのグラフを追加した。大理石を彫り、芸術作品を創り出すように。あるいは、化学者が溶液から結晶を取り出すように。不要物を削り、取り去った上で、グラフ本来の姿を析出しようとする。

P○$\overset{E}{—}$P○$\overset{E}{—}$P○

「もっと言うと、こう書いても同じ」

○—○—○

「文字はどこ行ったんだって感じですけど」

「そうだね。でも、問題を解く上では支障なし」

「なるほどねえ……」

竜一郎は、枝葉を切り落とされたあわれな樹木のごときそのグラフを、しげしげと見つめる。

「そして、混乱の第三の原因は、辺の扱い」

「まだあるんすか」

「もちろん。極限まで簡略化するよ」

さくらはノート上のグラフを、鉛筆でトントン叩いた。

「このグラフ……実は辺を無視して、頂点だけで考えても同じなんだよね」

「同じって、どうしてですか？」

「横一列だけ考えればいいって言ったでしょ？　横に並べた丸を、辺でまっすぐつなげる方法って、何通りもあると思う？」

さくらが尋ねると、竜一郎は腕組みし、首をかしげ、先ほどのグラフを正面から、続いて斜めから観察した。

「う～ん……たしかに、これ以外にやりようがないっすね」

「そうでしょ？　だから、こう書き直す」

○—○—○

←

○　○　○

「並んでる丸の個数……つまり n だけ考えればよくなったってわけ」

「なんかもう、何もかも消えましたね」

竜一郎はあきれたようにそう言った。こうして見ると、最初の複雑怪奇なグラフは夢か幻だったのではないかと思えてくる。

ちょうど、二限の講義が終わったらしく、講師たちが次々と戻ってきて、講師室はざわめきはじめていた。マグカップを手にホッと一息入れる講師、椅子に勢いよく腰を下ろし、背もたれに体をあずける講師などに交じって、テキストを持った生徒も何人か、机の間をうろうろしている。熱心極まりないことに、授業の質問に来たのだろう。

「ふうん。だからnだけ考えればいいんすね。この空欄を埋めれば答えになるわけか」

ノートの「$n=$　」の部分を指でなぞり、竜一郎は言った。

「なんだか、俺でも出来そうな気がしてきましたよ」

「それはちょっと単純すぎるけど、まあ、前向きな気持ちは大事だね」

「さくらちゃん、普段はアレなのに、教えるのはうまいんだよなあ」

「けなしながら褒めるとは、高度なことするじゃん」

さくらは、丸めたノートで竜一郎の頭を軽く叩く。そして、腕時計に目をやった。

「三限が終わる頃に、また来てくれない？」

「三限？　なんでですか？」

「さっきも言ったけど、清書やってもらおうと思って」

「あ〜……やっぱり、この個別指導はタダじゃないってわけですか」

「なんでわざわざ、こんなに丁寧に説明してあげたと思ってんの。こき使う……いや、手伝ってもらうために決まってるでしょ？」

「抜け目ねえなあ」

竜一郎はぼやいたが、結局、清書作業を引き受けてくれた。ぶらぶらと手を振って、彼は講師室から出て行く。自習室に行くのだろう。居眠りばかりでなく、ちゃんと自習もしてくれると良いのだが。

さくらはため息を吐くと、自身のノートに目を落とした。ほとんどの人から「古文書みたい」と言われる、あまりにも汚い文字たちが、グラフと一緒に並んでいた。これをすらすらと解読できるのは、さくら自身と竜一郎、それから昭《あきら》くらいしかいない。

加えて、さくらはタイピングがあまりにも遅い。ゆえに彼女の字を読めて、なおかつある程度早く活字化できる人間——竜一郎は貴重な存在だった。彼女はどうしても急ぎたいときには、竜一郎に解答などの清書を頼むことがある。対価はさまざまだ。ラーメン一杯であったり、マンツーマン講義であったり、特製のプリントであったり。竜一郎本人はたびたび焼き肉をリクエストしているのだが、まだ連れて行ったことはない。

今回は大仕事なので、見返りはラーメン一杯では足りないかもしれないが……それを考えるのはあとだ。小美山は遅い時間まで授業が入っているものの、ヒロ君はあと一コマで終わる。手分けして作業にかかるために、彼がフリーになるまでに一割でも二割でも解答に近づいておきたい。その上で、途中経過を竜一郎に清書してもらい、ヒロ君に渡す。忙しいだろうから望みは薄いが、可能ならば井頭部長にも渡す。

ヒロ君が独力で解答に辿り着く可能性は低いものの……さくらとは違った視点から、攻略のヒントくらいは見つけてくれるかもしれない。とにかく、使える手段はすべて使うのだ。大手と違って、七徳塾の人員は限られる。

（ダリ先生の言う通り、問題をシンプルにしたから……景色はずいぶん変わった）

さくらは机で、一人思考を続ける。時計の針が進み、三限——午前中最後の授業が開始されていた。

nとmという未知数に惑わされそうになるが、実はnにのみ注目すれば良いこと。さらに、辺は関係なく、頂点だけを考えれば良いこと。当然、さくらは昨日の時点でそのことを理解はしていた。そう、理解はしていたのだが、ダリ先生の言う外国語副作用が働いて、「普段よりも思考力が低下」していたのかもしれない。今、彼女の思考はクリアだ。何一つ怖いものはないと思えるほどに。

枝を切り、幹に注目する。

雑音を遮断し、声なき声に耳を傾ける。

（元が複雑だったのは、過度の一般化が施されていたから。縦横の平面じゃなくて、横一列だけ考えれば、少なくともこの問題と〝だけ〟は戦える）

ならば、初めからもっとシンプルな問題文を用意してくれればよいのにと、文句の一つも言いたくなるのだが……。話はそう単純ではないのだろう。

おそらく、東大が欲しているのはさらに上の人材。

数学において、簡略化するということは、何かを犠牲にすることだ。それは厳密さであったり、応用可能性であったりする。今、さくらが犠牲にしたものは多分後者だろう。東大はそうした〝犠牲〟を嫌った。理由は、これが「試験」であることを思い出せばだいたい推測することができる。

東大は探し出そうとしているのではないか。こうした問題を、横一列（一次元）のみではなく平面（二次元）、さらに言えば立体（三次元）で考えられるような天才を、この後期入試をきっかけに探し出そうとしているのではないか。

すべての科目に秀でたオールラウンダーは、すでに前期で受かっている。この後期で一発を狙えるのは、研ぎ澄まされた刀一本で戦うエキスパート。

（あたしは、〝それ〟にはなれなかった）

東大が天才発掘のためにこの奇問を出題したのなら。これは、いわゆる「超人的なひらめき」を必要とする問題なのかもしれない。さくらには最も縁遠い能力だ。彼女にできることは、地道に一歩ずつ進んでいくことだけ。頭の中に蓄積した過去問を参照し、何度も何度も試し、失敗し、解答への道筋を探り当てる。険しい山道を少しずつ、少しずつ登っていく。

しかしながら、「ひらめき」を必要とする問題はこのやり方では解けない。それはいわば、「道を見つけたら一瞬で山頂まで辿り着けるが、その道が常人の目には見えない」という類《たぐい》の問題だ。そうしたトリックの前では、さくらが積み上げた、山を登るための努力は役に立ってくれない。努力は、圧倒的な才能の壁にはね返される。

（どこから手をつければいいかは分かってきた。前進はしてる。確実に。でも……）

熱を持ってきた額に手を当て、さくらは唇を引き結ぶ。彼女は大学で嫌というほど思い知った。数学は、さくらが散々言われてきたように「女子には向いていない」というものではなかった。そうではなく、高等数学は「人間には向いていない」ものだった。数学科には男も女もなく、都会っ子も田舎者もなかった。みな平等に、高すぎる壁にぶち当たった。各進学校のナンバーワン、数学偏差値八十を誇るような学生たちが、次から次へと挫折していく。修士課程、博士課程と進み、さらにその先——研究者にまでなれるのは、ごく一部の化け物だけだ。

（前進できてるからって、ゴールまで辿り着かせてくれるのかは、分からない。この問題……あたしはどこまで食らいつけるだろう）

さくらは、挫折した者の一人だ。

世界は常に、さくらのやり方を否定しようとする。

＊

「……さくら先生」

名を呼ばれ、難問との悪戦と苦い思い出の間から、さくらは浮上した。背の低い、大人しそうな女子生徒が机の横に立っている。

「……里井《さとい》さん」

さくらはつぶやき、腕時計を見やった。いつの間にか、また一時間が経とうとしていた。午前の授業が間もなく終わる時刻。

彼女は里井佳菜子《かなこ》。高一の頃から七徳塾に通っている、東大コースの生徒である。東大の文科三類を受験したが、今年は残念ながら不合格。まもなく始まる浪人生活に向けて、今は束の間の休息をとっている時期だと思っていたが……。

「どうかしたの？」

「うん、ちょっと……」

佳菜子は口ごもり、周囲を見回した。授業時間中とはいえ、講師室ではさくら同様、担当授業の入っていない講師たちが孜々《しし》汲々《きゅうきゅう》としてデスクワークを行っている。

佳菜子は黙ってうつむいてしまった。さくらは数秒待ってから、やがて微笑《ほほえ》んだ。

「そっか。じゃ、場所変えようか」

「本当にいいの？　忙しそうだったけど」

「そりゃ忙しいけどね。生徒の一生がかかった話より大事な仕事なんて、ありゃしないよ」

さくらはそう言って笑うと、ドアを開けて先に入室した。あとから佳菜子もそれに続く。

本当は、苦戦中だから気分転換がしたい、という切実な理由もあるのだが。それは黙っておくことにした。個別相談用の小さな部屋。四人掛けのテーブルが二つあり、その間にはパーティションが立っている。壁際には背の低い本棚が設置されており、分厚い大学案内の書籍がぎっしりと詰まっていた。壁には「明日為《な》すべきことは今日これを為せ」と大きく書かれたカレンダー。

二人は、片方のテーブルを挟んで腰を下ろした。

「話っていうのは、進路のこと？」

「うん……」

佳菜子は暗く沈んだ面持ちで頷《うなず》いた。それだけで、どういう方向性の話であるかは察しがつく。

佳菜子はやや躊躇《ためら》ったのち、こう言った。

「私、浪人はしないことにしたよ」

「……そう」

きっと、何か言葉をかけるべきだったのだろう。けれど、さくらにはうまい言い回しが思いつかなかった。

浪人しないということ。それは、東大を諦めて私大に行くという意味だった。

「学費の問題は、解決したの？」

「奨学金を申し込んでみる。学校の推薦があれば、貸与型なら採用されると思う」

「そっか。もう決めたんだね」

「うん、決めた」

佳菜子は顔を上げ、笑顔を見せた。いろいろな感情を内側に押し込め、蓋の代わりに顔に貼りつけた——そんな笑顔だった。

——東大、行けそうですか。

二年前、まさにこの場所での出来事を、さくらは鮮明に覚えている。さくらの前には佳菜子と、その母親が座っていた。緊張している佳菜子とは違って、母親はひどく興奮していた。テーブルの上には全国模試の成績表。偏差値は七十近かった。

——ここに、「B判定」って出てるんです。

母親の目は輝き、頬は紅潮している。さくらはあのとき、何と言えばよかったのだろう。

今でも結論は出ていないが……いずれにせよ、深く考えずにこう答えたのは失敗だったと思う。

——そうですね、このままいけば。

あの一言で、佳菜子の母親はやる気になった。佳菜子本人よりも、やる気になってしまった。母親は、模試があるたびに三者面談を申し込んできては、何を相談するでもなく、娘が中学時代からいかに優秀だったかをしゃべりまくった。ひどいときには東大に受かる前提で、その後の進路のことまで語り出したものだ。あとから知ったことだが、家では七徳塾の課題のほかに、独自に買い与えた参考書も大量にやらせていたらしい（量を減らすように言っても、母親は聞き入れなかった）。

受験において、親の理解を得るというのはたしかに大切なことだ。

しかし、過度の期待は子どもを潰す。佳菜子の場合、期待は明らかに行き過ぎだった。

彼女の全国模試の偏差値は高かったが、それはあくまでも高一のときの話だ。高一というと、進学校の生徒でも部活や行事に打ち込んでいる時期であり、受験勉強を本格化させていないことも多い。この時期の模試では、「真面目だけが取り柄の人」が高偏差値を叩き出すことが時々ある。

無論、そんな状況も長くは続かない。高二の二学期あたりから目に見えて成績が落ちた。高三になって浪人生が競争相手に加わると、さらに悲惨だった。

——スランプなんです。先生。

今にも泣きだしそうな佳菜子の横で、母親は必死に訴えてきた。悲痛な声だった。我が子を愛し、その底力を信じて疑わない。だからこそ厄介だった。

——一時的に、調子を落としてるみたいで。どうにか本当の力を出せるように、指導してあげてください。お願いします。

さくらは何もできなかった。

佳菜子は結局、東大には不合格。いくつか受けた私立のうち、法明《ほうめい》大学にだけはなんとか引っかかっていた。母親は、浪人させてでも東大に行かせたいと考えていたし、さくらももう一年間指導するつもりでいたのだが……。

「たしかにお母さんは、すごくがっかりしてたよ」

さくらの沈黙から、言いたいことを察してくれたのだろうか。佳菜子はテーブルに——かつてB判定の成績表が置かれていたあたりに目を落とす。

「でも説得したら、分かってくれたから」

本当に「分かってくれた」のか、たしかめるすべはない。

実際、以前なら母親とともに来ていたはずだが、今、さくらの前に座っているのは佳菜子一人である。

さくらはテーブルの上で指を組み、口を開きかけ、閉じた。なんとなく、壁のカレンダーに視線を投げる。三月十四日――東大前期試験の合格発表の四日後であると同時に、みなが慌ただしく新生活の準備を進める時期。

高校生、あるいは浪人生たちは、合格発表からほんの数日の間に進路を決める。立ち止まっている暇などない。人生における重大な選択であるにもかかわらず、考慮に費やせる時間はあまりにも短い。短すぎる。

しかも、その選択は「学歴」という形で一生ついて回るのだ。

「……お母さんはね」

さくらが、何か気の利いたことを言おうと思案していると。佳菜子は切なげに笑った。

「私は努力家だからきっと大丈夫だって、いつも言ってた。東大には努力で受かるって信じてた」

「私、努力が足りなかったのかな」

「里井さん、それは……」

「……っ、そんなことない」

佳菜子の言葉にかぶせるように。さくらは否定した。

あたしはバカだ。今一番重要なことは、学費の問題でも、佳菜子の母親の気持ちでもない。親の期待があろうとなかろうと、佳菜子が本気で東大を目指していたのは事実なのだから。

どんな言葉をかけるべきなのかは分からない。それでも何か言わずにはいられなかった。今伝えなければ、おそらく永遠に伝える機会はない。

「里井さんは、あたしの自慢の教え子だよ」

(あなたが誰よりも努力していたことを、私は知ってる)

心の中で、そう付け加えた。けれど口には出せなかった。

あなたは努力しても届かなかった、それは才能がなかったせいなのだと――そう宣告するようなものだから。

才能――さくらが打ち破ろうともがき続けている大敵。

もがくたびに突き付けられる、残酷な真実。

佳菜子の表情が、くしゃっと歪《ゆが》んだ。笑顔はついに壊れ、その下にあった感情がむき出しになる。彼女はしばし震え、結局、耐えられなかったようだ。目から涙がこぼれた。

さくらはテーブルの向こうに回って、佳菜子をそっと抱きしめた。しゃくり上げ震える体を、優しく包む。

ごめんなさい。

あたしには、こんなことしかできない。

「先生……。三年間、ありがとう」

嗚咽《おえつ》の合間に、佳菜子は言った。さくらは佳菜子の背中を、そっと撫《な》でた。

相談室から出て佳菜子と別れたとき、三限の講義がちょうど終わった。昼休みを迎え、校舎内は再びざわつきはじめる。さくらは講師室に足を向けかけて……立ち止まった。

午前中いっぱい講師室で頭を悩ませた結果は、どうだった？　問題文を簡略化して、多少は考えやすくなったかもしれないが……それだけだ。また午後も椅子に座ってノートを眺めて、同じことを繰り返して、本当にこの問題が解けるのだろうか。

否。

そんなものはさくらのやり方ではない。いつ降りてくるか分からないような天啓を大人しく待っているようなことは、彼女の性には合わない。

さくらは踵《きびす》を返した。講師室ではなく、教室の方へ。七徳塾で一番大きな４０１教室──四十ほどの机と椅子が置かれたその部屋のドアを、彼女は勢いよく開け放った。

「えっ、言問先生？」

席は半分ほど埋まっており、生徒たちが弁当を食べているところだった。彼らは箸を動かす手を止めて、ドアの方を向いていぶかしむ。今日は体験授業で、知った顔も知らない顔もある。だが、今はどうでもいいことだ。

さくらは何も言わずに黒板に歩み寄ると、黒板消しをつかんだ。

（あたしは数学者にはなれなかった。それでも、あたしにはあたしのやり方がある）

前の授業は世界史だったようだ。「二月革命」「五月革命」「三月革命」などといった似たり寄ったりの用語が並んでいたが、さくらはそれらを片っ端から消し去っていく。生徒たちは不思議そうに眺めている。彼女は気にしない。

（東大の意図なんて関係ない。あたしは数学者じゃなくて予備校講師だから。この問題さえ解ければいい。大手に勝って東大コースを存続させる……そのために、二次元じゃなくて一次元でやらせてもらうよ。悪いけどね）

黒板を端から端まできれいにすると、さくらはチョークを手に取った。生徒たちのざわめきを背中に受けつつ、彼女はしばし無言で、目を閉じて佇《たたず》む。頭の中に、打ち倒すべき問題の姿を描き出す。漠然とした、巨大な敵。

やがて、さくらは目を見開いた。

カツンッ

彼女は黒板の左上の隅に、チョークを押し当てた。一瞬後、チョークは黒板上を踊りはじめた。そのステップの軌跡はグラフとなり、いくつもいくつも連なっていく。白丸と黒丸。白いチョークで黒板に描いているため、色合いは逆であるが——塗りつぶされない方を○、塗りつぶされた方を●とみなす。

○

◎●　●◎
◎●●　●◎○　○○◎
◎○○　○◎●　●●◎
◎●●●　●◎○●　○○◎○　○●○◎
◎○○○　○◎●○　●●◎●　●○●◎
◎●○○　●◎●○　○●◎●　○○●◎

……

…………

…………

十列、二十列、三十列、それでもまだ足りない。あっという間に、黒板はすべて埋まってしまった。さくらはいったん手を止めて、少し距離をとって黒板をまじまじと見つめる。ノートの見開きに収まらないほどのグラフ群も、こうすれば一望することができた。

さくらは、今度は赤色のチョークを手に取った。黒板はすでに埋まっているが、これを消してしまったら、わざわざこの場所を選んだ意味がない。さくらはぐるりと教室を見渡す。困惑する生徒たちは、一人、また一人と、こそこそと教室から退散しはじめていた。けっこう。スペースが空くから大変助かる。

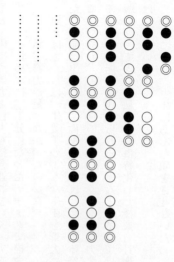

さくらは黒板の横の壁に歩み寄ると、そこに赤いチョークを押し当てた。グラフの量産を再開する。一つひとつのグラフはどんどん長大になっていき、魔術的な様相を呈してくる。壁一面が埋まれば、次の壁へ。それが埋まれば、その次へ。

間もなく、四方の壁はすべて埋まった。気づけば、生徒たちも全員が退却してしまっている。

(良かった。壁と黒板だけじゃ足りないところだった)

空っぽになった教室を見回し、さくらは笑った。今度は机に。机が埋まったら椅子に。そして床に。黒丸と白丸を描き連ねていく。力を入れすぎてチョークがへし折れた。それでも手を止めずに、半分になったチョークで描き続ける。

——私、努力が足りなかったのかな。

思えばさくらは、佳菜子のような生徒を東大に合格させたくて、予備校講師になったのだ。才能は平凡だが、歯を食いしばって頑張る努力家。男でも女でも、親が高学歴高収入でなくても、中高一貫の生徒でなくても、努力すれば東大に行けるのだと。生まれによって将来の可能性が狭められることなど、あってはならないのだと。そう証明するために教壇に立ってきた。私大受験に特化した授業。月謝は大幅値上げ。そんなことを許すわけにはいかない。

もう二度と、生徒にあんな顔をさせないために。彼女はひたすら手を動かす。グラフを描き出し、描き出し、描き出し続ける。黒板を、机を、椅子を、壁を、床を、グラフで埋め尽くしていく。

さくらは、東大に求められる天才ではない。

それでもいい。

天才たちのやり方などクソ食らえ。

「……なるほどねえ」

グラフで埋め尽くされた教室の真ん中で。机の上にあぐらをかき、頬杖《ほおづえ》をついて、さくらはつぶやいた。

「ちょっとだけ、考えが整理できたよ」

○と●と◎が、天井以外の五面を満たしたその光景は、人によっては恐怖を覚えるものだったかもしれない。丸たちは、壁に貼りつく無数の虫のようにも、害意のこもった呪詛《じゅそ》の印のようにも見えたから。

しかし、さくらはそれらを冷静に見比べていた。

「やっぱり、どうやっても3で割った余りが2だとうまくいきそうにない。それから数学的帰納法……よし」

これだけのサンプルを同時に比較すれば、証明方法に関してもいくつかプランが見えてくる。さくらは机から、丸で埋まった床へと下りた。

「すみませーん、さくらちゃん、ここにいますか……ぬえええええええ!?」

教室のドアが開いて竜一郎が顔を出し、いきなり大声を上げた。騒がしい男だ。さくらは眉根を寄せた。

「竜一郎君。どうかしたの?」

「さくらちゃん!? どうかしたって……何やってんすか!?」

「何って、さっきの問題を解こうと頑張ってたんだよ」

「いや、意味不明……」

「とにかく、ちょうどよかった。これ全部消しといて」

「あと五分で昼休み終わりなんすけど!?」

「清書の仕事はまたあとでお願いするね。あたしは、もうちょっと考えを整理してみるから。じゃあよろしく」

そう言い置くと、さくらは教室をあとにした。竜一郎はいつも、面倒事を快く引き受けてくれて非常に助かる。

(何か、ラーメンより高いものを奢《おご》ってあげよう)

講師室に戻りながら、さくらはそう思った。が、何を奢るか考えるのは後に回した。今はとにかく大問3が重要である。

あれだけ手を動かし、教室を汚しに汚した甲斐《かい》あって、どの方向に進むべきかはなんとなく見えてきた。次は、その道が本当に正しいのか、その先にゴールは存在するのか、確かめる番だ。

数学の最も難しく、最も面白いのは、ここからである。

幕間

金岡弘樹は、いわゆる「エリート街道」を歩むことを期待されていた。中学受験の末に進学したのは、毎年東大に五十人ほどの合格者を輩出している中高一貫校だった。中学受験戦争に勝利する代償として、小学校では〝友だち〟とは無縁の日々を過ごし、なおかつ一・五あったはずの視力は〇・一にまで落ちた。それでも弘樹は、両親の思い描いた通りの道を邁進《まいしん》していた。少なくとも高校までは。

典型的な「中だるみ」というやつだった。中高一貫校は高校受験をしなくていいため、一度勉強の習慣がなくなるとどこまでも怠けていることができる。勉強が嫌いだったわけではないが、これまで頑張り続けてきた反動で、少しばかりサボった。同級生たちも「全然勉強していない」と言っていたので、それで安心していたところもある。「全然勉強していない」というのは、この地球上でもっとも信用してはならない言葉の一つであると、思い知るまでしばらくかかった。

気づくと、数学以外の教科は悲惨な有様だった。なんとか英語だけは受験に間に合わせ、数学と合わせて二科目だけで戦った。当然、国立ではなく私立である。早慶やＭＡＲＣＨをいくつ受けたか、もう覚えてはいないが……理学部に一つだけ引っかかった。人生の中で、あのときほど安堵《あんど》した記憶は他にない。

合格を伝えても、両親は喜ばなかった。

代わりに、祖父が我がことのように喜んだ。

当時の祖父は七徳塾の社長だった。すでに七十代後半であるにもかかわらず、忙しく働いていた。

――いいか、ヒロ君。人生を楽しむコツはな、なるべく好きな仕事をして金を稼ぐことだ。たいていの男は金を稼ぐことに、人生の最も長い時間を費やすのだからね。

大学合格のお祝いとして小遣いをくれたとき、祖父はそんなふうに言った。

――けれど、好きな仕事が大きな金になるとは限らない。好きな仕事が得意な仕事とは限らない。だから時には妥協が必要だ。二番目に好きなことは何か。三番目は何か。四番目？　いやいや、そこまで妥協しちゃいけない。三番目くらいで踏みとどまって、頑張ってみるものさ。

――だったらおじいさんは、塾の経営が三番目に好きということですか？

――いいや。これはじいちゃんの一番好きなことだ。だからじいちゃんは幸せなのさ。

そう言って祖父は笑った。弘樹も笑った。髪が真っ白になっても充実した日々を送る祖父が、弘樹にはこの上なくまぶしく見えた。

だから弘樹も、一番好きなことを仕事にしたいと思うようになった。弘樹の場合、それは数学だった。

大学では数学ばかり勉強した。将来はこれで金を稼ぐのだと意気込んでいた。しかし、父親としてはお気に召さぬことだったらしい。潰しがきかない数学にのめり込むより、もっと就職活動に力を入れろ、と。

父親の昔馴染みたちには、ちょうど大企業の人事部で課長、部長クラスにまでのし上がっている者が多数いた。彼らに話を通してやってもいいと、父親は夕食の席で何度も恩着せがましく言ってきた。弘樹は、あるときは右から左に聞き流し、あるときは即座に突っぱねた。

父との衝突は必然だったのだろう。

——父さんの言う通りにすれば、きっとそこそこ給料もいい仕事に就けるでしょう。出世もできるかもしれません。けれども、それは数学とは無縁の仕事です。

ある日の食卓にて、弘樹ははっきりと言った。

——僕は数学が好きなんです。どんな形であれ、数学を仕事にしたい。

嫌いな父親は「愚かな選択」だと切って捨てた。

憧れの祖父は「見所がある」と七徳塾への就職を勧めた。

結果的に、父のもとで働くことになってしまったが。

父を納得させるだけの成果を三年以内に出すようにと、妙な約束もさせられてしまったが。
それでも、弘樹は満足していた。
今の仕事に。
そして尊敬できる先輩に。

3

「nが『3で割って2余る数』のときのみ、グラフは不可能グラフになる。おそらくそれが、あたしたちが導き出すべき答え」

さくらは、計算用紙を鉛筆で叩《たた》きながら説明した。ノートに書かれた文字はゆがみ、踊り、ねじくれており、古代ギリシアの線文字Bよりも難解であるように、一般人の目には映ることだろう。隣の机から身を乗り出して話を聞くヒロ君は、ゆえに文字ではなくグラフの方を見つめている。白と黒の果てしなき連なりを。

「……おそらく、ですか。でも言い方からすると、先輩はかなり確信を持っているように聞こえますが」

「まあ、そういうことだね」

さくらは肯定した。午後の授業の真っ最中であるため、講師室は閑散としており、質問に来た生徒の姿も見えない。残った講師たちのほとんどは無言でデスクワークに勤《いそ》しんでいた。数学島にいるのは二人だけ。小美山《こみやま》は授業中、井頭《いがしら》部長は外出中である。

「予想自体は昨日からできてたんだけど、予想をただの予想で終わらせないために、いろいろ考えてたってわけ」

「証明の方針が立ったんですか？」

「ほんの少しだけね。それが見えてくるまで時間がかかって」

さくらはうなずき、壁の時計に目をやった。十三時半を回ったところ。東大後期の数学が終了してから、すでに二十時間以上が経過している。いまだに、どこかの予備校が「大問3」を解いたという情報は入ってこない。この超難問は数学講師たちの行く手を阻み、数々のプライドをへし折り続けている。

しかしながら、さくらはようやく突破口〝らしきもの〟を探り当てた。彼女は鉛筆の先で、計算用紙上のグラフを指し示す。

「たとえば、丸が四つ並ぶグラフ（$n=4$）を書き出すと、左右対称のものを除いてこれだけのパターンが存在する。でも、ここから白丸五個だけが並んだグラフを作ることは、どうやってもできない。操作1と操作2をどんなふうに工夫して適用しようとしても、ね」

○●●●　●○○●　○○○○　○●○○　●●○●　●○●○（$n=4$）

↛

○○○○○（$n=5$）

「同じように、白丸が八個でも、十一個でも、十四個でも作れない。だから、3で割って2余る数の白丸が並んだ棒状グラフは、不可能グラフじゃないかって仮説が立てられるわけ。壁も床も全部使って調べても、例外は一つもなかった」

「壁と床を埋め尽くした奇行については、この際、脇にのけておきましょう」

ヒロ君は小さくため息を吐《つ》きつつそう言った。冷静に振る舞っているように見えて、少し頬が紅潮しているのは隠せていない。

「しかし、仮説が正しいとすると、見かけと違ってずいぶんシンプルな法則に従っているようですね、このグラフ群は」

「うん」

「なるほどなるほど……。いや、もちろん僕だって、3で割って2余る数が怪しいってことくらい、気づいていましたよ、ええ」

ヒロ君が少し早口に言い添える。それが真実かどうかはこの際どうでもよかったので、さくらは何も言わなかった。

さくらは先ほど、大量のグラフで教室を埋め尽くしたわけだが、グラフを何百個、何千個と書き連ねても、$n=3k+2$（すなわち、5とか8とか11とか、3で割って2余る数である）のときには、n個の白丸のみからなる棒状グラフを作ることはできなかった。おそらく、何万個、何億個と書き出したところで結果は同じだろう。3で割ると2余る個数、白丸が一列に並んだグラフは、どうやっても作ることができない。

　この仮説は、昨日の時点でできていた。しかし、あくまでもただの仮説である。仮説というのは常に、高い高い塔の頂上で――いまだかつて誰も見たことのない景色を孤独に眺めながら、自分を証明してくれる人を待っている。そしてついさっきまでは、その塔をのぼる方法に関して心当たりがまったくなかった。そう、ついさっきまでは。

「仮説の内容は分かりました」

　隣席のヒロ君はアゴに手をやり、目を細めた。

「そのうえで先輩には、仮説を証明するための道筋も見えてきた、と？」

「数学的帰納法を使えばいけると思う。多分」

「帰納法ですか」

「うん。それも、$n=k+1$じゃなくて$n=k+3$のタイプのやつ」

「たまに出てくる解き方ですね。飛び飛びになるパターン」

　ヒロ君はそうつぶやいて、しばし黙り込んだ。

　大量のグラフを描き出すことで、さくらはある種の手ごたえを感じていた。分厚い雲に閉ざされていると思っていた空から、一条の光が射《さ》し込んだ。過去の大量の経験が、彼女にヒントをもたらしてくれた。

　この問題の急所。それをとらえる鍵は数学的帰納法ではないか、と。もちろん、絶対に解ける保証があるわけではないが……。

「……なるほど、十分です」

沈黙していたヒロ君だったが、やがてまた口を開いた。彼の頭の中で、この十秒ほどの間にどんな種類の電気信号のやり取りが行われたのか、当然、さくらには知り得ぬことだが……とにかく彼は、自分の中で何らかの結論を出したらしかった。

「こんな問題、もう恐れるに足りません。底が見えた、というやつです」

ヒロ君は鼻息荒く、根拠があるんだかないんだか分からない自信をあらわにする。

「念のため確認なんですが。大手予備校の連中は、まだどこも解答速報を出していないんですね？」

「そうだね。少なくとも、解けたっていう情報は入ってこない」

「それは好都合です」

彼は最上級の機嫌のよさを見せ——世界を手中にでも収めたかのように——ニヤリと笑った。

「今、素晴らしいアイディアが湧いてきましたよ。先輩よりも早く、僕が解いてしまいそうですね。そうなれば僕が日本でトップということです」

「うん、本当にそうなら大歓迎なんだけどね」

「まあ、見ていてください。すぐに解答を仕上げてみせますから。勝てますよ、大手に」

「分かった。じゃあさっそく取り掛かってくれる？　一時間後に、また進捗を報告し合おう」

「ふ、一時間もいりませんよ」

ヒロ君は椅子を引いて、自分の机に向き直った。そして、無駄に大きな音を立てて鉛筆をペン立てから取り、さっそく作業にかかる。

ヒロ君はこの大問3に、どれだけ食いつけるだろうか。手がかりを得たとはいえ、扉の鍵を見つけたというほどではない。広い砂漠のどのあたりに鍵が埋まっているか、なんとなく予測が立ったという程度にすぎないのだ。

やる気に満ち溢《あふ》れたヒロ君は、鉛筆をカリカリカリカリ躍らせる。

（ま、他人を心配するくらいなら、自分の手を動かせって話だよね）

さくらは、ヒロ君のことを気にするのはやめにした。数学は孤独だ。互いにヒントを出し合う程度のことはできるが、問題と向き合うときには、常に一人。他人の頭の中に入っていって手助けしてやることはできやしない。

頼りになるのは己の脳だけ。しわだらけで、重さは体重の約二パーセント。それでいて全身のおよそ二割のエネルギーを単独で消費するという、大食らいの臓器。

（食べた分はちゃんと働いてよね、脳みそ君）

いまだに、この大問3がどれほどの深さ、広さを持ち合わせているのか、把握しきれていないわけだが。尻込みしてはいられない。ヒロ君は一時間もいらないと言った。大言壮語、大いにけっこうである。さくらもだらだらと時間をかけるつもりはない。

糸口をつかんだ勢いのまま、一気にケリをつけるべく、彼女は作業を再開した──。

*

そう、再開したのだが。

「ああ〜〜〜〜〜〜〜〜〜……」

約束の一時間を前にして、さくらはうめき声を上げていた。

講師室と同じ階に存在する、職員用の休憩室だ。壁際には二台の自動販売機、部屋の中央にはいくつかのテーブル。そのそばにはソファも並んでいる。彼女はソファの一つに深々と座って、頭を抱えていた。

「どうした、汚い声を出して」

ドアを開けて入ってきた弥生《やよい》が、さくらの声を聞いて眉をひそめた。その手にはコンビニの袋。

「あ、弥生。休憩?」

「十分だけな」

弥生はテーブルを挟んでさくらの正面に座った。水筒を置くと、コンビニの袋をがさがさとやり、中からおにぎりを取り出す。さくらは無意識のうちに、ごくりと生唾を飲み込んだ。

弥生が手の中のおにぎりとさくらを交互に見比べる。

「……なんだ、欲しいのか」

「うん、そうみたい」

「一個やろう」

「ありがと。梅干しある?」

「残念ながら、おかかしかないぞ」

「おかかでもいい、ちょうだい」

さくらはおにぎりを一個受け取り、袋をはがしてほおばった。途端に、これまで集中力によって抑え込まれていた空腹感が強烈に意識される。一口、二口、三口と、貪り食う。空っぽの胃に米と海苔《のり》とおかかが落ちると同時に、体が、内臓が、とりわけ脳が、歓声を上げたような気がした。

「昼は食べなかったのか」

「うん、忘れてて」

「仕方ない奴《やつ》だ」

弥生はさくらの正面で、自分のおにぎりから袋をはがす。彼女はおにぎりを小さくかじった。さくらと違って、非常に大人しい食べ方である。

「どんな具合なんだ、後期試験は」

「う〜ん、いい線いってる気もするんだけど」

さくらは、おにぎりの最後のひとかけらを口に放り込んだ。いい線いってる。それは願望であった。本当に、ゴールまであと一歩か二歩というところまで来ている可能性もあるし、実はまだ果てしない道のりが残されている可能性もある。今、自分が何合目にいるのか、なんとなくでも知るすべがない。

不可解だった。

問題は単純化できたし、どうやら難しい数式も不要らしいということも分かった。おそらく正しいと思われる、仮説も立てることができた。数学的帰納法が突破口になりそうだという予測も立った。

それなのに、そこから先に進めない。〝なぜか〟解けない。

この謎めいた現実を、今の段階では、さくらは説明することができなかった。

「早くしないと。MAS《マーズ》の連中は、フランスのなんとか工科大にいる教授に問い合わせしてるくらいだし……きっと明日の朝イチがタイムリミット」

「とすると、あと十数時間か」

弥生は壁の時計を見やり、またもぐもぐと口を動かす。隈《くま》に囲まれた両目で、しばらく手の中のおにぎりを——露出してきたおかかを見つめる。やがて、弥生は顔を上げた。

「……さっき、里井《さとい》が来ていたな」

さくらは、おにぎりの袋の残骸を手の中で弄んでいたが、弥生の言葉を聞いてドキリとした。さくらは口を開きかけ、一旦閉じてから、結局開いた。

「……うん。進路のことで。ちょっと話した」

「なんと言っていた？」

「浪人はしないって」

「……そうか」

それだけで、弥生は察してくれた。彼女はさくらの方をまじまじと見つめる。

「別に言問《こととい》のせいではないだろう。志望校に入れないのは、珍しいことではない」

「そうかもしれないけどさ。それを予備校講師が口にしちゃったらオシマイじゃない？」

「いや、むしろ逆だ。現実を現実として受け入れる態度は大切だろう」

弥生は、またおにぎりを口に運んだ。彼女の手の中のおにぎりは、少しずつ少しずつ小さくなっていく。一方のさくらは、袋を手の中で引っ張ったり潰したり。

「……言問。『委順』を知っているか？　白楽天《はくらくてん》の漢詩だ」

「いや、全然。聞いたこともない」

「……懐《おも》いに宜《よろ》しくして遠近を斉しくし、順に委ねて南北に随う。帰去するは誠に憐れむ可《べ》きも、天涯に住するも亦《ま》た得たり」

「…………………は？」

その呪文のようなものはさくらの耳に届いたが、脳で電気信号に変換されることなく、また耳から出ていった。

「何、今の」

「漢詩だと言っただろう」

「漢詩……」

「心が満ち足りていれば、遠くだろうと近くだろうと、北だろうと南だろうと、自然にまかせて暮らしていける。おおむね、そういう意味だ」

「住めば都、ってこと？」

「日本風に言うとそういうことだ。身の回りの流れに逆らわず、与えられた条件で幸せになる。そういう心意気だな」

弥生はおにぎりの最後のひと口を食べ終えて、今度は水筒を傾け、中身をコップに注ぐ。明らかに米とは相性が悪そうな「弥生スペシャル」を飲みながら、彼女は話を続ける。

「当たり前だが受験生というのは、全員が受かろうと死に物狂いになっている。どんなに努力し、当日に備えても、落ちるときは落ちるんだ。叶《かな》わなかった夢をいつまでも引きずるのではなく、受かった大学でどんなふうにやっていくかを考えるべきだろう。つまり、委順の精神だ」

「そりゃあ、一から十までおっしゃる通りなんだけどね……」

さくらはため息を吐いた。たしかに頭では理解できる。たとえば東大の前期試験であれば、足切り後の倍率はおよそ三倍。つまり、過酷な一次選抜を潜《くぐ》り抜けた猛者《もさ》でさえも、三人に二人は涙を流すことになるのである。冷静に考えれば、「落ちたらスッパリ諦め、受かった大学でどう過ごすかを考えるべし」という弥生の主張は正しい……のだろう。

だが。

客観的事実がどうであれ、心は納得してくれそうにない。

「仮に、どうしても教わりたい教授が東大にいる、というのであれば話は別だが……。そもそも、多くの高校生はどの大学にどんな教授がいるかなど知らんだろう」

「まあ、たしかに」

「たとえ第一志望でなくとも、入学してみれば、たいてい自分に合った居場所が見つかるものだ。委順の精神でな」

「委順ねえ……」

いろいろと言いたいことはあったのだが、ここで弥生と本格的な議論を始めてしまっては、太陽が西に沈んで再び東から昇るまでかかってもまだ時間が足りないだろう。さくらはグッとこらえて、ソファから立ち上がった。

「とにかく、おにぎりありがと。あたしはそろそろ戻るから」

「ああ」

弥生はうなずきつつ、取り出した二個目のおにぎりと、壁の時計とを見比べていた。さくらはおにぎりを包んでいた袋をゴミ箱に捨てると、ドアノブに手をかける。

「……解けるといいな」

背中に弥生の声が飛んできて、さくらは振り返った。彼女はこちらを見てはおらず、二個目のおにぎりの袋をはがしているところだった。

「解くよ」

さくらはそれだけ言うと、休憩室をあとにした。彼女は廊下を歩きながら、考える。

大問3は、「白丸がn個並んだ棒状グラフについて、nがどんな数ならば作れて、どんな数ならば作れないか」を探る問題だ。現在、nの条件についてはかなり信憑性《しんぴょうせい》の高い仮説を立てることに成功している。すなわち、nが「3で割ると2余る数」のとき、グラフは作れない（不可能グラフ）。nがそれ以外の数のとき、グラフは作れる（可能グラフ）。そういう仮説だ。

昼休みに教室の壁や床を埋め尽くす勢いでグラフを描き出しても、例外は発見できなかった。となると、この仮説はおそらく当たっているのだろう。あとはそれを証明すれば良いわけであるが……。証明の段階になると、問題は指の間からすり抜けてしまう。

この手の問題の肝は、条件を数式に落とし込むこと。たとえば、「$\sqrt{2}$が無理数であることを証明せよ」という問題があったとする。そのままだとよく分からないが、「p、qが互いに素な自然数であるとき、$\sqrt{2}$がq/pの形で表せないことを証明せよ」と言い換えてしまえば、ずいぶん簡単になる。「$\sqrt{2}$と無理数の関係」を、「$\sqrt{2}$とq/pの関係」に変換したわけだ。数式と漢字は比較できないが、数式と数式なら比較できる。

数式は問題を単純化してくれる。強大な敵に立ち向かうための武器になってくれる。

しかし、この大問3はどうだ。たしかに「3で割って2余る」を「$3k+2$」と表すことは可能だが、そこで壁にぶち当たってしまう。「$3k+2$」と関係を結ぶべき相手がおらず、証明をその先へと進めることができないのだ。

では、どうするか。そこでさくらが案出したのが、「数学的帰納法」による解決策。尋常な方法では攻略不可能に思えた、この分厚い壁であるが……帰納法を用いれば突破できるのではないかと、彼女はにらんだわけだ。

数学的帰納法とは、要するに……。

「言問先輩、ちょっとよろしいですか？」

「え？」

不意に声をかけられて、さくらは思考を中断して顔を上げた。いつの間にか目の前にはヒロ君がおり、さらに言うと、いつの間にかさくらは講師室の自分の机に戻ってきていた。ちょっと面食らったが、なるべく表情に出さないように、彼女は咳払《せきばら》いした。

椅子ごと体をこちらに向けているヒロ君は、ものすごく得意そうな顔をしていた。……いや、顔どころか全身から、達成感や優越感などの諸々《もろもろ》の感情があふれ出ている。一瞬、面倒に思って顔をしかめたが、さくらは気を取り直した。

「どうかしたの？　大問3のこと？」

「ええ、もちろん」

力強くうなずくと、ヒロ君はたっぷり十秒間、黙って胸を張っていた。もういっそのこと無視して仕事を再開しようかとも思ったが、慈悲の塊である人格者さくらはかろうじてそうした欲求を抑え込み、辛抱強く待った。やがて、ヒロ君は口を開いた。

「さっそく解けました」

「えっ？」

「解けたんですよ。まあ、僕の実力をもってすれば当然の結果ですが」

「解けた……。解けた？」

仕事中に居眠りして、夢でも見たのだろうか。ヒロ君の口から、何やら寝言がとび出している。

「ここに解答があります。ご覧になりますか？」

ヒロ君は手に持った数枚のルーズリーフをひらひらと振ってみせた。見ると、そこには白丸や黒丸でできたグラフ、数式などがびっしりと書き込まれている。どうやら、解答を作ったということ自体は夢ではないらしい。

それでも、さくらはにわかには信じることができなかった。

さくらが……というより、大手も含めたあらゆる予備校講師たちが、いまだに苦戦し続けている難問を、ヒロ君が解いた――それはすなわち、ネズミがゾウを倒したということに他ならない。絶対に何かの間違いであると、迷わず言い切ることができるが……。

「……分かった。とにかく読んでみるよ」

「む、よく考えたら、僕が直接解説した方がよいでしょうね。なにしろ世紀の大難問という話ですから」

「え、いや、そんなことするより、読んだ方が早い……」

「いいえ、僕が説明します。高度な証明なので、先輩が理解できるか心配ですから」

「おーっす、さくらちゃんいますか～」

さくらとヒロ君の押し問答の最中、竜一郎《りゅういちろう》が講師室に入ってきた。彼はまるで自宅のように遠慮なく、数学島の方にずかずかと歩いてくる。

「さくらちゃん、ちょっと清書の仕事のことで話があって……あ、すんません。お話し中っすか」

「柏木《かしわぎ》君ですか。ちょうどいいところに」

この突然の乱入者の登場にも、ヒロ君は機嫌を損ねたりはしなかった。椅子に腰かけたまま、竜一郎に対し手招きする。

「君も僕の講義を聞いていきなさい」

「え？　講義？　無料なら聞きますけど」

「無料ですよ。僕がこの世紀の大難問を解いた記念として、特別にね」

「世紀の大難問？　え、例の後期数学っすか？」

「その通り」

「ヒロ君が解いた？　本当に？」

「金岡《かなおか》先生と呼びなさい。いつも言っているでしょう」

竜一郎の反応は、おおむね、さくらと似たようなものであった。この調子ではいつまで経《た》っても解説とやらは始まりそうにないので、さくらはヒロ君に話を促した。ヒロ君はほくほくと笑って、隣の席から身を乗り出して、さくらの机にルーズリーフを並べていく。わざとらしくゆっくりとした動作で、一枚ずつ。

「いいですか？　この問題の趣旨は、ルールに従って横一列に白丸をn個並べた『棒状グラフ』を作ることです」

ルーズリーフを並べると、ヒロ君はその一枚目を鉛筆で指し示した。竜一郎にも分かりやすいよう、彼は丁寧に語った。

「白丸が三個並んだグラフは作れる。四個並びも作れる。しかし、五個は作れない。そのようにして考えていくと、どうやら『作れるグラフ』と『作れないグラフ』の間には明確な線引きができそうだと分かる。言問先輩はその線引きとして、『n』を3で割った余りに着目した。つまり、『n』を3で割ったときに余りが2であれば、グラフは作れない。それ以外ならグラフは作れる。先輩はそういう『仮説』を立てた。柏木君、ここまではいいですか？」

「うん」

「ここで先輩のおっしゃっていたように、数学的帰納法を使います」

そう言って、ヒロ君は竜一郎の表情を窺《うかが》う。この坊主頭の生徒は、一瞬、少し嫌そうな顔をした。彼が苦しめられてきた数学の難問――そこに高確率で顔を出すテクニック、数学的帰納法。

回覧板や連絡網をイメージしてみてほしい。たとえば十の家庭が同じ組に属しており、回覧板を回すとする。回覧板が全員に行き渡るようにするのは簡単だ。それぞれの家庭に一から十までの番号を振って、「回覧板を確認したら、次は自分の番号に一を足した家に届ける」というルールを作ればいい。あとは、最初の「一番」から回覧板を回しはじめれば、最後の「十番」まで、全家庭が目を通すことができる。

数学的帰納法はこれと同様、「一つ足した数」に着目する。すなわち、「$n=k$のときにある命題が正しいと仮定したとき、$n=k+1$のときにもその命題が正しいこと」を証明するのだ。するとどうなるか。あとは「$n=1$」のときに命題が正しいことさえ確かめれば、kがどんな自然数であっても命題が正しいことが、芋づる式に証明されることとなる。

数学的帰納法は、隣家に回覧板を次々と届けていくように、命題の正しさを連鎖式に示す技術である。それ自体はシンプルな証明方法だ。しかし、帰納法を利用した「数列」や「整数」の難問がたびたび入試問題に出現するため、竜一郎のように嫌なイメージを持ってしまっている生徒もいる。

ヒロ君はさくらの提案した通り、大問3の解決のためにこの手法を使ったわけだ。

「nが小さいとき……つまり、白丸が少ないときは、可能か不可能かは簡単にたしかめられます。白丸一個と三個のグラフは作れて、白丸二個は作れない」

ヒロ君はルーズリーフに描かれたグラフを、鉛筆の先でトントン叩く。

「次に、白丸k個のグラフが作れたと仮定します。白丸k個のグラフは、操作を三回加えることで白丸$k+3$個の棒状グラフに変換できます。例外なく、ね。便宜上、新しく追加する白丸を二重丸とすると……」

○○……○○（k個）

←（操作1）
○○……○●◎（k＋1個）
←（操作2）
○○……○○◎●（k＋2個）
←（操作1）
○○……○○○○○◎（k＋3個）

「たしかに。けっこう単純っすね」

竜一郎は腕組みしてそう言った。さくらも無言でうなずき、全面的に同意する。

彼の言う通り、〝ここまでは〟簡単だ。数学講師でなくとも、東大に後期で滑り込もうという野心を抱く受験生ならば、〝ここまでは〟全員が辿《たど》り着けるだろう。

問題は、〝その先〟。

正直言って、さくらはあまり期待していなかった。ヒロ君の実力では、さくらがいまだに足踏みしている地点の〝その先〟にまで、辿り着けるとはとても思えなかったから。

けれども、ヒロ君は鉛筆を投げなかった。

ニヤリと得意げに笑って、グラフをそっと指でなぞる。

「これを逆回しにします」

「逆回しに？」

「ええ。ビデオテープを巻き戻すみたいにね」

ヒロ君は鉛筆を空中でくるくると回し、楽しそうに言った。

○○……○○○○◎（k＋3個）

←（操作1の逆）

○○……○○◎●（k＋2個）

←（操作2の逆）

○○……○●◎（k＋1個）

←（操作1の逆）

○○……○○（k個）

「難しく考えることはありません。操作をさかのぼって、元のグラフに戻しただけです。これを見ると、『$n=k+3$』において可能グラフのとき、『$n=k$』でも可能グラフだということになるでしょう？　竜一郎君、分かりますか？」

「おう、このくらいは俺でも分かる」

「うん、けっこう」

満足した様子で、ヒロ君はルーズリーフの一部に線を引いた。彼が下線を引いたのは四行の文だ。さくらとは違って、丸っこく読みやすい字だった。

n個の白丸からなる棒状グラフは以下の性質を持つ
（1）$n=1$，3のときは可能グラフで、$n=2$のときは不可能グラフ
（2）$n=k$のとき可能グラフならば、$n=k+3$のときも可能グラフ
（3）$n=k+3$のとき可能グラフならば、$n=k$のときも可能グラフ

「この三つの事実が、これまでの議論で証明されました。まず（2）から分かることは、ある棒状グラフが可能グラフならば、そこに白丸を三個追加した棒状グラフもまた可能グラフである、ということです。それと（1）を組み合わせたらどうなるでしょう？　$n=1$，4，7，10，13……などの、『3で割って1余る数』、そして$n=3$，6，9，12……などの、『3で割り切れる数』が可能グラフであることが分かりますよね」

「そうだね」とさくらが相槌《あいづち》を打ち、竜一郎がうなずいた。それを確認してから、ヒロ君はルーズリーフの別の一文に下線を引く。

「そして、いよいよ（3）です。こちらは『対偶』をとることで、次のように言い換えられるんです」

（4）$n=k$のとき可能グラフでないならば、$n=k+3$のときも可能グラフでない

対偶。高校一年生で習う、論理学の基本。

「AならばBである」という命題に対して、「BでないならばAではない」という命題を対偶という。前者の命題が正しいならば、後者もまた常に正しい。たとえば「亀ならば甲羅がある」という命題が正しいとすると、「甲羅がないならば亀ではない」という命題もまた正しい――そういう法則である。

では、今回の場合はどうか。

命題（3）は「$n=k+3$のとき可能グラフならば、$n=k$のときも可能グラフ」なので、その対偶は命題（4）「$n=k$のとき可能グラフでないならば、$n=k+3$のときも可能グラフでない」となる。（3）が正しいとき、（4）もまた正しい。

そこまで考えて、さくらは息を呑《の》んだ。一方のヒロ君は得意満面。

「お分かりですよね？　すでに（3）が正しいことは証明済みなので、自動的に（4）も正しいことになります。そして、これと（1）を組み合わせるとどうなるか。『$n=2$のとき可能グラフでないならば、それに3を足した$n=5$のときも可能グラフでない』ということになるでしょう？」

ヒロ君はいったん言葉を切り、沈黙の時間をわざとらしくたっぷりととってから、また口を開く。

「あとは数学的帰納法です。さらに3を足した$n=8$も、11も、14も……すべて不可能グラフということになります。つまり、nを3で割った余りが2のとき、グラフは必ず不可能グラフとなります」

さくらは半ば茫然《ぼうぜん》として、ヒロ君の言葉を耳にしていた。

これにより、nが3で割り切れる、もしくは3で割って1余る数のときのみ、「n個の白丸からなる棒状グラフ」が可能グラフであることが示された。言い換えれば、3で割って2余るときのみ不可能グラフになることが示された。

可能グラフと不可能グラフは、完全に線引きされたのだ。

つまり、大問3は解決した。

さくらが昨晩から粘って粘って粘っても解けなかった問題が、あっさりと解決してしまったのだ。

「いかがです？　完璧な証明でしょう？」

ヒロ君は隠すことのできない自信を、口元の笑いじわの間からほとばしらせている。たしかに、ルーズリーフ上に展開されているのは、非の打ち所のない完璧な証明……。

（……本当に？）

さくらは心の中でつぶやいた。

(たしかに解けてる。でも、こんなに簡単に?)

さくらはもう一度、ヒロ君の答案を読み返した。一見すると素晴らしい答案だ。しかし、そこには言葉にできない違和感が存在していた。脳みその所在地たる頭部ではなく、心臓収まる胸の奥の方が、ちりちりと焦げるような。そんな感覚。

嫉妬だろうか。

自分が寝る間を惜しんで取り組んだこの難問を、先に後輩に解かれてしまったことが、さくらの冷静沈着な思考を妨げているのだろうか。

おまけに。

どうも頭の回転が鈍い気がする。いつもだったら、過去の似た事例をすぐに引っ張ってきて、判断に役立てることができるのだが。今はそうもいかない。頭の中に霞《かすみ》がかかったかのようになって、考えがまとまってくれないのだ。

(疲れてきたから……?)

昨日からまともな休息をとらずに脳をフル稼働させ続けているせいで——加えて、おかかおにぎりで胃が満たされ、眠気が襲ってきたことで——思考力が低下しているのだろうか。今すぐに内容を精査したかったのだが、できそうになかった。

「僕がその気になればこんなものですよ」

「ヒロ君、すごい奴だったんだな。見直したぜ」

「先生と呼びなさい、先生と。何度言わせるんですか」

ヒロ君と竜一郎が盛り上がっている。この難問を解きあげた殊勲者は、失礼な生徒に対してムッとした顔を作ろうとしたようだが、うまくいったとは言い難い。口元が緩んでいるのは、ごまかしようのない厳然たる事実であった。

さくらの抱く懸念には、二人とも気づく様子がない。

「それにしても、言問先輩。もっと喜んだらどうですか？　これでめでたく、東大コース存続のための必要条件を手に入れたのですよ」

「……ん？　ああ、そうだね。十分条件じゃないってのが不安なところだけど」

「やはり淡白ですね。この僕の答案に、どこか不満がありましたか？」

「それは……今のところは、ないかな」

「だったら喜んでくださいよ」

「う〜ん……」

さくらは机上のルーズリーフを引き寄せた。今のところは。そう、今のところは、である。大変申し訳ないのだが、ヒロ君が完璧な解答を完成させたとは、どうしても信じられなかった。どこかに穴があるかもしれない。このまま部長に提出するのはあまりにも危険である。

（……とにかく、精査しないと）

さくらはルーズリーフを一枚ずつ眺めるが……やはり、目は文字やグラフの上を滑ってしまい、うまく考えがまとまらない。

さくらは出入口の方にあるホワイトボードに視線を投げる。各社員の外出予定などが記されたそのボードには、井頭部長の欄に「『数学世界』打ち合わせ、17時帰社」とあった。

部長は、七徳塾《しちとく》を速報レースに参加させてもらうために、『数学世界』の東京数理《とうきょうすうり》出版に交渉に赴いているのだ。あと二時間近くは戻らない。

（部長が戻ってきた瞬間に提出するとしても……。仮眠する時間くらいはありそう）

ならば少し眠って、脳の働きを回復させるべきだろう。とにかく今のコンディションでは、最終提出に向けて解答を精査するなどとても無理である。東大コースの未来がかかっているのだから。ほんのわずかなミスさえも許されない。

また、部長に提出するために答案の体裁を整えておく必要もある。なにしろ今は解答と言っても、前半はさくらが書いたもので、後半はヒロ君が書いたものである上、ヒロ君の担当部分は彼のルーズリーフ数枚の中に、順不同で散在している状況なのである。あるところまで読み進めたら、次は二枚目、三枚目に移動し、そのあとは一枚目に戻る、といった具合。もちろん、試行錯誤しながら解いた結果なので仕方がないのだが……。部長に見せられるような代物ではない。

「解答部分は、ここから……ここまでと、この部分。順番は……」

さくらはヒロ君のルーズリーフに鉛筆で番号を振り、どの順番で読めば解答として理解できるかが分かるようにする。そのうえで、さくらは自分の答案と合わせて、ルーズリーフを竜一郎に差し出した。

「竜一郎君、これを清書しておいてくれない？　いつもみたいに、共用のワープロ使っていいから」

とりあえずさくらが仮眠している間に、竜一郎に解答を清書してもらう。そして目覚めてスッキリした脳を使って、きちんと整理された解答を頭から尻まで通してチェック。誤りがないか確認する。そういう流れがベストだろうと、さくらは考えていた。

しかしながら。

「あ〜、手伝いたいのはやまやまなんすけど……」

竜一郎は頭をかきながら、申し訳なさそうに言ったのだ。

「これから、ＭＡＳに行かなきゃいけないんすよ」

「ＭＡＳに？　何しに行くの？」

「いや、なんというか来年度のことで……スカラーシップの仮申し込み、調べてみたら週明けまでで」

「ああ……なるほど」

「さっきそれを言おうとしたんすよ。仕事手伝うの、戻ってきてからでいいかって。言いそびれてすんません」

竜一郎は謝罪した。まあ、よくよく思い出してみれば、彼の話を遮ったのはヒロ君だった気がするのだが。さくらはそれに関しては何も言わずに、壁にかかったカレンダーに目を向けた。

スカラーシップ制度とは、簡単に言えば、早めに会員登録することで授業料が割引になるなど、特典を得られる制度である。大手予備校たちは生徒争奪戦のためにいろいろな策を講じているが、スカラーシップ制度もその一つだ。特典で釣って、新年度開始前——春休みのうちに生徒を確保してしまおうというのである。

来年度から東大コースが廃止され、高額授業料の私大受験専門塾へと徐々に移行していくのだとしたら、竜一郎たちは別の予備校に移るしかない。そして、MASのスカラーシップ制度を利用するなら、月曜までに仮申し込みをせねばならないらしい。

「そっか。今日中に申し込み用紙をもらっとかないと間に合わないね」

「そうなんすよ。その……まだ廃止かどうか確定じゃないんすよね？　だったら仮申し込みをして、どう転んでもいいようにしておきたいなって」

竜一郎がさくらの仕事を手伝うのは、食事をおごってもらったり、特別に個別指導を受けたりするためであるが……。社員でもアルバイトでもないのだから、受験の方に支障が出てしまっては本末転倒。ゆえにさくらは、後輩の方に目を向けた。

「じゃあ、清書はヒロ君お願い」

「僕が？　僕はたった今、言問先輩でも解けなかった超難問を解いたんですよ。そういう雑用ではなく、もっと僕にふさわしい仕事があるはずです」

「いや、あんたは竜一郎君と違って社員なんだから。ちゃんとしなさい」

「む……たしかにそうですね」

ヒロ君は口をとがらせつつも素直に同意した。非常に面倒くさい男だが、さくらは寛大で慈愛に満ちた大人の女性であるからして、とりあえず許してやることとする。

ひとまず、仕事の割り振りは済んだ。あとは休憩室で仮眠をとった上で、ヒロ君の答案に誤りがないかどうかチェックするだけだが……。

そのとき英語島の方から、とがった口ひげをひねりながらダリ先生が歩いてきた。なぜか分厚い洋書を脇に抱えており、もったいぶった足取りで一歩一歩近づいてくる。てっきり、暇を持て余してぶらついているだけかと思ったが……そうではなかった。

「話し中のところすまないね。金岡弘樹《ひろき》君」

ダリ先生は、さくらたちのそばまで来るとそう言った。

「お疲れ様です、ダリ先生。僕に何か用ですか？」

「そろそろ時間が近いわけだが、準備はできているかね？」

「え？　準備ですか？」

　ヒロ君はきょとんとして、それからそっとさくらに横目を遣《つか》った。だがあいにく、さくらはヒロ君のママではないので、彼の予定をすべて把握しているわけではない。

「あたしは知らないよ。あんた、何か仕事頼まれてたの？」

「仕事……はて？」

　ヒロ君が首をかしげる。対するダリ先生は、至極冷静に、ひげを弄びながら言った。

「体験授業の合間に、あるだろう？　質問ブースだよ。君に頼んでいたはずなのだがね」

「ああ！」

とたんに、ヒロ君は小さな叫び声を上げた。さくらにもようやく状況が呑み込めた（竜一郎は話についていけずにぽかんとしている）。

　本日の七徳塾では体験授業が行われており、高校生、浪人生たちが、ここが自らの命運を託すに足る予備校であるかを見極めようとしている。しかし当然ながら、授業を一コマか二コマ受けた程度では、七徳塾の方針と自らの性向とが合致するかを判断するのは困難である。そのため、授業の合間には質問コーナーを設け、講師たちが七徳塾についての疑問に答えることになっている。

　教室一つをいくつかのブースに区切って、現役講師たちがそこで待ち構えるわけだ。生徒はブースに並び、自由に質問をすることができる。

そして質問ブースに待機するのは、基本的に若手講師の役割である。生徒たちと年齢が近く、容姿もそこそこ整っており、仕立ての良いスーツを着こなしているヒロ君はまさに適任というわけだ。

「……いえ、忘れていたわけではありません。もちろん覚えていましたよ！」

慌てた様子で、ヒロ君が言いつくろった。ダリ先生は満足げにうなずいた。

「うむ。それでは十五時半から、よろしく頼むよ」

「はい、もちろん。準備万端ですから」

「けっこう。ああ、それと言問さくら君。君に話そうと思っていたんだ。実はとても良い小説を見つけてね。興味はないかね？」

「あ、その話は今朝聞きましたから大丈夫です」

「むむ、そうだったか」

ダリ先生は首をひねりつつ、英語島の方へと去っていった。ヒロ君はその背中を見送り、細く長い息を吐いた。そして言った。

「……先輩、実はですね」

「うん。もう分かった。先約があったならそっちを優先して」

額に手を当て、さくらは言った。すると、横で話を聞いていた竜一郎が口を挟んでくる。

「さくらちゃん。戻ってきてからで良ければ、俺がやりますよ」

「いいの？」

「手伝うって約束しましたからね」

竜一郎は肩をすくめると、さくらの机からルーズリーフを拾い上げた。さくらはもう一度、出入口の方にあるホワイトボードを見る。井頭部長は「『数学世界』打ち合わせ、17時帰社」。

「……よく考えたら、部長が戻ってこないことには最終確認ができないわけだから。今すぐ清書しようが、竜一郎君が戻ってきてからにしようが、変わらないね」

「ホントっすか。じゃあ、ちゃちゃっと行ってきます」

そう言うと、竜一郎は手の中のルーズリーフを軽く振ってみせる。

「こいつのコピー、もらっていいっすか？　電車の中で読んどきます。戻ってきたら、すぐに取り掛かれるように」

「うん。そうして」

さくらがうなずくと、竜一郎はさっそくルーズリーフをコピーしに行った。さくらは彼の離れていく背中を眺め、コピーが終わるまでの短い時間で、考える。

部長が戻るまでの時間。やるべきことは答案の清書だけか。否。さくらは、ヒロ君の解説の中に潜んだかすかな違和感を決して忘れてはいなかった。やはり違和感が払拭されるまで全力を尽くすべきだ。そのためにはまず仮眠。思考力を回復させる必要がある。

竜一郎はコピーを終えると、ルーズリーフをさくらの机に戻し、講師室から出て行った。

さくらは頭の中で、やるべきことを整理する。整理して、言った。

「ヒロ君。あたしはこれから仮眠するけど、多分、あんたの質問ブースの仕事が終わる前に起きると思う。起きてから、大問3の答案をもっと細かくチェックしてみる」

「そんな必要はないと思いますが……まあ、念には念を、ですか」

「あと、あんたが昨日解いた大問2の方は、ブースの仕事が終わってから自分でもう一度確認しておいて。ダブルチェックは済んでるけど、一応ね」

「水も漏らさぬ完璧な解答ですよ。先輩は心配性ですね」

「油断しない。雑誌に載せるからには、ちょっとしたミスも許されないんだから」

「んん……まあ、たしかにそうですね。分かりました」

「よろしく。じゃあ、ブースの方もしっかりね」

「はい。任せてください。入塾希望者を百人は連れてきますよ。教室に入りきらなくて困ってしまうかもしれませんね」

ヒロ君はそれだけ言い残すと、質問ブースが設置された教室に向かうべく、講師室を出て行った。生徒に対しておかしなことを言わないか非常に心配ではあるが、やはりさくらはヒロ君のママではないので、あまり過保護になってもいけない。とりあえず、最悪の失敗をするその瞬間までは信じてみようと思う。

（……さて）

さくらは、椅子の背もたれに体を預け、両腕を天井に向かって伸ばした。すっかり硬直している筋肉が、ぎしぎしと、錆《さ》びた機械の音を立てるかのようだ。

肉体的、精神的な疲労が蓄積していた。なにはともあれ、休息をとらねば。

さくらは一旦、机の上の答案をまとめようと手を伸ばした。だが、ふと違和感を覚え眉をひそめる。目の前に広げられたプリントをじっと見つめる。

そこにあるのは、竜一郎が置いていった清書前の答案だ。さくらが大問3の途中までとして作成した答案であり、紙の上には、人類に理解されることを拒絶したかのような汚い文字が並んでいる。

違和感の正体。

それは、さくらの答案がなぜか二セットあることだった。

そして、竜一郎がコピーして置いていったはずの、ヒロ君の答案が見当たらない。

さくらは、足元に積もった計算用紙の死骸にも目を向けた。が、どれもくしゃくしゃに潰れているものばかりであり、その中にヒロ君が作ったピカピカ新品の答案が交ざっているとは思えない。首をひねり、もう一度机上に目を向けて……やがて理解した。

（もしかして竜一郎君、間違えて持って行った？）

さくらの答案の原本とコピーが両方ともここにある。とするとその続き、すなわちヒロ君が完成させた解答（数学的帰納法と逆回しの部分）は、どうなったのか。原本もコピーも竜一郎が持って行ってしまったのではないだろうか。

（何やってんだか……）

さくらはため息を吐いた。もっとも、ヒロ君本人による解説を聴いたあとなので、答案そのものがなくても別に問題はないわけだが。それでも、竜一郎の間抜けっぷりに、さくらはあきれてしまった。

さくらは、汚い字とグラフで埋まった自身の答案（×2）を眺めていたが……結局、予定通り仮眠をとることにした。

彼女は席を立つと、あくびをかみ殺しながら休憩室へと足を向けた。

＊

さくらは夢を見た。

夢の中で、彼女は一人の高校生に戻っていた。

――女子に理Iはちょっと……。厳しいだろう。

あれは誰に言われたのだったか。似たような言葉を投げつけられすぎて、もうはっきりとは覚えていない。

──女の子が数学で食べていくのは大変だぞ。もう一度考えてみなさい。

担任も、親も、数学教師も。さくらが東大数学を解けるレベルになるとは思っていなかった。女子に数学は解けない──そんな妄言、誰が最初に言い出したのかは知らないが……。その言葉は呪いのように、行く先々で彼女の邪魔をした。

──やめとけやめとけ。入ったあとに苦労するだけだぞ。

大人というのは、子どもの可能性の芽を摘む義務でも負っているのだろうか。それとも、後進の足を引っ張ることに生き甲斐《がい》を見出《みいだ》しているのだろうか。当時のさくらは、そんなことばかり考えていた。

──さくら、東大受けるんだって？

けれど、クラスメイトは違った。

──応援してる。ほら、お守り作ったんだ、みんなでさ。

お人よしすぎて笑ってしまった。自分の受験だってあるくせに。東大を受ける同級生はさくらだけではないというのに。そんな時間があったら勉強しなよと、冗談めかして言ったものだ。

けれど、もしかしたら。

──絶対、受かってこいよ。

もしかしたら、さくらにしかできない何かを彼らは期待したのかもしれない。大人たちが口にする妄言を、打ち破ってほしかったのかもしれない。

今になって、さくらはそんなふうに思う。

＊

(頭痛い……けど、これ以上は寝てらんない)

休憩室を出てトイレに寄ってから、講師室に向かってのろのろと歩きながら、さくらは大あくびをした。仮眠のためにソファに身を沈めた時点から、四十五分が経過していた。さすがに、竜一郎はまだ戻ってきていないだろう。

頭の奥には痺《しび》れるような感覚。それが鈍い痛みを呼び起こし、さくらは眉間にしわを寄せた。講師室のドアの前で一旦立ち止まり、目をこする。

肉体が睡眠続行を欲していることは分かっているのだが。竜一郎が戻ってくる前に、ヒロ君の解答をチェックしてしまいたかった。間違いがあったら訂正する。もし間違いがなければ、それはそれでよし。MASにフランスからの返事があるのは、諸々の情報を総合すると明朝だろうと推測できるし、その他の予備校も解答を完成させたという話はまだ聞かない。今、解答を完成させることができれば、我が七徳塾が速報レースのトップだ。そうなれば、東大コース存続のために社長を説得すべく、本格的に動いていける。

（正念場……正念場だ。カフェインがほしい……弥生スペシャルをちょっともらおうかな……）

そんなことを考えながら、さくらは講師室のドアを開けた。すぐに弥生のいる国語島の方に足を向けたが……彼女の机の周りに四人ばかりの男子生徒が集まっていたので、声をかけるのは思いとどまる。さくらは黙って、弥生の椅子の後ろを回り、自分の椅子に腰を下ろした。

しかし何度も言うように、数学島と国語島は隣同士である。聞こうとせずとも、弥生と生徒たちの会話は耳に入ってきた。

「え、先生。それっていつからですか？」

「表向きは『徐々に移行』となっているが、実質的には来年度からだ。つまり、次の四月からということだな」

「すぐじゃないですか」

「心の準備が……」

四人の生徒が途方に暮れた様子で、互いの顔を見合わせている。最初は気にせず、机からノートや鉛筆を取り出して作業にかかりかけたさくらだったが……すぐに手を止めた。

「そういうのって、もっと前に発表されたりしないんですか？」

「発表した時点でやめる生徒も多いだろうからな。きっと役員たちは、それで月謝が入らなくなるのを嫌ったのだろう」

「うわっ、汚い大人だ」

「困るよ〜」

生徒たちが不平を口にしている。まさかと思って、さくらは顔を上げた。弥生は手元のノートをパラパラとめくる。

「まだ確定かどうかは分からない。だが数日中に発表があるはず。なくなる可能性もあると思っておいた方がいい」

生徒たちの困り顔にもおかまいなく、弥生は淡々と説明した。もう間違いない。弥生はまた生徒たちに、東大コース廃止の件を話しているのだ。さくらが現在進行形で必死に止めようとしているというのに。その努力を無視されたような気がして、胸がざわつく。話に割って入ろうと、腰を浮かせた。

しかしながら。

「とにかく、その話は一旦終わりだ」

弥生は眺めていたノートを閉じた。よく見ると机の上には他にも二冊、ノートが置かれている。弥生はその合計三冊のノートを、順番に生徒たちに手渡していく。

「ほら、この前の答案。添削しておいたぞ。……加藤《かとう》。平安時代の文化について知識が足りないから、見当違いな解釈をしてしまうんだ。当時の結婚は、男が女のもとに三日続けて通うことで成立する。逆はない」

「ああ、なんか聞いたことがある気が……」

「このプリントをやっておけ。平安文化、一問一答百本ノックだ。それから立石《たていし》。再読文字を間違って覚えているぞ。そんなに種類はないのだから、きちんと復習しろ」

「は～い」

「平井《ひらい》はちゃんと問題文を読め」

「うっ……」

弥生は三人の男子生徒に対し、短くかつ辛口なコメントをする。それが済むと四人目の生徒が、一枚のプリントと自分のノートを取り出した。

「あの……先生。俺も先生のプリント、解いてきたんです。こっちが答案で」

「ん。そこに置いておいてくれ」

「先生、ありがとう」

「またよろしくお願いします」

一人が弥生の机にプリントとノートを置き、他の三人も一緒に礼を言った。やり取りはそこまでだった。弥生が机の引き出しを開けて何か捜し物を始めたのを見て、四人はそろって去っていった。さくらは、彼らの後ろ姿が廊下に消えていくのを見届けてから、あらためて弥生に目を向ける。

弥生は引き出しの底から数枚のプリントを引っ張り出し、机上に放った。そして傍らにあったグラスを手に取り、中身を飲み干す。色からして「弥生スペシャル」だろう。

「いつもそんなことしてるの?」

席を立って、弥生の隣にまで近づきつつ、さくらは問うた。弥生は「そうだ」と、なんでもないことのように答える。机の上には、ワープロで打ち出された部分と手書き文字の部分が混在した、奇妙なプリントがあった。

何より目を引いたのが、プリントの隅の小さな書き込み。ボールペンで「加藤・復習用」や「立石・春休み用」などとあった。さくらは口をへの字にした。

「……そのプリント、自作?」

「ああ」

「まさかとは思うけど……一人ひとり、生徒ごとに違うプリントを用意してる?」

できれば否定してほしかったのだが。そうはならなかった。一足す一が二であり、太陽が東から昇って西に沈み、文頭の英単語が大文字から始まる——あたかも、それと同様に疑問の余地なき常識であるかのように、彼女は言った。

「生徒が違えば、弱点も違う。となれば、生徒の数だけ必要な教材も増える。当たり前だろう?」

「当たり前だろう、って……」

さくらはあきれ返った。

たった一人を相手にする家庭教師であれば、そういうきめ細かい指導も可能だろう。しかしながら現在、東大コース所属の生徒は一学年あたり平均三十人ほどである。その一人ひとりに違ったプリントを用意する労力は、計り知れない。

「もちろん毎回じゃない。必要だと思った生徒に、必要な時に作ってやるんだ」

「それでも、時間がいくらあっても足りないでしょ」

「ああ、足りない。だから眠る時間がないんだ」

彼女は水筒からグラスに「弥生スペシャル」を注ぎ、ひと口飲む。

生徒ごとの個性、弱点に合わせて作成された、世界に一枚だけのプリント。その作成は当然、東大コースの授業自体とは無関係――つまり一円にもならない仕事である。

「厳しいことを言うとな。あいつらは、多分東大には届かない」

弥生はプリントを取り上げ、目を細めた。どこか遠くを見るような目だった。

「ならば、志望校を変更するときのことを考えておかないといけない。東大コースが存続しようがしまいがな。準備しておくに越したことはない」

「すごく後ろ向き……」

「東大入試が難しいのは周知の事実だが……。それ以前に、出願さえも諦める者たちだって星の数ほどいる。むしろそっちの方が多いだろう。圧倒的にな。私はそういった者たちに寄り添いたい。おかしなことか？」

「おかしくはないよ。でも、東大に受かりたいっていう、生徒たちの夢はどうなるの？」

「夢は大事にすべきだ。しかし残念なことに、人は夢を食って生きてはいけないんだ。夢を語る子どもたちのために、こっそり現実の道を整備してやるのも、大人の仕事だろう」

弥生はノートをめくりはじめた。首を伸ばして覗《のぞ》いてみると、先ほどの男子生徒の手によるの（さくらが見習いたいくらいの）丁寧な文字が並んでいる。すべて記述式の問題らしく、解答は一問につきノート二、三行分でまとまっている。

「いろいろな大学の過去問から、今のあの子に必要な問題を持ってきたつもりだ。問題には多少手も加えている」

「よくやるよ、ホントに……」

「もちろん、万が一本当に東大を受けることになったとしても、無駄にはならないような問題を選んでいる」

「あんた、なんでいつもクソ忙しそうなのか疑問だったんだけど。あきれた」

さくらは思わず、笑ってしまった。

「あたしにはあんなこと言っておいて。どこが『委順』なの。あんたの方がよっぽど、もがきまくってるじゃない」

並大抵の労力ではあるまい。

この同僚は、自ら進んで十字架を背負い、ゴルゴタの丘の麓と頂上とを嬉々《きき》として往復している。

「それでも、言問。夢見がちなお前ほどじゃない」

「あたし？」

「ああ。いつまでもしがみついているだろう」

弥生は眉間にしわを寄せ、さくらを見た。

「東大コースは廃止されるんだ。嫌だ嫌だと駄々をこねても、現実は続いていく。私たちはその先を見なければならない。生徒たちは夢を見る。大人が帳尻を合わせる。それが責務だと思わないか？」

「いいや、廃止になんてさせない。そんな現実はまっぴらごめん」

さくらはそう言って、弥生の机から水筒をひょいと取り上げる。そして彼女は、いったん机に戻って自分のマグカップに「弥生スペシャル」を注ぐと、グイッとあおる。

あまりにも不味《まず》い。さくらは顔をしかめてから、また口を開いた。

「解答速報レースで勝てば、廃止の件は再検討。だから、これはただの夢なんかじゃない。現実の目標だよ」

「それでも、確定ではないのだろう」

「それはそうだけど……。まあ、そのあとの頑張り次第ってことだよね」

さくらは水筒を返すと、しばし考えてから、隈に囲まれた弥生の目を見据えた。見据えて、言った。

「……そうだ。じゃあこうしよう。もしも速報でトップが取れたら、東大コースが存続できるように、あんたも協力しなさい」

「何だと？　なぜわざわざそんな約束をしないといけないんだ」

「賭けみたいなものだよ。そのくらいの見返りがないと、あたしはただ、目標を夢だなんだって馬鹿にされただけで終わっちゃうじゃない。その精神的苦痛に見合うだけのリターンがあってもいいでしょ？」

「まあ、たしかに言われてみれば不公平か」

弥生は顎に手を当て、しぶしぶ納得したように言った。

「……分かった。本当にトップがとれたらな」

「約束だからね」

「ああ。しかし協力というのは、いったい何をすればいいんだ？」

「それは……これから考えるよ」

さくらは曖昧な返事をした。今はそれだけしか言えない。さくらはビジネスマンではなく予備校講師であるからして、社内政治にはあまりにも疎い。さくらにできるのは、ただ目の前の数学を解くことだけである。

そう、今はそれだけだ。

東大後期、大問3。これを解かねば何も始まらない。しかも日本一早く。誰も見たことのない景色へ、辿り着く。

さくらは心に、あらためて勝利を誓った。

……。

…………。

………………。

そして。

肩を落とし、この世の終わりみたいな顔をした竜一郎が戻ってきたのは、数十分後だった。最初にその様子を見たときには、女の子にでも振られたのかと思ったのだが……そういう色恋沙汰ではなかった。

彼は言った。さくらから預かっていた解答を「紛失した」と。

ご丁寧に原本とコピーの両方を持ち出した上で「紛失した」と。

幕間

竜一郎は、もともと勉強が好きだったわけではない。

彼は小さい頃から変わらぬ野球少年であり、小学生時代は多くの友と同様、いつか甲子園に出ることを目指して汗を流していた。

ただし周知のとおり、東京都というのは全国トップクラスの大激戦区である。将来のスター選手たちを間近で見る機会も一度や二度ではなかった。小学生の頃は、そんな天才たちに追いつこうと無邪気に頑張っていたが、中学生にもなると、自分と彼らの決定的な違いを思い知るまでに、そう長くはかからなかった。自分が甲子園に出られるような名選手にはなれないことを理解してしまった。

野球に打ち込めなくなった竜一郎は、代わりに勉強に力を入れるようになった。都立の進学校になんとか滑り込むことに成功。しかし、野球を諦めきれない自分がいるのも事実だった。高校一年生の夏には、同じ「東東京」の代表である帝京《ていきょう》が、予選の勢いそのままに甲子園の頂点にまで駆け上がったが……。選手たちの姿をテレビで見た竜一郎の胸には、ある種の羨望と、虚《むな》しさとが同居していた。

先輩から「六大学野球」の話を聞いたのは、その頃のことだ。夏休み、東大の野球部でプレーしているOBが部活に顔を出し、大学の話を少しだけ聞かせてくれた。春のリーグ戦は六大学中五位だったという。数字だけを見れば立派な成績とは言えない。けれど竜一郎は、先輩の淡々とした語りに惹《ひ》き付けられた。一流選手たちを相手に年二回、リーグ戦で戦う——この先輩はそんな現実離れした日常を送っている。

それは、竜一郎にとって天啓のようなものだった。

竜一郎には分かっている。自身の実力では、早慶などでレギュラーになるのは無理だ。なにしろ、あそこにはプロを目指す逸材がゴロゴロいるのだから。

しかし、東大ならやれる。

憧れの神宮《じんぐう》で野球ができる。

もちろん東大野球部とて、六大学で勝ちを得るために死に物狂いで練習を積んでいるのだから、レギュラー入りは決して楽ではない。しかし早大よりはマシである。明大よりはまだ可能性が高い。

となると、問題はただ一つ。東大に入学できるかどうかである。

進学校に通っているとはいえ、成績は学年でも真ん中くらい。少なくとも高一時点の実力で判断するなら、明らかに東大合格圏外であった。そんな男が、東大野球部に入って六大学に出たいという、かなり不純な動機で受験戦争に臨もうとしている。

――俺に、東大を受ける資格なんてあるのかな。

竜一郎は高一の頃、学校では胸を張って志望校を口に出すことができなかった。東大で学問をやりたくて勉強している周りの秀才たちと比べると、なんだか自分が滑稽に思えたから。

――資格なんて誰も持ってない。別にいいんだよ、東大目指すのに、ご立派な理由を用意しなくたって。

けれど。七徳塾での初めての進路相談において、言問さくらはこう言った。

――東大で野球？　いいじゃんそれ。やってみなよ。そもそも東大に入るのに必要なものは、入試で点数を取る力だけ。優れた人格も、高い志も、お上品な育ちも、全然関係ないんだから。誰にだってチャンスがある。誰だって夢が見られる。平等でいいでしょ？

あのときのさくらの言葉があったから。

自分は東大志望だと、堂々と言えるようになったのだ。

「ただいま体験授業の最中です。覗いていってみては？」

MAS予備校・神田校舎の受付にて。申込用紙を受け取って帰ろうとした竜一郎は、そんなふうに呼び止められた。なんでも、新・高校三年生、および浪人生に向けた体験授業が、無料で行われているらしい。

早く戻ってさくらの手伝いをしようと思っていたので、初めは迷わず辞去するつもりであった。しかしながら体験授業の講師名を聞いて、竜一郎の気は変わった。

大瓦数夫《おおがわらかずお》。

ＭＡＳ内で、いや、今の日本で最も有名な数学講師である。

（ちょっとだけ、聴いていこうか）

竜一郎は教室の場所を尋ねてから、早足でエントランスホールを横切り、階段をのぼる。六階につくと、教室は探すまでもなく見つかった。廊下の突き当たり——ある部屋の出入口の前に人だかりができているのだ。授業開始を外で待っている生徒たち……ではない。生徒たちは背伸びをしたり、首をいろいろな角度に傾けたりして、開け放たれたドアから教室の中へと必死に目を凝らしている。

それは、教室に入り切らない立ち見の生徒たちだった。竜一郎は立ち見の一番後ろに加わって、教室の中を覗き込む。幸い長身の竜一郎は、少し背伸びをすれば中の様子を窺うことができた。

階段状の教室だった。もちろん席はすべて埋まっており、壁際にも立ち見生徒がびっしりと並んでいる。そして教壇に立っているのは、五十歳くらいの男。まるで明治か大正の時代からタイムスリップしてきたかのような和服姿であった。

「いいか？　何度も言うが東大数学に関しては、私がこの世界でもっとも詳しいんだ。ゆえに私の言葉は、すべて信じて疑うな。それこそ、お前たちが東大に受かるための一番の近道だ」

その男は、机が扇型に並ぶ階段教室の中心部分で、太く、よく響く声で語った。

「まずは、自分は数学に向いていないとか、そんな甘ったれた考えを捨てることだ。弱音を吐くなら、参考書を一冊丸ごと暗記してからにしろ。そう、お前たちも持っているだろう、あの青い参考書だ」

（あれが、大瓦先生か。本当に和服で授業するんだ……）

テレビで何度も見たことはあるが……実物を目にするのはこれが初めてだ。

なんとなく画面越しよりも、眉間のしわが深く、厳《いか》めしい顔に見えた。

「受験数学なんて、所詮は暗記科目なんだ。解法を覚えていれば点数が取れる。覚えていなければ取れない。日本史や世界史と同じなのに、お前たちはそこが分かっていない。歴史の流れは必死に覚えようとするくせに、数学の解法となると覚えようとしない。そう、大事なのは解法だ。公式だけ頭に入れて満足するのは、日本史の年号だけ覚えるようなものじゃないか。日本史のときは、まさかそんな馬鹿げた勉強法はしないだろう？　それなのに、どうして数学になるとお前らは馬鹿になってしまうんだ。公式だけをちょろっと覚えて、あとは感覚でどうにかしようとする。違う違う。解法を全部覚えるんだ。日本史だって歴史の流れを全部覚えるだろう？　それとまったく同じ理屈だ。だから参考書一冊分を暗記しろ。日本史の教科書を一冊覚えるのと、労力は大して変わらない。できるかできないかが問題なんじゃない。怠けるか怠けないかだ。もし今の話を聞いて、『そんなことできっこない』と思った怠け者がいたら、今すぐ教室から出て行ってもらおう」

(噂《うわさ》通り辛口だなあ)

心の中で、竜一郎はつぶやいた。好き嫌いのはっきり分かれそうな講師であり、実際、何人かの生徒は不快そうな顔をしているのが見て取れた。

しかし、退出する生徒は一人としていなかった。この場に足を運んでいる時点で、好き嫌いで講師を選べるほどの余裕などあるはずがない。自分を東大に受からせてくれるのであれば、相手が傲慢な偏屈講師であっても、過剰なほどの毒舌講師であっても、いっそ悪魔であってもかまわない——そう考えている人間が大多数であろう。

(数学は暗記、か。さくらちゃんも、練習問題をたくさん解いて体にしみこませろってよく言うから、そのへんは通じるものがあるのか……。いや、あの人は単純な丸暗記じゃうまくいかないとも言ってたっけ。似てるようで違うのかなあ……)

大瓦を支持しないのは、主に〝数学がもともと得意な生徒〟だと聞いたことがある。「受験数学は暗記だ」と言われても、すぐには割り切れない者たちだ。一方で、〝数学が得意でない生徒〟からは絶大な人気を誇っている。彼らは藁《わら》にも縋《すが》る思いで大瓦に師事し、そして時には、数学が得点源になるほど大化けするという。

「東大に受かる奴らはそれくらい、当たり前のようにやっているんだ。怠け者でも東大に行きたい、楽して受かりたいなんて考えているような、頭の中がお花畑でいっぱいの馬鹿野郎は、少なくとも受験には向いていない。時間と金の無駄だから、さっさとおうちに帰った方がいい。その代わり、この教室に残ろうという少しは根性のある連中には、解法を暗記するコツを教えてやる。東大に受かるには数学で何点取ればいいか、何を覚えればそれだけの点数が取れるか、どうやれば覚えやすいか、一年かけて順を追って教えてやる。そのあとは、お前たちがやるかやらないかだ」

もちろん、疑いの目を向けている生徒もいるにはいるが。

多くの生徒は、大瓦の話に真剣に耳を傾けていた。何と言っても大瓦は、毎年およそ千五百人の東大合格者を出すMAS予備校の、ナンバーワン講師。何年か前の東大理Ⅲ首席合格者が、わざわざ大瓦の自宅まで礼を言いに行ったというのは有名な話である。また、著書はベストセラーだし、テレビ出演も多い。

（この人を信じてみたら……合格できんのかな、俺でも）

そんなことをぼんやりと思いながら、竜一郎はじっと、教壇で熱弁を振るう大瓦を眺め続けた。

竜一郎が教室を覗いたときにはすでに終盤だったので、十分もしないうちに授業は終了した。最後列にいたことが幸いし、雪崩のように出入口に殺到する生徒たちに先んじて、竜一郎はその場をあとにする。エレベーターは混みそうだったので、来たときと同様、階段を使うことにした。

MASの神田校舎は、地下鉄神保町《じんぼうちょう》駅のすぐそば——古書店街を抜けた先にそびえたつ八階建てのビルである。MASの中でも特に有力な講師陣が集結している、まさに予備校業界の中心である。各教室では常に日本最高峰の講義が行われており、広い自習室では高校生と浪人生たちが目を血走らせて机にかじりついている。あまりにも東大合格者が多いので、「東大生はまず〇年生で神田キャンパスに通い、一年生から駒場《こまば》キャンパスに通う」などという言葉があるくらいだ。

こんな環境に放り込まれたら、竜一郎には説明ができないなんらかの化学反応が脳内で起こり、呼吸をしているだけで知能指数が二割増しくらいになりそうな気がする。

(でも、ちょっと息が詰まりそうだな、俺には)

階段の踊り場にて立ち止まり——受験情報が隙間なく貼られた掲示板をぼんやりと見つめ、竜一郎は思った。彼の後ろを、生徒たちが談笑しながら通り過ぎていく。

「東大を世界史で受けるなら、絶対小林《こばやし》先生だってさ。去年の問一、ほとんど完璧に的中させたらしい」

「へえ、英単語帳、それ使ってるのか」

「『数学世界』の宿題コーナー、今月のあれ解けた？」

耳に入る会話の内容は、受験一色だった。それが当然だ。浪人して予備校に行くということは、受験以外のあらゆることを脳から完全に排除した一年間を過ごすということなのである。竜一郎はそうした世界に足を踏み入れようとしている。

（一年間……これから一年間か。やれんのかな、俺にも）

彼はほかの生徒たちに交ざって、のろのろと階段をおりた。一階の受付の前を通り過ぎ、「東大1520人　京大1495人」「本気ならMAS」などと大きく書かれた派手なポスターを横目に見ながら、エントランスから外に出た。

校舎を出てすぐのところの古書店街は、いつも通り人で賑《にぎ》わっていた。背広を着たサラリーマンのみならず学生風の男女も多く、彼らの一部は、それぞれの古本屋の店先に置かれたワゴンの前で、掘り出し物がないかじっくりと吟味している。ここ数日の中では暖かい方で、道行く人たちの顔には活気があった。

活気……いや、もしかしたらそんな単純な言葉で片付けてはいけないのかもしれない。古本屋の前で立ち止まる者と、見向きもせずに通り過ぎる者――両者の間には明確な温度差があった。後者は何かに急《せ》かされて、活動的にならざるを得ないような。そんな印象を受ける。もっとも、それは東京全般に言えることだが。

竜一郎は神保町駅までの道で、一度だけ立ち止まった。古本屋の店頭ワゴンを前にして、目的もなく立ち尽くす。ずらりと並んだ文庫本。隣に立つ若い男が一冊手に取って、パラパラめくってワゴンに戻し、また別のを手に取って……と繰り返している。男のセーターには大きな穴があいていた。

もしかしたら東大生かもしれないと、竜一郎は根拠もなく思った。

竜一郎は結局、一冊の本も手に取ることなく、地下鉄駅に下りていった。切符を買ったあとは、いつもだったら少し立ち止まって、印字された四つの数字で「10」が作れないか考えてみるところだが、早く七徳塾に戻らねばならないと思い出したので、今日はやめておいた。改札を抜けて、ホームへ。

タイミングよく列車が滑り込んできた。

(さくらちゃんに頼まれた答案……目を通しておかないとな)

竜一郎は列車に乗り込みながら、鞄《かばん》をあさった。午後の中途半端な時間だからか、車内はそこそこ空《す》いており、座席にはちらほらと空席があった。竜一郎は鞄をがさごそやりながら、そのうちの一席に腰を下ろす。腰を下ろして、眉をひそめた。

七徳塾の封筒——さくらから預かった答案を入れた封筒が、見当たらない。

(おかしいな……)

ホームでは、発車を告げるアナウンスが流れている。時間に正確であると知られる日本の地下鉄は、今日も予定通りにビジネスマンたちを運ぼうとする。竜一郎は鞄をひっくり返さんとする勢いで、中身を素早く、隅から隅まであらためた。彼は青ざめた。

「忘れてきた！」

竜一郎ははじかれたように立ち上がった。そして電車のドアが閉まる寸前、ぎりぎりでホームへと飛び出した。ホーム向かい側の電車から降りてきたスーツ姿のビジネスマンたちにぶつかりかけて、高速で方向転換。階段に向かって、人の間を縫い、駆ける。駆ける。駆ける。背中に怒鳴り声が飛んできた気がするが、謝っている余裕はない。

竜一郎は風となって走った。部活の現役時代よりも速く、走った。

4

「それで、戻っても見つからなかったってこと?」

「ごめんなさい……」

机の脇に立って、竜一郎《りゅういちろう》が平謝りしている。坊主頭の長身男子に間近で頭を下げられると、それはそれで圧迫感がすごい。しょんぼりしている間抜けな教え子を前にして、さくらはため息を吐《つ》いた。

誤って原本とコピーを両方持って行ってしまったことに関しては、受け取った時点で確認しなかったさくらも悪い。しかし、まさか紛失してくるとは。

「どうして鞄《かばん》から出したの? そんな必要ないでしょ」

「それが……鞄の中がぐちゃぐちゃで、筆記用具が見つからなかったんす……受付で名前を書くときに……結局、ペンを貸してもらえたんで、探す必要なんてなかったんすけど……」

「ああ~……」

さくらは竜一郎の鞄をチラリと見たが、それ以上は何も言わなかった。ごく控えめな見解を述べると、竜一郎は鞄の中を整理整頓できる人間とは対極の性質を有すると考えられた。MAS《マーズ》の受付の近くで鞄をひっかきまわした挙句、荷物置きに封筒を忘れる竜一郎の姿が目に浮かぶようだ。

普通だったら言い訳の余地がない失態である。さくらが彼の立場だったとしても、謝る以外にどうすることもできないだろう。

しかし、今回はちょっと特殊なケースだ。さくらの机の脇に立って平謝りしているのは、竜一郎だけではない。

もう一人。

「申し訳ありません……」

竜一郎の隣で、ヒロ君も深々と——額が膝にくっつくのではないかと心配になるほどに——頭を下げている。そんな彼を見て、先に頭を上げた竜一郎が困惑していた。

「あの、これは……？　どうしてヒロ君まで謝ってるんすか？」

「さて、何から説明したらいいのか」

さくらはつぶやき、こめかみに指をあてた。竜一郎にとっては朗報で、さくらにとっては決して好ましくない情報——さくらはちょっと考えてから、結局、ストレートにこう言った。

「結論から言うと、ヒロ君の答案は間違ってたってこと」

「ええ⁉」

竜一郎が目を丸くする。ヒロ君はますます頭を下げる。しかし、彼の後頭部を見るのもいい加減飽きてきたので、さくらは体を起こすように言った。

誤りに気づいたのは、さくらが仮眠から目覚め、弥生《やよい》の自作プリントを見て心底あきれたあと——仕事を再開した直後であった。ちょっと手直しすれば解決するような小さなミス……ではない。積み上げた証明が根本から崩れるような、土台に近い部分における欠陥が、ヒロ君の解答の中に見つかった。

さくらはその事実を、高校生、浪人生たちからの質問攻めにあったばかりのヒロ君に伝えた。ヒロ君は最初、半信半疑だったが……間もなく自らの過ちを理解した。あとはもう土下座せんばかりの勢いである。いや、さすがに土下座は止めたが。

「そういうわけだから。あの答案はなくても別に問題ないってこと」

さくらがそう言っても、竜一郎はまだ戸惑っていた。おそるおそるヒロ君に目をやり、問いかける。

「間違いだったって……解説までしてくれてたじゃないっすか」

「こ、弘法《こうぼう》にも筆の誤りと言います。いくら僕のように優秀な逸材でも、時にはミスもするわけで……」

「でも、あんなに自信満々だったのに？」

「いや、まあ……その……調子が悪いときにはそういうことも……」

「僕がその気になればこんなものですよ、とか偉そうに言ってたのに？」

「……もういっそ殺してください」

「これは……。本気で落ち込んでますね」

ヒロ君の顔は青白く、殺す殺さない以前に今にも死にそうである。竜一郎は苦笑した。自分自身の罪がそこまで重くないと気づいたらしく、少し元気を取り戻した様子である。自分が背負うはずだった重荷が実は他人のものだと分かったとき、人はこの上なく幸福を感じるものなのだ。

「とにかくそういうわけだから。つまりあんたのやったのは、ゴミ箱に捨てるはずだったものを、MASにポイ捨てしてきたってこと」

「さくらちゃん、もう少し言い方ないっすか」

「ただ、よその予備校にゴミをポイ捨てしてきたのはよくないよね。埋め合わせとしてタダ働きしてもらうから」

「ええぇ……」

竜一郎は露骨に嫌そうな顔をした。一方、ヒロ君は棺桶《かんおけ》に入れられる五秒前といった様子で、自分の机へと戻っていく。午後の授業が入っていなくて、本当に良かったと思う。

（さて、またやり直しか。どこから手をつけようか……）

さくらはそんなことを考えノートを開く。しかし、彼女が作業を再開する前に、竜一郎が尋ねてきた。

「でも、さくらちゃん。間違ってたって、どこのことなんすか？」

「ん、知りたいの？　熱心でいいね」

「まあ……気になるんで」

さくらはヒロ君の方に目を向けたが、生憎《あいにく》、彼に解説するだけの気力は残されていないようだった。さくらはノートに、グラフを描きはじめた。

「……さっきヒロ君は、グラフ作りを逆回しにしたよね？」

「そうでしたね」

「ぱっと見、あれはうまいやり方に思えた。白丸$k+3$個が並んだ棒状グラフが可能グラフなら、そこに逆操作を加えて作れる、白丸k個の棒状グラフもまた可能グラフ……。その理屈は正しそうに見えた」

「違うんすか？」

「うん。正しそうに見えるけど、論理に致命的なほころびがあるの。可能グラフに逆操作をしてできたグラフが、必ず可能グラフだとは限らない。それをヒロ君は見落とした」

さくらはノートに描いたばかりのグラフを鉛筆で指し示した。白丸に操作1と操作2を一回ずつほどこす——ただそれだけの、単純なグラフだった。

○
●←（操作1）
◎
○←（操作2）
◎
●

「たとえば白丸一個からはじめて、操作1を一回、操作2を一回加えて、こういうグラフを作ったとするでしょ？」

「はい」

「『白丸を一つ加え、その隣の丸の色を変える』っていうのが元の操作だから、その逆は？」

「ん〜と……」

坊主頭に手をやって、竜一郎は少し考えた。

「……白丸をどれか一つ取っ払って、その隣にあった丸の色を変える、ですか？」

「そう。つまりこういうことだよね？」

○
◎
●

←（操作2の逆）
●◎
←（操作1の逆）
○

「これは……二重丸は、取り除く白丸ですかね」

「うん」

「でもこれ、やっぱり元の白丸一個に戻ってるじゃないっすか。何かおかしなことがあるんすか？」

竜一郎は首をかしげる。彼はまだ、ヒロ君がまんまとはまってしまった陥穽《かんせい》にまったく気づいていないようだが……だからといって竜一郎を責めるのは酷というものだ。事実、ヒロ君はしばらくの間、落ちた穴の底でふんぞり返っていたわけだし、寝不足状態とはいえ、さくらも一時はその穴に片足を突っ込んでいたのだから。

「このグラフ（○○●）をよく見て。取り除ける白丸、真ん中だけじゃないでしょ？」

さくらはまた、鉛筆でノートを指した。対して竜一郎は《何を当たり前のことを》とでも言いたげな顔である。

「まあ、白丸は二つありますからね」

「そこまで分かるなら、落とし穴も見つかるはずだよ」

「んん……？」

「ほら、見て。私が言いたいのは、こういう逆操作のこと」

◎○●
←（操作1の逆）
●●

さくらはノートに鉛筆を走らせ、新しいグラフを描き加えた。竜一郎はそのグラフをしばし見つめ、眉間にしわを寄せていたが……やがて「あ」とつぶやいた。

「これ、まずいっすね」

「気づいた？」

「可能グラフから逆操作したはずなのに。できたのは不可能グラフじゃないっすか」

さくらはうなずいた。黒丸が二つ並んだグラフは、ゲームのルールに従うとどうやっても作ることができない──不可能グラフである。

「つまり、可能グラフに逆向きの操作を加えると、不可能グラフができちゃうことがあるってわけ」

さくらはチラリと、ヒロ君の方を見やる。彼にも当然、さくらの説明は聞こえており、傷をえぐられ続けている真っ最中であるはずだが——自分の机に突っ伏して微動だにしない。本当に死んだのかもしれない。

さくらは竜一郎に向き直った。彼の顔には、まだ納得しかねるもやもやが残っているように見えた。

「ではここで問題」

そこで彼女は、顔の前に鉛筆を立ててこう言った。

「炭酸水素ナトリウムと塩酸の反応でできるのは？」

「え？」

竜一郎の顔に、困惑の色が浮かぶ。

「なんでいきなり化学《バケガク》？」

「あれ、忘れちゃった？　かなり初歩的な化学反応式だと思うよ」

「いや、それくらいは覚えてますけど」

竜一郎は少しムッとしたようで、口をとがらせた。

「ええと……『$NaHCO_3+HCl\rightarrow NaCl+H_2O+CO_2$』っすね。だから、塩化ナトリウム（食塩）と水と二酸化炭素」

「正解。塩化ナトリウムと水と二酸化炭素の三つができる。じゃあ、その三つを混ぜたら、元に戻る?」

「いや……戻らないっすね」

「そうだよね。お塩と二酸化炭素と水を合わせても、しょっぱい炭酸水になるだけ。元の炭酸水素ナトリウムと塩酸にはならない。それはこの大問3でも同じ。グラフAからグラフBが作れるからといって、グラフBに手を加えたら〝必ず〟グラフAに戻るなんて保証はないってこと」

「あ〜……」

ようやく腑《ふ》に落ちたのだろう。竜一郎の眉間に寄っていたしわが、消えていった。

「逆操作したら元に戻るとは限らない。もっと言うと、『$n=k+3$が可能グラフならば、$n=k$も可能グラフ』とは言い切れない。ヒロ君の証明には、そこに欠陥があった」

「なるほどねえ……」

竜一郎はしみじみとつぶやいた。彼も一応、理系の端くれである。証明に穴があったということ——その意味を正しく理解し、切実に感じ取っていることだろう。

数学の証明とは、完璧であって初めて意味を成す。

「題意はだいたい示された」とか「この命題はおおむね真」とか、そういうあやふやな表現は数学とは縁のないものだ。そこには白と黒しかなく、灰色は存在しない。

そのため、欠陥があると分かった時点で、これは答案としては無価値である。

「とにかく、そういうことだから。せっかく手伝うって言ってくれたところ悪いんだけど」

「ってことは、清書の仕事はいったん中止ってことっすか」

「いったんっていうか。今日はもうお願いすることはないかな」

「えっ。じゃあ俺、帰っちゃっていいんすか？　タダ働きの話は？」

「また深夜までかかりそうだからね、帰っていいよ。高校生に深夜労働させるのもまずいと思うし」

「急に現実的な話を……。まあ、もう卒業しちゃったんで、高校生じゃないっすけどね」

竜一郎は笑った。そして、ふと思い出したようにこう言った。

「そうだ。まだ焼き肉連れてってくれてないじゃないっすか。どうっすか、卒業記念ってことで。俺のこと祝ってください」

「あんた、ホントに調子いいよね」

「今度でいいんで。大問3が解けたあとにでも」

「はいはい、今度ね」

「絶対っすよ。なにしろ俺、四月からは……」

そう言いかけて、竜一郎はふと口をつぐんだ。何を言おうとしたかは分かった。さくらは視線を足元に落とす。そこには相変わらず、紙ゴミが堆積していた。

四月からは、竜一郎は七徳塾《しちとく》にいないかもしれない。そして、東大コースの未来が決まっていない現時点では、さくらには彼を引き留めることなどできやしない。

「分かった。暇ができたら連れてくよ」

「約束っすよ」

竜一郎は満面に笑みを浮かべた。言質《げんち》が取れて気が済んだのだろうか、彼は鞄を肩にかけ直すと、右手を額に当てて、敬礼のポーズをする。

「じゃ、そういうことで。お疲れ様でーす」

元気よく言い残し、竜一郎は講師室から出て行った。さくらは小さくため息を吐く。目の前に横たわる現実を直視するために、目を閉じて、考えを整理する。

さくらは、nが「3で割って2余る数」であるときだけ、グラフが不可能グラフになるという仮説を立てた。それを呼び水として、ヒロ君の意外な閃《ひらめ》きを引き起こせたかに見えたが……。実際は、証明には致命的な欠陥が存在した。事態は振り出しに戻ったかに見える。

(違う。振り出しなんかじゃない)

さくらは小さく、頭を振った。

第一に、さくらの立てた「3で割って2余る数」の仮説が否定されたわけではない。この仮説を証明するという大問3のゴールポストは、いまだに同じ場所に立ってくれている。

そして第二に。

欠陥があったとはいえ、「逆回し」というアイディアそのものは、悪くない。

「あんたは、どうする？」

竜一郎がいなくなると、さくらは机に突っ伏したヒロ君に——他の島の人には聞こえないようにひそひそと、声をかけた。

「ミスくらい誰にでもあるでしょ。そんなに落ち込むのは、らしくないよ」

「落ち込んでいるわけではありません。ただ、自分で自分が情けなくて……」

「あたしには、落ち込むのとどう違うのかいまいち分かんないよ」

「……とにかく、みっともない姿をさらしました。要するにそういうことです」

「あんたの自信過剰はいつものことだから、今さら気にしたりしないけど」

「先輩もそうですが……僕が言いたいのは社長です」

ヒロ君は机から顔を上げ、唇をかむ。胸の真ん中に火のついた棒を突っ込まれたような。

そんな表情だった。

「また、社長に見下される材料ができてしまいました。僕はそれが悔しい」

さくらは彼の横顔をじっと見つめる。

金岡《かなおか》社長——つまり父親に対するヒロ君の態度は相変わらずである。そこには健全な反骨精神だけではない、生々しく、容易に触れてはならない切なる感情も入り混じっているように見えた。金岡社長とヒロ君がどのような家族生活を送ってきたのか、やはりさくらには想像もつかないが……。

「まあ、あんたが失敗したことは、これ以上は誰にも言わないから。社長に知られることもないでしょ」

さくらは、そう言ってお茶を濁すにとどめた。一拍おいて本題に入る。

「で、話を戻すけどね。もしこれ以上は嫌だって言うなら、別の仕事に取り掛かってくれてもいいよ」

「……っ、冗談はやめてください。やります、やりますよ」

ヒロ君はきっぱりと即答した。その目にいつものような光が少しだけ戻ってくる。落ち込んでみたり、やらなくてもいいと言われたら急にやる気になったり、面倒くさい男である。

「今回はちょっとうっかりがあっただけですから。僕の本来の力があれば、こんな問題、簡単ですよ」

ヒロ君は鼻息荒く、また偉そうなことを言う。さくらは苦笑した。苦笑してから、再び鉛筆を手に取った。

二人がかりでの解答作成作業が、これにて再開されたのだ。

——あんたのやり方には穴があったけど、発想自体が悪かったとは思えない。

——当然ですよ。僕を誰だと思っているんですか。

——逆向きの操作は、もしかしたら突破口になるかも。しばらくその方針で考えてみて。

——先輩も、このやり方に可能性を感じると？

——うん。ポイントは多分、きちんと可能グラフにまでさかのぼることだと思う。そうすれば落とし穴にはまらずに済むから。

——分かりました。やってやりますよ、任せてください。


しばしの間、さくらの目には机上のノート以外のものは映らなかった。さくらの耳には、自身の鉛筆の音以外は聞こえなかった。

束《つか》の間《ま》、さくらはこの世界に唯一存在する人間となる。

数学と向き合うその瞬間、他者は不要。突き詰めれば己の肉体さえも不要。腕を、脚を、胸を、腹を、意識の外へと放り出す。ただ脳だけが残り、思考する。

(ヒロ君にも言った通り、逆操作っていう発想自体は悪くない……と思う。というか、それ以外にこの問題が解ける見通しが立たない)

脳だけになったさくらは、宇宙空間のように真っ暗な、ここではないどこかに浮かんだまま、声なき声でつぶやいた。

（ヒロ君は、「可能グラフに逆操作を加えても、必ず可能グラフになるとは限らない」ってことを見落とした。きちんと可能グラフに戻るかどうか、毎回確認する必要がある。そのためにどうするか）

鉛筆を持った手を動かしているはずだったが、それさえも意識に入らなかった。脳内にグラフが描き出される。単純な棒状グラフの作成過程だ。それを逆回しにする。

◎○○
←
●◎○
←
◎●
←
○

（こんなふうに白丸一個までさかのぼれるなら、その途中に出てきたグラフは全部可能グラフってこと）

可能グラフまでさかのぼれるグラフは、すべて可能グラフである。となると、さくらが

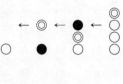

探すべきは「可能グラフまでさかのぼれないグラフ」ではないだろうか。それは言い換えれば、「白丸一個までさかのぼれないグラフ」ということになる。

つまり、証明すべきは次の仮説。

（仮説）nが「3で割ると2余る数」のとき、n個の白丸からなる棒状グラフは、どうやっても白丸一個のグラフにはさかのぼれない

（でも、仮説が立ったところで、すぐに問題が解けるわけじゃない……むしろ本番はここから）

グラフのパターンは、文字通り無限に存在する。ゆえにすべてのグラフについて、「白丸一個」までさかのぼれるかどうかを調べるのは不可能だ。何らかの法則性を見つける必要がある。さかのぼれるグラフとさかのぼれないグラフ、それを見分けるための基準が存在するはずである。

法則性はすぐに見つかりそうで、しかし見つからない。この大問3がはらむ最大の謎はそこにある。材料が揃《そろ》っているはずなのに〝なぜか〟解けない――。その謎を解明しないことには、解答に辿《たど》り着くことはできない……。

「……うんうん。ありがとねえ、いろいろ教えてくれて」

不意に、さくらの集中は途切れ、向かい側の机から小美山《こみやま》の声が耳に届いた。耳に——そう、耳にである。さくらの脳を取り巻いていた宇宙のような虚無の空間はいつの間にか消え去り、さくらは脳のほかに、手足を、胴を、そして耳や目を持つ一個の人間に戻っていた。さくらは顔を上げた。小美山は受話器を手にしており、今まさに通話を終えるところらしかった。

「うん、それじゃあ、また。後期のこと、詳しく分かったらおじさんに教えてね」

小美山はそう言って受話器を置く。小美山がいつ授業を終えて戻ってきたのか、何の用事で誰に電話をしていたのか——そんなことはどうでもよかった。もっと重大なことが、今のさくらにはある。

後期のこと。

さくらは椅子の上で少し伸びあがり、問いかけるような目を、正面の机にいる小美山に向けた。小美山が気づいて意外そうな顔をする。

「おや？　さくらちゃん。今は『話しかけちゃいけないモード』かと思って、おじさんも気をつけていたんだけどね」

「ええ、ひと息入れようと思いまして。ところで、今の電話……」

「ああ……うん。どこまで聞こえていたかな？」

「後期って、東大のですか？」

余計な前置きはなしに、さくらは尋ねた。小美山は薄い頭に手を当てて、少し答えにくそうな様子だった。

「うん、まあ。……MASの知り合いに用事があって、電話したんだけどね」

「MASに？」

「そうさ。で、ついでに後期数学の、例の問題について訊《き》いてみたんだよ。もちろんそれとなく、ね。おじさんはそういう情報をうまく引き出すの、得意だからさ。まあ、日頃からおじさんの話術を聞いているさくらちゃんなら分かると思うけど……」

「そういう話はいいんで。何て言ってたんですか？」

「……解いたらしいよ、MASの連中」

心臓が不規則に拍動した。足元が底なしの沼に変わり、椅子に座ったまま沈み込んでいくかと思った。

解いた。解いた。解いた。

今、この世で一番聞きたくなかった言葉が、小美山の口から語られる。

聞き間違いであってほしかったのだが、現実は無情にも、そんな逃避さえも許さない。

「東大後期数学、大問3。ついさっき、MAS予備校が解答を完成させたんだって」

*

「もしもし？」

昭《あきら》の気だるげな声が返ってきた。さくらはそれを非常階段の踊り場で、手すりにもたれかかって耳にする。間もなく沈もうとする太陽が、西の空から光を投げかけ、東側にあるビルを軒並みオレンジ色に染め上げている。

太陽は受験を知らず、東大を知らず、解答速報を知らない。宇宙規模で見れば些末事《さまつじ》にすぎぬかもしれないが、今のさくらには人生のすべてと言ってよいその重大事のために──彼女は電話をかけている。

彼女はいつものように、携帯電話の向こうに言った。

「もしもし、あたしだけど」

「ん。どうかしたか？」

何百回目かの、お馴染《なじ》みのやり取り。眼下──七徳塾のビルの裏手の道を、制服の高校生が数人、談笑しながら通り過ぎていく。

「大問3。解けたってホント？」

社交辞令はいらない。さくらは単刀直入に尋ねた。昭は数秒沈黙する。冷たい風が夕陽《ゆうひ》の中を通り抜け、非常階段の上を行き過ぎていく。

昭は、少し言葉を選んでいたようだったが。彼の声に驚きはなかった。

「そうか、やっぱりもう耳に入ってるか」

「その反応。ガセではないってこと？」

「ああ、解けた」

否定してほしかったのだが。無情にも、返ってきたのはもっとも聞きたくない言葉だった。さくらは頭をかきむしりたくなるのを、必死でこらえる。

「それは……フランスから返事が届いたってこと？」

「いや、そっちはまだなんだ、実は」

昭は、一見するとそれと分からないほど小さく、首を横に振った。もちろん電話越しだから実際に見えるわけではないのだが、口調だけでさくらには分かった。

「うちの大瓦《おおがわら》先生が解いた」

「大瓦？」

さくらはオウム返しに問うた。名を知らなかったわけではない。逆である。知っているからこそ脳が理解を拒絶する。

あの大瓦が、東大後期の超難問を解いた？

「大瓦って、大瓦数夫《かずお》？」

「ああ」

「それは、いつもみたいに誰か別の人が解いたものを、大瓦の名前で発表するって意味？」

「いや、大瓦先生本人が解いたらしい」

「ちょっと信じられないんだけど、本当に？」

「気持ちは分かるけどな。実際みんな半信半疑だった。でも解けたっていうんだから仕方がない」

　さくらは、非常階段の冷たい手すりにもたれ、額に手をやった。耳から入ってきた情報と、脳内に蓄積されていた情報との齟齬《そご》が大きい。両者は、容易には結び付いてくれなかった。

　大瓦数夫といえば、この業界内でその名を知らぬ者はもぐりであると言える、超有名数学講師である。授業を行えば教室の外まで生徒があふれ、著書多数、テレビや新聞、雑誌に引っ張りだこ。年収は一億では済まないという話であり、まさに華やかな予備校ドリームを体現する存在。

　実際に、受験数学の教え方は卓抜したものであるらしく、数々の東大合格者たちが、彼の指導がなければ落ちていただろうと証言している。しまいには、彼の姿を見るだけで偏差値が十も上がり、声を聞くだけで公式や定理が脳に焼き付くという噂《うわさ》まで立つほどだ。

また、嘘《うそ》か本当かは分からないが、彼はかつて数学の神秘性を我が物とするために、「和夫」という名前をわざわざ「数夫」に変えたのだという話もある。

しかし。

「あの人、もうずいぶん衰えてるって話じゃない」

「まあ、そうだが……」

歯切れ悪く、昭は答える。同じMASの数学講師といえども……いや、だからこそ、その事実を否定することはできない。

大瓦の数学力は衰えた。数学講師の間ではすでに常識である。

近年は、解答作成作業を若手に任せ、完成品を自分の名前で発表するという形で権威を保ち続けている。持ち前の辛口で勢いのある語りによって、生徒からのカルト的人気も維持されている。

それでも、同業者の目をごまかすことはできない。名が売れたあと勉強を怠ったせいか、それとも単純な加齢によるものか。いずれにせよ大瓦には、すでに東大数学を解けるような力は残されていない。ましてや、一流の数学講師たちが束になっても解けない問題が相手となればなおさらだ。

実際の解答作成作業は大瓦の出る幕ではなく、例によって完成後にしゃしゃり出てきて、誰かの手柄を横取りする——それが関の山だと思っていた。

何かがおかしい。まるで、さくらの知る大瓦とは違う大瓦が存在しているかのようだ。

おまけに、昭の言葉の中にある違和感はそれだけではない。

「……さっき変な言い方したよね。『解けたっていうんだから仕方がない』って。あんたは見たの、その解答を」

「ああ、チラッとな」

「チラッと？　じゃあ、あんたはダブルチェックに参加しなかったんだ？」

「誰もしないよ、ダブルチェックなんて」

　さくらは耳を疑った。ダブルチェックをしない？　解答速報なのに？

　それはおよそ、彼女の常識からしたら考えられない事実だった。どんな天才にもミスはある。小さな誤字脱字から、大きな論理破綻まで——それらが引き起こすであろう悲劇の大部分は、ダブルチェックによって避けることができる。予備校講師であれば、それが当然の感覚であると思っていたが。

「大瓦以外は解答を精査してないってこと？　そんなことがあるの？」

「相手は天下の大瓦だぜ？　口出しできるはずがない」

「でも、もし間違いがあったら大問題でしょ」

「まあ、そうだけどな。さすがに大丈夫だろう」

　何が「さすがに」なのか。つまるところただの楽観か。さくらはあきれて、嫌みの一つでも言って電話を切ってしまおうかと思ったが、かろうじてこらえた。

まだ、引き出すべき重大情報が残っている。

「チラッとは見たって言ったよね？　どんな感じだったか覚えてる？」

「なんだよ、教えろってのか？」

「うん」

「普通は企業秘密だろ」

「どうせすぐに発表するんだから、別にいいでしょ」

「別にいいってお前……」

「そもそも、あんたがチラッと見た程度の情報、あたしに教えたからって何だって言うの。そんなので解けるなら苦労しないよ」

「まあ、たしかにそうか」

昭は納得した様子であった。ナメクジが塩に弱く、蚊が蚊取り線香に弱いように、彼は昔から押しに弱いのである。こんなことで社会人としてやっていけているのか、いささか心配ではあるが……。今はそんなことより、解答の方が大事である。

「……たしか、逆向きにするんだ」

短い沈黙ののち、電話の向こうで昭は言った。逆向き。その言葉が鼓膜を揺らしたとき、さくらの心臓は大きくはねた。何か嫌な――首の後ろあたりにマッチの火をゆっくり近づけられるような、そんな感覚に襲われる。

「操作1と操作2の……言ってみれば逆操作をすることで、グラフをさかのぼって考える。で、最後は数学的帰納法で仕上げ」

昭は自身の記憶を頼りに、かなりあやふやに説明した。しかしながら、それだけでさくらには分かった。分かってしまった。大瓦が完成させたという解答の全貌が、残念ながら。

「『$n=k+3$のとき可能グラフならば、$n=k$のときも可能グラフ』……それが真なら、対偶である『$n=k$のとき可能グラフでないならば、$n=k+3$のときも可能グラフでない』もまた真……？」

「えっ……。よく分かったな、今の説明だけで」

「それ、本気で言ってる……？」

さくらは、自身の声が震えていることに気がついた。怒りか、それとも失望か。胸からあふれて声に変わり、ほとばしりそうになる感情を、彼女は必死に抑制する。

「おい、どうしたんだよ」

「うちの生徒がさっき、それとまったく同じ答案を、神田校舎の中に置き忘れてきた」

「……は？」

「すぐに取りに戻ったけれど、結局見つからなかった……」

竜一郎はあの答案を、ＭＡＳの校舎内で紛失したという。その直後、紛失したのと類似する答案がＭＡＳから発表される。しかも完成させたのは、とうの昔に数学力を失った、人気だけが取り柄の数学講師。

これは偶然か。否か。

「おい、まさか盗用を疑ってんのか？」

少しムッとした声で、昭は言った。

「いくらなんでも飛躍しすぎだ」

「そこまでは分からない。けど、問題は他にもあって……」

そもそも、「$n=k+3$のとき可能グラフならば、$n=k$のときも可能グラフ」とは言えない。証明には致命的な欠陥がある。

さくらはそのことを伝えようとした。盗用だろうとそうでなかろうと、発表してはいけない誤答である可能性が高い、と。

しかし。

さくらは思いとどまり、口をつぐんだ。急に黙り込んださくらに対し、昭はいぶかしげに問うてくる。

「なんだよ、問題って」

「……なんでもない」

さくらはとっさにそう答えた。誤答のことを伝えた場合、伝えなかった場合、いったい何が起こるのか。さまざまな可能性が頭の中に浮かんできて、どの道が最善であるのか、にわかには判断できない。

「なんでもないって、お前がそういうふうに言うときは……」

「ちょっと考えさせて」

さくらはそう言うと、即座に電話を切ってしまった。非常階段の上、風に吹かれながら、彼女は手の中の携帯電話をしばし眺める。眺めながら、考えを整理する。

昭が「チラッと見た」だけだというから確実とはいえないが……。大瓦の証明には「$n=k$のときも可能グラフ」というロジックが利用されているという。それは、ヒロ君の作った答案に通ずるものであり、明確に誤りである。$n=k+3$のとき可能グラフならば、おそらく大瓦は、ヒロ君と同様の過ちを犯している。では、大瓦は竜一郎が置き忘れた解答を盗んだのか？　これに関しては、一方的な言いがかりであるという可能性もある。あるのは状況証拠だけで、盗用と決めつけるのは昭の言う通り論理の飛躍である。

だが、盗用かどうかは重要ではない。

解答が盗用であろうとなかろうと、誤答が正答に変化することはない。それを発表して損をするのは誰か。大瓦である。もっと言えば、MASの関係者たちである。誤答を早く発表したからといって、速報レースで勝てるわけではない。七徳塾の負けにはならない。MASは敵。敵に塩を送って何になる。放っておくのが吉であり、むしろ、MASが発表したあととに七徳塾が正しい解答を発表すれば、より大きなインパクトを与えることができるのではないだろうか。

(……本当にそう?)

携帯電話を持っていない手で、さくらはこめかみを押さえる。

MASが出した速報を、七徳塾が訂正する。そんなことが本当に可能なのか。

東大合格数ナンバーワンのMASと、都内に一校舎を構えるだけの中小予備校・七徳塾。両者の発表が、一般人によって同じように受け止められるか。否である。積み上げてきた信用が違う。MASが速報を打ったあとに七徳塾が訂正版を出したとして、信用してくれる人がどれだけいるか。万が一、「解答速報トップはMAS」というイメージがすでに定着してしまっていたとしたら、七徳塾にとってまったく宣伝にならない。

おまけに。

(訂正版……多分、全員は読まないよね)

ある意味、それがもっとも重要な点かもしれない。

MASと七徳塾では、抱えている生徒の数が違いすぎる。それぞれが自分たちの教え子全員に配ると考えると、七徳塾の解答はまったく広まらず、誤答をつかまされた生徒にはほとんど行き渡らない。また、部長の交渉が実り、『数学世界』などの雑誌に解答を掲載できたとしても、MASの生徒たちがそれを見るとは限らない。

すなわち、七徳塾があとから発表した訂正版を知らず、誤答を正答と思い込んだまま生きていくことになる生徒たちが、圧倒的多数となるわけだ。

(そんなことは許せない)

さくらは顔を上げ、非常階段の踊り場に立ったまま、遠く南東の方角——MASの神田校舎がある方を見つめた。いや、正確な地図が頭に入っているわけではないので、方角はだいたいなのだが、とにかく見つめた。彼我の間には無数のビルが夕陽を浴びて、タケノコのように無言で林立している。

(誤答が広まるのを止めないといけない。なんとしても)

さくらはそう結論した。さもなければ、生徒たちは誤答を信じ込んでしまうだろうし、解答速報レースはうやむやになるだろうし、東大コースは廃止されるだろう。ヒロ君は社長を見返すことができないし、竜一郎は他の予備校に移ることになるし、さくらは生き甲《が》斐《い》のうちの大部分を失うこととなる。とても許容できる事態ではない。

では、具体的にどうするか。

大瓦の解答を配布されてしまった生徒全員に、それが誤答であるという情報を知らしめる。しかもその情報は、半ば神格化されるほどの人気講師・大瓦数夫を、信用度において上回るものでなくてはならない。

そのような必要条件を満たす解決策は、現実的に存在し得るのだろうか——。

*

MAS予備校は都内だけで十の校舎を構え、万の生徒を抱える超マンモス予備校である。毎年1500人ほどの東大合格者を輩出するほか、早慶などの難関私立、さらに医学部受験でも大きな実績がある。特に理系科目の指導に関しては日本のトップと言っても過言ではなく、数学講師の総数は100人以上である。ちなみに、「MAS」の由来は、〝mastery〟やら〝acquirement〟やらの頭文字……だったはず（さくらもそのあたりはよく覚えていないし、あまり興味もない）。

そして、MAS予備校の中で、最大規模を誇る校舎が神田校。赤い看板を備えたその立派なビルを、今、言問さくらは見上げている。

（やり方は二通り。穏やかだけど不確実な方法と、乱暴だけど確実な方法。さて、どっちにしようか……）

エントランスの自動ドアに歩み寄りながら、さくらは心の中でつぶやいた。七徳塾とは比べ物にならないほど多くの生徒たちが出入りしており、ドアは開いたり閉まったりを繰り返している。

すでに日は落ち、空は薄い青から紺へと変わろうとしていた。道を行き交う営業マンたちは、さっさと帰社して最後の仕事を済ますべく、早足で歩いて己を奮い立たせているように見えたが……。右手に見える古本屋の群れが、この地を単なるビジネス街とは違う時間の流れへと引き込んでいるように見えた。

店頭のワゴンを店内に戻し、店じまいの準備をはじめている古書店主。それに目もくれず歩いていくビジネスマン。未来への希望を目に宿し、意気揚々と歩いていく学生たち。あたかも異なる時間の流れに生きているかに思える三者を、MAS予備校神田校舎が無言で見下ろしている。予備校が複数の世界をつないでいる。

それらの奇妙な景色の一部と化しながら……さくらは自動ドアの前で一分間考えて、意を決した。

多少荒っぽくても、確実な方法を選択する。

乗り込んで直接止めるのだ。

彼女は背筋を伸ばすと、何食わぬ顔で前だけを見て歩き、MASの自動ドアを通過した。

(騒ぎになったらなったで、そのとき考えればいいよね)

さくらは堂々と胸を張り、生徒たちをうまくかわしながら、広くて立派なエントランスホールを奥へと進んだ。壁には「東大1520人　京大1495人」「本気ならMAS」といった派手なポスターが所狭しと貼られていた。また、壁際の飾り棚には、ベストセラーとなった受験参考書が、表紙を誇らしげに見せて並んでいる。大瓦の著書は最も目立つ位置に何冊もあった。また、大きな観葉植物が緑の葉を広げており、その下のベンチでは数人の生徒が参考書を開いて勉強していた。

さくらは入ってくる生徒、出て行く生徒、立ち止まって談笑している生徒など、さまざまな生徒たちをよけて、するすると歩いていく。正面にはカウンターが設置されており、受付の女性二人が待ち構えていた。当然、さくらは受付で正式な手続きを……しない。

このエントランスホールの大きさ、そして混雑ぶりを見て、さくらは確信した。MAS神田校舎の生徒数は多い。多すぎる。必然的に、講師の数もそれに比例して肥大化し、その規模は都内の予備校では一、二を争うほどである。事務職員、さらにはバイトなども含めれば、全員の顔を把握している人間はおそらく存在しないだろう。

となれば、下手な偽装など不要。堂々としているのが一番だ。自分がここにいるのは当然の権利であると、表情によって、仕草によって、全力で主張すべし。

カウンターの向こうであくびをかみ殺している受付女性の前を、さくらは難なく通過。エレベーターと階段はすぐに見つかった。一階から八階までの案内板の前で、さくらは立ち止まる。講師室は……三階。

生徒たち、職員らしき大人たちに紛れて、さくらは階段で三階に上がった。この先の道は分からないが……問題ない。

「すみません、講師室はどちらでしたっけ？」

三階の廊下に出ると、最初に目についた男性に尋ねた。ノーネクタイの比較的ラフな恰好だから、事務職員ではなく講師だろうか。年のころは四十くらい——もしかしたら家庭では娘の反抗期に悩まされているかもしれないその男性は、予備校という男社会において女性に話しかけられたのがよほど嬉《うれ》しかったのか、とても良い笑みを浮かべてすぐに教えてくれた。

「講師室？　理系と文系があるけれど、どっちだい？」

「あ、理系の方です」

「理系なら、その廊下をまっすぐ行って、右だよ」

「ありがとうございます。まだこの校舎に慣れないもので」

「そうなんだ。案内しようか？」

「いえ、そこまでしていただかなくても大丈夫です」

さくらはニコリと笑みを返し、丁寧にお辞儀した。男性は少し残念そうに「また分からないことがあったら遠慮なく……」などと、何かもごもご言っていたが、生憎、それ以上はかかわり合いになるつもりはなかった。踵《きびす》を返して、示された方へと廊下を進む。階段などと比べると、たしかに生徒の数が少なく、廊下を歩いているのは大人ばかりだった。事務職員らしき地味なスーツの男女のほかに、真っ赤なスーツの男とか、三月なのにアロハシャツ一枚のサングラス男とか、ベートーベンみたいな髪型の男とか、竹刀《しない》を手にした男とかも歩いている。すなわち、予備校講師である。

さくらは予備校講師たちとすれ違いつつ、講師室の前に辿り着いた。ドアが開け放たれていたので、まずは外から様子を窺《うかが》う。個性的な男たちがデスクワークに勤《いそ》しんだり、生徒の質問に答えたり、同僚と何か議論したりと、忙しそうに働いている。多くの大手予備校では、講師はほぼ全員が男であり、それはこのMASでも同様……なのだが、講師室をざっと見渡すと、事務職員と思われる女性が幾人か、何の用事か、机の間を歩いているのが見えた。

ならば、躊躇《ためら》う理由は一つもない。

さくらは、自分がここにいるのはさも当然、と言いたげな顔をして、堂々と講師室に足を踏み入れた。

理系講師だけの部屋のはずだが、それでも七徳塾の講師室の何倍も広い。付箋だらけのボロボロの参考書が、壁際の本棚に詰まっているのみならず、各机にも積み上がっている。持ち主不在の机が目立つのは、今が授業時間中だからだろう。そして、デスクワーク中の男たちの目はギラギラと輝き、近くを通るさくらには一瞥《いちべつ》もくれない。一流講師たちの仕事場には、さくらの職場とは異なる緊張感が漂っていた。

そしてその一角に、さくらは見つけた。

不健康そうな、ひょろりと細い体。切れ長な目。ボサボサの髪。廣瀬《ひろせ》昭。分厚い数学の参考書が、三途《さんず》の川の積み石のごとく重なっている机に、彼はいた。机上に広げたノートとプリントを前にして、夢中で何かを考えている様子である。

「昭」

見るからに集中し、話しかけてはいけない雰囲気だったが、さくらはかまわず声をかけた。仕事に没頭しているせいか、一度目は気づかれなかった。

「昭。……昭」

三度目に声をかけたとき、昭は小さく肩を震わせ、顔を上げた。彼は目をぱちくりさせ、口を丸く開ける。三秒前まで仕事のことだけを考えていた脳では、目の前で進行している現実をうまく処理できていないようだった。

「は……？　さくら……？」

「仕事中に悪いんだけどね。緊急事態だから」

昭がいかに面食らっていようと関係ない。さくらは遠慮会釈なくこう言った。

「ちょっと来なさい。今すぐに」

「来なさいってお前、なんでここに……？」

「いいから」

戸惑う昭の腕を引っ張って、さくらは廊下まで戻った。すれ違う講師の中には、二人の様子を不思議そうに眺めている者もいたが、今は気にしていられない。廊下の隅——大学情報のポスターが重なり合って貼られている掲示板の前まで来て、さくらは昭に向き直る。彼は困惑から立ち直り、今は苛立《いらだ》ちを隠そうともせず、腕組みしていた。

「……説明してくれるんだろうな」

「大瓦を止めて。そうでないと大変なことになる」

さくらは前置きなどせず、単刀直入に言った。ひるむ昭を前に、事情を一つひとつ、早口で並べ立てていく。

可能グラフに逆操作を加えても、可能グラフになるとは限らないこと。詳細は伏せるがとある人物が、まんまとその落とし穴にはまって誤った答案を作ってしまったこと。そして先ほども言った通り、誤答が入った封筒をMASの神田校舎内に置き忘れた間抜けがいること。大瓦がそれを拾い、自分のものとして流用した可能性があること。

「逆操作では、不可能グラフもできてしまう……」

さくらの言葉を聞き終えた昭は、足元に目を落とし、つぶやいた。口頭で説明されただけだが、瞬時にその意味を理解したらしい。彼の額に、脂汗が浮かんでいる。

「……たしかに。それじゃあ証明したことにならない。ひどい誤答だ」

「そう。だから今すぐ、大瓦から解答を取り上げて。発表されちゃう前に」

「いや、しかし……」

昭の歯切れは悪かった。さくらの話を理解したのであれば、すぐにでも行動を開始してくれるものと期待していたのであるが……予想に反して、彼の腰は重い。

「まだ、解答が間違ってるとは限らないだろう」

眉間にしわを寄せて、昭は言う。

「中身をきちんと精査したわけじゃない。偶然、お前のところの誤答と少し似ていただけで、実は正解かもしれない」

さくらは、頬を引っぱたいてやりたい衝動を、慈悲の心によって抑え込んだ。なるほど、理性的なご意見だ。素晴らしい。そして、さくらの脳が沸騰しそうになっていることを知ってか知らずか、昭はなおも素晴らしい言葉を続ける。

「しかも、お前のところの解答を、本当に大瓦先生が盗んだかどうかも分からない。すべて勝手な推測……」

「おっしゃる通り。ええ、おっしゃる通り。ご立派すぎて反吐《へど》が出るよ」

さくらは昭の言葉を遮った。拳で殴ると犯罪なので、言葉で殴ることとする。

「そもそも、あんたたちが大瓦大明神を崇《あが》め奉るのをやめて、素直にダブルチェックしてくれれば話は早かったんだよ。でも、現実はそうなっていない。解答の詳細は謎のまま。ちゃんちゃらおかしくって、へそが茶を沸かすよ」

「む……」

「それに、実際に盗んだかどうかはこの際、問題じゃない」

さくらは昭の鼻先に、人差し指を突き付けた。昭はのけぞった。

「大事なことは、誤答か、そうでないか。考えてみなよ。業界ナンバーワンのMASが意気揚々と誤答をばらまいたらどうなるか。雑誌かなんかに解答が載っちゃったあとにライバル社に指摘されて、こき下ろされたらどうなるか」

「んん……、たしかに。まずいな」

「そうでしょう？　まあ、とっても愉快なことになるのは間違いないよね。私だったらその雑誌を二冊買って、一冊は保存用、一冊は鑑賞用にするけれど」

さくらはそう言って笑った。昭はまったく笑っていなかった。足元を見つめ、何事かを考え込んでいる。数秒だけ待ってから、さくらは問うた。

「正直どうなの？　あたしよりあんたの方が大瓦って人間を知ってるでしょ？」

「…………」

「大瓦はやってないって、言い切れる？」

「…………」

昭はなおも沈黙していた。唇を引き結んだその顔からは、頭の中を高速で駆け巡る思考、胸に去来したさまざまな感情がにじみ出てきていた。

そして。

「……多分、止めた方がいいな」

彼はやがて口を開いた。ある種の確信を宿した目を、さくらに向けた。

「大瓦は、そういうことをやりかねない。というか、似たようなことをいつもやっていて……俺もその、被害者の一人だからな」

＊

さくらと昭は、速やかに講師室へ取って返した。講師室には、入ってすぐの壁に巨大な掲示板が設置してある。そこで予定を確認すると、大瓦は講義の真っ最中であり、戻るのは早くて四十分後だった。

「教室の外で待ち伏せするか」

「その前に、大瓦が完成させたのが本当に誤答かどうか、確認できない？」

「そうしたいのはやまやまだが……まさかあの人の机をあさって、答案を捜すわけにもいかないだろ」

「え、それできないの？」

「無茶言うな」

昭が、非常に情けないことを言っている。周りに聞こえないように小声だが、講師室内は人の出入りが多くて騒がしい上に、デスクワーク組は目覚ましい集中力を発揮して仕事に取り組んでいる。二人の会話を聞きとがめる者はいそうにない。

ただ、時間が経《た》てば部外者のさくらを怪しむ人間も出てくるだろう。今は念のため、出入口付近から動かずに、《私は他部署の人間ですが、仕事でここに来ています。怪しい者ではありません》というオーラを全身から発散するよう努めているものの……あまり長居もできない。

さくらはやきもきした。ただでさえ自分の解答作成作業を放り出してきたわけだから、時間は少しも無駄にしたくないのだが……。

「すみません、失礼しま〜す」

そのとき、さくらと昭の後ろを、大量の紙束を抱えた若い女性が通り過ぎた。華奢《きゃしゃ》なその腕では重労働のようで、時折よろめいている。なんとなく目で追っていると……彼女は、先ほど昭が座っていた場所のすぐ近くの机に紙束を下ろした。ホッとした表情が見て取れる。

「あれは……」

「大瓦の机だ」

昭はそう言うと、紙束を運んできた女性に早足で近づいて行った。一瞬だけ迷ってから、さくらも後を追う。おろした重荷を満足げに眺めているその女性に、昭は声をかけた。

「松田《まつだ》さん。お疲れ様です」

「えっ？　あ、廣瀬先生。どうも、お疲れ様です」

「それはもしかして、大瓦先生に頼まれたものですか？」

「これですか？　そうですよ」

昭の顔と、昭が指さす先とを交互に見て、その女性——松田は言った。

「数が多くて大変でした」

「大瓦先生の授業、いつも受講者が満員……というか、溢《あふ》れてますからね」

「ええ。だから、座席数の二倍刷っても足りないときがあるんです」

「次の授業で配るんでしょうか」

「はい、そう聞いています」

さくらは昭の後ろから、そっと大瓦の机を覗《のぞ》き込んだ。他の講師たちと比べて、整理整頓が行き届いた机だ。参考書はきちんと本立てに収まっているし、プリント類もきちんとファイルに綴《と》じられている。裏を返せば、使用感がないとも言える。卓上カレンダーには黒や赤や青の字で、びっしりと予定が書きこまれていた。

そのきれいな机の真ん中に、分厚い紙束が鎮座している。一目でわかった。間違いない。

今年の東大後期数学、大問3の解答である。

さくらはその一番上から——ホチキス留めされた三枚綴《つづ》りのプリントを拾い上げた。

「ちょっと失礼」

「あっ」

松田は驚いた様子だったが、さくらは文句を言われる前に、解答を一気に流し読みした。

（$n=1$について可能グラフであることは明らか……　$n=k$のときからはじめて……　$n=k+3$で可能グラフならば、$n=k$でも可能グラフ……！）

プリントは前後半に分かれており、前半が解答、後半が大瓦の所感となっていた。重要なのは前半のみ。そして一読しただけで、さくらにとっては十分だった。

彼女は昭に対してうなずいた。

やはり。この解答速報は誤答だ。

さくらに渡されたプリントを、昭も流し読む。彼は顔をしかめた。擁護のできぬほどの誤答が目の前にある。天井を見上げた昭に、さくらは小声で尋ねた。

「それで？　どうするつもり？」

「……大瓦が授業から戻ったところを捕まえて、誤りを指摘する」

「素直に止まると思う？」

「多分な」

昭はもう一度、手の中の解答に目を落とす。かつてさくらがこの世で一番好きだった、切れ長な目。

「大瓦は、自分の名声に傷がつくのを恐れるはずだ。誤りがある解答をそのまま発表しようとは思わないだろう」

「そっか」

「お前はどうするんだ。知ってるかもしれないが、大瓦はちょっと……」

「怒りっぽい。そうでしょ？」

「ああ。怒りっぽいというか、いつも怒ってるというか」

「有名だよね。あたしもできることなら会いたくない」

「話が面倒になるだろうしな」

「だよねえ……」

さくらは首をひねって考えた。可能ならば、大瓦が誤答の配布をやめるところを見届けたいが、時間がないのもまた事実。その上、さくらは完全に部外者であり、いつ捕まってゴミ捨て場に放り出されても文句が言えぬ身分である。

なら、どうするか。さくらは昭の顔をチラリと窺った。

他の者ならいざ知らず。昭なら信用できる。

「……あんたが止めといてくれるなら、あたしは帰るよ」

小さく息を吐きながら、さくらは言った。

「こう見えて忙しいからさ。その代わり、絶対止めるって約束してね」

「もちろんだ。俺としても、こんな誤答を発表されたら困るからな」

昭は、手に持った解答をひらひらと振った。そして数秒黙ってから、また口を開く。

「……お前も解こうとしてるんだよな、大問3」

「そうだよ。応援してくれるの？」

「応援はしない。ライバル社だから」

昭は、一見するとそれと分からないほど小さく、首を横に振った。

「……ただ、大瓦の手柄になるくらいなら、お前に解いてほしいと思ってる」

(それって、もう応援じゃん)

そう口に出しかけたが、さくらは結局、黙っていることにした。

とにかくこれで、誤った解答速報が世に出ることは防げたわけだ。誤答騒動は一件落着。

さくらはホッと息を吐き、講師室から出て行こうと、踵を返しかけた。

「あの～……そろそろ返してもらっても？」

そのとき、ずっと傍らで待っていた松田が、昭に声をかけた。机の上の解答の束はもはやゴミ同然であり、まとめてシュレッダーに投入すべきものなのだが……。もちろん、彼女にはそんなこと知る由もない。

「ちゃんとまとめておかないと、私が怒られてしまうので。あと、数も確認しないと」

「ああ、すみません」

昭は素直に謝り、松田にプリントを返した。解答がゴミ同然である以上、数を数える作業も無駄になってしまうわけだが……。今、この場で事情を説明したとしても、それで彼女への仕事の指示が無効になるわけではない。命じたのは大瓦であり、昭ではないのだから。となると、知らぬが仏。

世界にはかくのごとく、無益であるにもかかわらず止めることができない仕事が、そこらじゅうにあるわけだ。

「大変ですね、これだけ多いと」と、昭は何気なく言う。対して松田も、何気なく答えた。

「ええ、今回は三百部。でも、さっきの分よりは少ないです」

さっきの分？

さくらは眉をひそめた。言葉がするりと耳に入ってきて、通り抜けていかずに頭の中で引っかかる。

「さっき……というと」

気づくとさくらは、昭と松田との間に割って入っていた。

「これとは別のプリントですか？」

「いいえ。これと同じものです」

松田はあっさりと答えた。今、自分がどれほど重大な事実を口にしたかを知らぬまま――息を呑《の》むさくらと昭を前にして、こう続ける。

「今やっている授業で配布する分は、ついさっき、教室にお届けしました。ここにあるのは次回の授業の分なんです」

さくらはとっさに昭を見た。彼女の目と、昭の焦燥する目がかち合った。

どちらから言い出すでもなく、二人は同時に走り出した。困惑する松田を置き去りにし、別の講師たちにぶつかりそうになりながら。あっという間に講師室を飛び出した。

「こっちだ!」

さくらはパンプスを脱いで両手に持つと、昭の声に従って廊下を駆ける。エレベーターを待つ時間を惜しみ、階段へ。一段飛ばし、二段飛ばし、生徒にぶつかりかけながらも、全力で六階まで駆けあがる。

神田校舎に来るのが初めてのさくらにも、大瓦が授業を行っている教室は見た瞬間に分かった。教室に入りきらない生徒が、ドアの外にまであふれてきているのだ。壁のような人だかり。立ち見生徒たちは背伸びをしながら、必死にノートにメモを取っている。

そして、その立ち見生徒の壁に近づいたさくらは、目を見張った。

生徒たちは、ノートのほかにプリントを手にしているのだ。東大後期の問題用紙。加えて、さくらもつい先ほど見たばかりの、三枚綴りの解答速報。

恥ずべき誤答は、すでに配布されたあとだ。

「……ちょっとどいてね」

さくらはパンプスを履き直してから、立ち見生徒たちの間に体を滑り込ませた。部屋は、扇型に座席が並んだ階段教室であった。当然ながら席はすべて埋まっており、教室の後ろの壁際にも生徒たちがぎっしりと立っている。

そして、巨大な黒板の前——教壇には。

「……そう、つまりこの問題を入手してから二十四時間以上が経ったにもかかわらず、我がMASの精鋭たちが束になってかかっても、誰も解くことができなかった。私を除いてはな。このような難問を出題した東大を賞賛すべきだろうか。それとも、講師の質の低下を嘆くべきだろうか」

五十歳ほどらしい、和服を着た強面《こわもて》の男が、興奮で顔を赤くしながら早口でしゃべっている。実物を見るのは初めてだが、何度も何度も、テレビで目にしたことのある顔だった。

大瓦数夫。

日本一有名な数学講師。

「お前たち、今、『こんな問題を解く必要があるのか』と、そういう顔をしたな？　たしかに、日本で一人しか解けないような難問は、本番で解こうが解くまいが合否には直結しない、そう思えるだろう。しかし甘い。その甘さこそが最後の一点の差になるのだ。中間点をかき集めるのも、立派な受験テクニック。それを最初から放棄してへらへら笑っている愚か者どもは、さっさと教室を出ていくがいい」

（しめた。これはきっと前置き。解説はまだみたい）

喋《しゃべ》りまくる大瓦。その声を聞いて、さくらは地べたに捨てかけた希望をもう一度拾い上げた。今ならまだ間に合う。最悪の事態を防ぐために、解説を止めることができれば……。

「しかもこの問題、〝肝〟さえ分かってしまえば、あきれてしまうほど単純だ。しかし、その〝肝〟に気づくためには日々の鍛錬が必須。いつも言っているだろう？　解法を暗記しろと。これを機に、きっと他の講師たちも私のやり方を見習うことに……」

壁際を通って教壇へ向かう。ここでもまた、さくらたちは人混みをかき分ける必要があった。迷惑そうな顔をする生徒、驚く生徒、メモを取るのに夢中で何の反応も返さない生徒。

さくらは昭よりも早く、生徒たちの間を縫って教壇に辿り着いた。同時に、大瓦も異変を察知する。突然現れた見知らぬ顔に対し、大瓦は指を突き付けた。

「な、なんだお前は！」

「新しく入った事務員です。どうぞよろしくお願いします」

さくらは間髪を容《い》れずそう返し、大教室を埋め尽くす生徒たちを見渡した。満席、立ち見も多数。どの机にも、配られたばかりと思《おぼ》しき問題用紙と解答速報が置かれており、立ち見の生徒もみな同じプリントを手にしていた。

さくらは息を大きく吸い、ざわめく教室全体に確実に伝わる声で、言った。

「突然ですが、今配った解答速報はすべて回収します」

教室は一瞬、水を打ったように静まり返った。ぽかんと口を開ける生徒、隣席の者と顔を見合わせる生徒、プリントにさっそく落書きを開始していたために青ざめる生徒。千差万別の反応ののち、再びざわめきが広がっていく。

質問や意見を受け付けるつもりはなく、生徒の都合を考えるつもりもなかった。さくらはさっそく回収作業に入るべく、生徒たちの方に一歩踏み出そうとする。

しかしながら。

「おい、待たないか！　待て！」

やかましい声が鼓膜を叩《たた》いた。振り向くと、大瓦が真っ赤な顔をしてさくらをにらみつけている。人間の顔の表面というのは、このようにトマト的な赤さにまで変化することがあるのかと、さくらは純粋な驚きを覚えた。

「ここは私の教室で、今は私の授業中だぞ！　自分が何をしているか分かっているのか！」

「そう言われても困ります。私はただ、プリントを回収するよう言われてきただけですので」

「回収!?　回収だと!?」

「はい。口で言うのもはばかられるような誤植があったので、印刷し直すとのことで」

「何を勝手な……！　そんなふざけた指示を出したのはどこのどいつだ！」

トマト的に赤くなった大瓦は興奮状態であり、さくらにつかみかからんばかりだった。

最初は困惑していた生徒たちも、今は面白そうに見物している。最前列でにやにや笑って口笛を吹いている男子生徒もいるくらいだ。生徒たちの手前、もう少し冷静な対応をしてくるだろうと予想していたのだが、甘かったと言わざるを得ない。

この男をどうにかなだめなければ、解答の回収は不可能だろう。

「先生、ちょっと……」

そのとき、さくらとトマト大瓦との間に昭が割って入ってきた。大瓦は、今度は矛先を昭へと向ける。

「なんだ、廣瀬じゃないか！　もしや君もグルなのかね⁉　これまでの恩を忘れて、私に大恥をかかせようと！」

「先生の解答は完璧でした。僕も、何度も読み直して勉強しようと思っています」

必要よりもやや大きな——生徒にも聞こえるくらいの声量で、昭は言った。

「な、なんだね急に……」

「しかし、どこかで何か手違いがあったようです。どういうわけか、解答が不完全なものになっておりまして。誰のミスなのかは分かりませんが」

「不完全だと？」

「ええ。見てください」

大瓦が戸惑い、少しだけ大人しくなったタイミングを見計らい、昭が教卓の上にあった解答速報を一部、手に取った。大瓦にそっと顔を寄せると、先ほどまでとは異なり、今度は小声で話しかける。内容は、近くにいたさくらにも断片的にしか聞こえてこなかった。

「……証明……逆操作……可能グラフとは限らない……誰かのミス……」

　実力が落ちたとはいえ、大瓦も数学講師である。冷静さを欠いていても、昭の説明で、自らの犯した恐るべき間違いに気づいたらしい。真っ赤だった顔から血の気が引いていく。

「……いかがですか？　これではまるで、先生の証明に欠陥があるかのように見えてしまいます」

「ぬぬ、これは……！」

　大瓦は昭から解答をひったくると、目を血走らせ、紙に穴があきそうな勢いでにらみつけた。プリントにはみるみるうちにしわが寄っていく。そして、今にも引き裂くのではないかと思ったその刹那《せつな》、彼はハッと顔を上げた。

　どうやら、自身に集中した生徒たちの視線に気づいたらしい。彼は咳払《せきばら》いすると、和服の袖を翻し、背筋を伸ばした。尊大な態度を速やかに取り戻す。

「むむ……いやはや。これはいかんな。いかん」

　先ほどまでとは打って変わって、ゆったりとした口調で、大瓦は教室に声を響かせた。

「きっと解答を打ち込んだアルバイトがミスをしたのだろう。証明の、一番大事な部分が抜け落ちているではないか。これでは解答とは言えない。生徒諸君に、誤った情報を伝えてしまうところだった」

大瓦はわざとらしく、ため息を吐きながら首を横に振った。《私はこんなにも生徒のことを考えているのに、どこかの誰かのミスによって台無しにされるところだった。ああ、嘆かわしい》という高潔な精神を、その表情によってあらわそうとしているかのようだ。

そして唐突に、彼はさくらを指さして怒鳴った。

「さあ、早く回収するんだ！　まったく、ワープロも満足に使えないとは……！　私に恥をかかせる気か！」

「はいはい」

さくらは雑な返事をすると、さっそく、後ろから前にプリントを回すように、生徒たちに指示を出した。そして昭とともに教室の壁際に赴き、立ち見の生徒たちから直接、プリントを受け取っていった。

幕間

「ほほお。本気で勝つ気ですか、MASに」

恰幅《かっぷく》のいいワイシャツ姿の男が、会議室の椅子に深々と座り、天井を見上げている。男の髪はぼさぼさで、口元は無精ひげで覆われており、ワイシャツの胸ポケットには数本のペンが、煙草《タバコ》の潰れた箱と一緒に突っ込んであった。

会議室にいるのはこの男のほかに、もう一人——井頭浩二《いがしらこうじ》だけだ。井頭がじっと待っていると、男は天井を見たまま言葉を続けた。

「いや、敵はMASだけじゃありませんよ。テクネ・マクラも駒場《こまば》予備校も。大手全部を出し抜こうというわけですか。いやはや、正気とは思えませんな」

「私も同意見ですよ」

井頭はその男に——『数学世界』の編集長・花巻《はなまき》に対してうなずいてみせた。花巻は意外そうに両の眉を上げる。会議室はそれなりに広く、長机が長方形の辺をなすように並べられており、二十人以上で使用することが想定されているように見えた。その空間を占有する二人の間に、しばしの沈黙が下りる。

次に花巻が口を開いたときには、他人行儀な敬語は消えていた。

「……実際、どうなんだ。勝てそうなのか？」

「厳しいだろうね」

井頭もまた敬語をやめ、飾らず答えた。

「講師の数も質も勝負にならない。不利であるというのは変わりないよ」

「だろうなあ。その差は如何《いかん》ともしがたいよ」

「しかし、可能性はあると思う」

「そうか。頼もしいことを言ってくれるじゃないか」

花巻は椅子の上で窮屈そうに体を動かした。井頭も太り気味であるが、花巻は縦にも大きいので比べ物にならない体積である。

彼は椅子の上でもぞもぞ動き、尻の位置を定めると、胸ポケットから赤ペンを一本取り出した。そして器用に、手の中でくるくると回しはじめる。彼は赤ペンのプロペラ的回転を眺めながら言った。

「君がそう言うなら、速報レースへの参加を認めよう。もし本当にトップがとれるなら、今年は七徳塾の解答を掲載する」

「いいのかい？　大手だけでレースをする慣例のはずだけど？」

「君と俺の仲だからな。特別さ、特別。感謝しろよ」

花巻はそう言って笑ったが、すぐに真顔になった。

「……いや、隠すのはよくないな。もう、大手も麹《こうじ》も関係ないのさ。どこでもいいから解答をくれというのが正直なところだ」

「やはりそうなのか」

「まだどの予備校からも連絡がない。うちの編集部の連中も誰も解けない。来月号には解答が載せられないかもしれないな。こんなことは初めてだよ」

「初めて。そう、だからこそ意味があるんだ」

井頭は机の上で指を組んだ。そして、七徳塾で今まさに戦いを続けている者のことを思い浮かべる。

「そうだ。どうせなら今年は厳密にやってくれないかい」

「厳密に？」

「うん。いつもは、『何日の何限に生徒に配布したから、トップはここだろう』といった具合で……言ってみれば暗黙のうちに速報レースの勝者が決まるそうだけど。たとえば今回は、『数学世界』編集部にトップで届いた解答を掲載する、とかね」

「ほお。面白いな」

花巻の目がギラリと光った。彼は昔から、こういうときの判断が早い。

「いいだろう。大手にもそのように伝えよう。しかし、そんなことを言うってことは、やっぱり勝つ自信があるんじゃないか？」

「勝てるかは分からないが……彼女ならきっと、正解に辿り着く。あとはそれが早いか遅いかだよ」

「彼女？　そのエース講師っていうのは女性なのか」

「言ってなかったかい？」

「初耳だな。というと、前に紹介してくれたあの子かい」

花巻は赤ペンを胸ポケットに戻すと、今度は黒ペンを取り出した。先ほどとは逆向きに回転させはじめる。

「そうかそうか、あのときはまだ新人だったたな。女性の予備校講師。しかも数学か。そして、大手に勝とうとしている。……例外尽くしで、もうよく分からないな」

「ああ、もしも解答を掲載することになっても、『なんと女性講師が解きました』なんて記事にしないでくれよ。彼女はそんなことは望まない」

「書くものか」

花巻はムッとした様子で顔を上げた。ペンを回すのをやめ、空中で指揮棒のように何度か振る。

「今さら君に言って聞かせるまでもないとは思うが。数学の真理は、人間が誕生する以前からこの世に存在していたんだ。一足す一が二になるのは、人間がそう決めたからか？　いいや違う。ビッグバンの頃からそうなのさ。三角形は人間の発明品か？　そんなバカな。

少なくとも宇宙で初めてH_2O分子が生まれた瞬間には、三原子が織りなす極小の三角形は存在していたはずなんだ。黄金比はピタゴラス学派が生んだものか？　そうじゃないだろう。ギリシア人たちはその美しさを発見しただけで、かの奇跡の比率はもともと天にも地にも、海にも山にも、野にも川にも散らばっていたんだ」

花巻は早口で語る。井頭はニコニコ笑って、彼の長広舌を聴いていた。

「数学の前では、男だとか女だとか、そんなことは些細《ささい》な違いだ。もっと言うと、地球人か否かだって関係ない。俺が編集長として重要視するのはただ一つ。掲載する解答が正しいかどうか。それだけだ。解答を持ち込んだのが大手の講師だろうと、中小の講師だろうと、男だろうと女だろうと、人間だろうとチンパンジーだろうと火星人だろうとかまうものか」

「安心したよ」

「なに？」

「どうやら君は、数学馬鹿のままらしい」

「うるさいな」

花巻は不機嫌そうな口調で言ったが、目は笑っていた。

「俺は編集長だ。誌面すべてに責任を持っている」

「だが、編集長である前に数学マニアだろう？」

「まあな」

彼は素直に認めた。少し寂しげな声で、付け加える。

「〝好き〟ではあったが、その先にはいけなかった。落ちこぼれの数学マニアだよ」

大学生のときは、花巻と大瓦、そして井頭の三人でよくつるんでいたものだ。東大理学部の、数学馬鹿三人組。三人いればなんだってできる気がしていた。明日も明後日《あさって》も明々後日《しあさって》も、この三人のために朝陽《あさひ》が昇るものだと信じて疑わなかった。

あの一九六八年は、特にそうだった。

東大ではあらゆる学部でストライキが続いており、授業はなかった。だから彼ら三人は、大瓦の部屋に集まって数学を研究した。万年床にはカビが生え、積み上がった本の隙間からゴキブリが這《は》い出てくるような汚い部屋だったが、彼らは気にせず勉強した。

——大瓦、やっぱりお前は天才だ。

花巻があきれた調子で、鉛筆を放り出して言った。三人が囲む畳の上には一冊のノートが置かれており、そこにはぎっしりと数式が書きこまれていた。大瓦が完成させた証明だった。

——そうだ。今ごろ気がついたのか？

——目指すんだろ、研究者。

——ああ。俺がならずに、誰がなるというんだ。

大瓦はしかめっ面で答えた。そしてノートの数式に目を落としていたが……。しばらくして顔を上げた。

——花巻。お前は、院には行かないのか。

——行かない。

——なぜ？

——俺も数学は好きだ。だけど、どうもこのまま大学に残ると、数学が嫌いになってしまいそうで。

——よく分からないな。

大瓦は天然記念物を見るような目を花巻に向けた。花巻は笑っていたが、それ以上は説明しなかった。納得しかねている大瓦に代わって、井頭が問うた。

——だったら、就職するの？

——理系の専門書を作りたいって、思うようになってさ。

——そうなんだ。きっと天職だろうね。花巻が作った本なら安心して読めるよ。

井頭はそう言って、大瓦の方をチラリと見た。同意するかと思ったが、大瓦はますます機嫌の悪そうな顔をしただけだ。花巻は気にしていないようだった。

——井頭はどうするんだ？

——僕は……。

あのときの自分は、いったい何と答えたのだったか。

もう覚えていない。

翌年、安田講堂が落城したときも、三人は一緒にいた。本郷のとある店で大盛りのラーメンを食べていたときだ。

壁際に置かれたおんぼろテレビが、機動隊の突入を告げていた。三人の他の客も、そして店主さえも、固唾《かたず》をのんで画面を注視した。

時代のうねりの中で、三人は肩で風を切って歩いていた。

彼らは卒業し、一人は大学に残り、二人は社会に出た。

花巻は出版社で順調に経験を積んでいた。一方で、井頭は勤めていた銀行を二年で退職した。研究者になれるような才能はなかったが、彼は結局、数学なしでは生きていけない男だった。その仕事には数字はあったが、数学はなかった。だから辞めた。いくつか職を転々としたが、どれも続かなかった。

大瓦が大学院をやめて予備校講師になったと聞いたのは、その頃だったか。井頭は驚愕《きょうがく》のあまり、その日は何もする気が起きず、一日じゅう家で寝て過ごしたのを覚えている。

大瓦ほどの才能があっても、研究者への道は険しかった。

数学者は、起きている間はもちろん、寝ている間も数学のことを考えて、数学と一体化できる人でなくてはならない。大瓦はその境地には至れなかったようだ。そして花巻が言ったように、数学が好きではなくなってしまった。

井頭は先代社長に誘われて七徳塾に入社した。新天地で東大コースを立ち上げ、歯を食いしばってやってきた。授業の進め方を夜遅くまで考え、テキストを何度も作り直し、数えきれないほどの生徒の涙を見た。そして、気づくとそこが居場所となっていた。結婚し、マイホームを建て、子どもを大学に入学させられるくらいの蓄えは作った。そこそこうまくいった人生なのではないかと、自分では思っている。

しかし、大瓦の成功は段違いだった。

もう好きではなくなってしまった数学を武器に、大瓦はのし上がっていった。

三人で食べたラーメンの味は、今でも覚えている。あの店は二十年も前に潰れてしまったから、もう揃って食べに行くことはできないけれど。

……いや。

もしもあのラーメン屋が残っていたとしても、三人で食べに行くことはもうないだろう。

井頭も花巻も、それぞれの会社で部長にまで出世した。そして大瓦は日本一の数学講師ともてはやされる立場になった。

三人はかつての三人ではない。

「……井頭君、どうかしたか？」

声をかけられ、井頭は我に返った。顔を上げると、楕円形《だえんけい》のテーブルを囲んだ役員たちが、訝《いぶか》しげな目を井頭に向けている。一番奥の席から社長が尋ねてくる。

「ぼんやりしていたようだが。何か考えごとかね」

「……いえ」

井頭は首を横に振り、曖昧に答えた。役員たちはすぐに興味を失ったようで、手元の資料に視線を戻す。社長も、特にそれ以上は何も言ってこなかった。

社長室のすぐ隣にある、特別会議室。井頭たちは臨時役員会義に招集されていた。ただ、会議とはいっても、社長の決定を追認するだけのものになることが多い。今回はどうだろうか。井頭は配られた資料に目を通すべく、パラパラとめくる……。

「それで、東大の解答速報の件だがね」

しかし、井頭が資料の中身を確認する前に社長が切り出した。他の役員たちが井頭を一瞥する。言わずもがな、彼の提案——速報レース勝利を条件とした、東大コース廃止の再検討——についてである。

「ついさっき、ＭＡＳの知り合いから連絡があったよ」

社長は口元に微笑をたたえ、瞳に無の冷たさを宿し、そう言った。ＭＡＳ。嫌な予感がして、井頭の体は自然とこわばる。

否、嫌な〝予感〟ではない。
それは確信だった。
社長がああいう顔で物を言うとき、口から良い知らせが飛び出たためしがない……。

5

「部長……あれ、部長は？」

MAS《マーズ》への突撃から帰社し、講師室の数学島に戻ってきてから、さくらは無人のデスクを前にしてつぶやいた。出入口付近のホワイトボードに目を向けると、井頭《いがしら》部長の欄の「17時帰社」の文字はすでに消されたあと。戻っているはずなのに、席にはいない。鞄《かばん》は置いてあるので、帰ってしまったわけでもない。

ヒロ君がノートから顔を上げた。

「部長は、臨時の役員会議だそうです」

「長くなりそう？」

「いえ、そこまでは分かりません。ただ、もう七時ですから。そこまで長くはやらないんじゃないでしょうか」

「そう。……ヒロ君は何か進展あった？」

「まだ解けてはいません」

ヒロ君は正直に、首を横に振った。

「ただ……ちょっと考えていることがありまして」

「なに？」

「最後の一個にまでさかのぼれるか、そしてそれが白丸かどうかが判定できればいい。そういう話でしたよね」

「うん」

さくらは自分の席——ヒロ君の席の隣——に腰を下ろすと、彼の机を覗《のぞ》き込んだ。ノート上には、先ほどさくらが描いたのと同じグラフが記されている。

◎○○○
←（逆操作1）
●◎○
←（逆操作2）
◎●
←（逆操作1）
○

これは、白丸四つの棒状グラフに「逆操作」を加え、白丸一個にまで戻したものだ。◎は次に取り除く白丸を表している。このように、可能グラフまでさかのぼれるグラフは、すべて可能グラフである。大問3を解くには、このような逆操作で「白丸一個までさかのぼれないグラフ」を探し、そこに法則性を見出《みいだ》す必要がある。

そこまで考えて、浮上してきたのが次の仮説だった。


（仮説）nが「3で割ると2余る数」のとき、n個の白丸からなる棒状グラフは、どうやっても白丸一個のグラフにはさかのぼれない

この仮説が正しいと証明できたとき、大問3は解決する。

「……たしかに、あたしもさっき仮説までは導き出したけれど。変化のパターンが膨大すぎて、その方針でいけるかは分かんないんだよね」

「本当に、膨大なんでしょうか」

ヒロ君は自分のノートを、瞬《まばた》きもせずににらみつけている。しかし、描かれたグラフを眺めているようには見えなかった。彼が見極めようとしているのは、その向こう側。

「先ほど、柏木《かしわぎ》君に化学のたとえ話をしていましたね？」

「え？　うん」

「あれを聞いて思いついたんです。たとえばこういう棒状グラフがあったとします」

ヒロ君は鉛筆を手にとった。流れるように、とまではいかないが。考えながら、小さな

グラフを紡いでいく。

○○○……○⧇

「……この四角は？」

「逆操作の末に、最後に残る白丸です」

ヒロ君はそう説明した。その上で、先ほどのグラフにも同じような四角を追加していく。

白丸四つの棒状グラフに逆操作を加えて、⧇へと戻す流れだ。

◎○○⧇

←（逆操作1）

●◎⧇

←（逆操作2）

◎◙

←（逆操作1）

⧇

「こんなふうに、最後には四角で囲まれた白丸が残ると仮定するんです。もちろん、途中で色が変わって黒丸になることもありますが」

「なるほど。それでも最終的には白丸に戻る、と」

「その通りです」

ヒロ君の眉間には深いしわが刻まれていた。脳を両手で絞って知恵の雫《しずく》を抽出せんとしているかのように。

「そして、白丸が五個並んだ棒状グラフは不可能グラフでしたよね？」

「そうだね。そこは割と簡単に確かめられる」

「それを、こういうふうに描きます」

○○○○◎
↓
◎

ヒロ君が示したのは、白丸五個のグラフから、逆操作によって白丸一個のグラフを作ることはできない、ということだった。5とはすなわち、3で割って2余る数である。先ほどの仮説の中でもきわめて単純なパターンだ。

これだけだったら、今までさくらが考えに考えに考え抜いてきたことと比べて、あまりにも浅い内容としか言えない。

しかしヒロ君は、隣に新しいグラフを描き加えた。

(仮説)

○○○……○⧇($3k+2$個)

$\not\downarrow$

⧇

「ふうん……だんだん話が見えてきたよ」

そのグラフを見たさくらは、目を細めた。

「あたしたちは、nが$3k+2$のときに、逆操作で白丸一個にまでは戻せない、ってことを証明しようとしてる」

「はい」

「それをいっぺんに証明するのは難しい。だから、まずはこの四角が『一番端にある場合』に限定して証明しようってわけだね」

「ええ。場合分けを駆使し、問題を分割して考えるのは数学の基本ですから」

「だけど実際には、この仮説が証明できたとしてもゴールには程遠いよね。最後に残る丸の位置——つまり四角の位置は、二番目かもしれないし、三番目かもしれないし、それ以外かもしれないんだから」

「ええ、おっしゃる通りです」

ヒロ君は否定しなかった。自身のやり方の弱点を、素直に認める。

nが$3k+2$である場合の棒状グラフは、不可能グラフ——それが証明すべき仮説である。ヒロ君はその仮説の限定的な場合から証明することを提案しているわけだ。限定的な場合というのはつまり、逆操作を続けたときに、一番端の白丸が最後まで残る場合である。その白丸は、図では◎と表現されている。

もちろん、◎は一番端の場合もあり得るし、他の場所の場合もあり得る。そういった意味では、これは「すべての猫がかわいいことを証明せよ」と言われているのに、「三毛猫がかわいいこと」だけを証明しようとしているようなものである。証明としては不十分。

「そこで、考えたんです。水素分子ってありますよね？」

「ああ。ここでやっと、化学の話につながるのね」

遠回りした挙句、ようやく目的地へ。さくらは思わず笑ってしまった。もともとヒロ君は言っていたではないか。さくらと竜一郎《りゅういちろう》の会話を聞いて、このやり方を思いついた、と。

「水素分子がどうしたの？」

「この棒状グラフを水素のように結合させます」

ヒロ君はそう言うと、鉛筆を持ったまま右手の人差し指を立て、その先端を左の人差し指とくっつけた。

グラフを、水素のように。

言っている意味がまるで分からなかった。

「先輩、お分かりですか？」

「いや、全然」

「そうですか。少し高尚すぎるたとえでしたかね」

ヒロ君は得意げな顔で笑った。すっかり元の調子を取り戻したようにも見えるが、気のせいか、少し控えめのようにも見える。多分、気のせいだろう。

「……いいでしょう、詳しく説明します。理系の人間がみな習う通り、水素の化学結合というのはこういうものです」

H・＋・H　→　H—H

ヒロ君はしゃべりながら、ノートに簡単な電子式と構造式を書き出した。

普通、水素原子は陽子（＋）を一つ持っているから、それに対応する電子（－）を一つ伴っている（「H・」のように、水素Hの横にくっついているのが電子だ）。しかしながら、本来、電子というのは二つ揃《そろ》ってこそ状態が安定する。だから水素はたいていの場合、二つが結合した状態――「H―H」すなわち「H_2」の形で自然界に存在するわけだ。

化学の基礎知識。さくらも当然、頭に入っているわけだが、話の腰を折らないように黙っている。

「さて、問題はここからです。先ほどの仮説が正しかったとしましょう」

そう言いながら、ヒロ君はノート上の「仮説」の文字を鉛筆の先で二、三度つついた。

先ほどの仮説、というのはすなわち、「『○○○……○⧇（$3k+2$個）』に逆操作を加えても、⧇を最後まで取り除くことなく『白丸一個』の状態に戻すことは不可能である」という仮説だ。

「この仮説のままでは、大問3の解決にはほど遠い。なぜなら、四角の位置が端っこに限定されているからです。これをどうにか、あらゆる位置に応用できるようにしたい」

「できそうなの？」

「ええ、見てください、僕の画期的な案を。グラフを二つ用意して、水素のように結合させたらどうでしょうか。こんなふうにね」

ヒロ君は素早く鉛筆を躍らせる。ノート上には新しいグラフが追加された。

○○……○⧇　　⧇○……○○

←

○○……○⧇○……○○

「これは……」

「もうお分かりでしょう？『最後に残る白丸（⧇）が、一番端にある場合』を二つ考えることで、四角がどこにある場合にも応用できる。聡明《そうめい》な僕は、そんなふうに考えたわけです」

　さくらは素直に感心した。

　もちろん、「グラフを結合させる」というのは、あくまでも比喩だ。重要なのは、「⧇が端にある場合」を二つ考えることが、「⧇が間のどこかにある場合」にもつながるという点。これならばパターンを大幅に省略できる。天空に城を構えていた難問を、人の手の届く高さにまで引きずり下ろす妙手……かもしれない。

　だから、さくらは訊《き》いてみた。

「……それで、この先は？」

「いえ、実は、用意してあるのはここまででして……」

　申し訳なさそうに、ヒロ君は答えた。少し意外な答えだった。てっきり、いつものように分からないものを分かったフリして、何かそれらしい言葉を並べ立てるものだと——そして結局、さくらに不備を指摘されて押し黙るものだと——思っていたのだが。今回はそうならなかった。

「そりゃあまあ……頭を掻《か》きむしりたいほど不本意ですが、いろいろあって用意できなかったんです。そう、いろいろあって……いろいろ……」

そこまでしゃべって、ヒロ君は視線を落とした。口元をゆがめ、何か言おうとして躊躇《ためら》う。さくらが不思議に思って待っていると……。彼は眉間に深い深いしわを寄せ、なんとか言葉を絞り出した。

「とにかくここからは、先輩の知恵を……知恵を……」

ヒロ君は唇をかむ。続いて二度深呼吸する。血を吐きそうな顔で。

「……先輩の知恵をお借りしたいです。僕一人では、ここから先は解けそうにないので」

まるで肉親を生贄《いけにえ》にでも差し出す際のような苦悶《くもん》の表情である。さくらを頼ること、自らの未熟を認めることには、彼なりの葛藤があったのだろう。

「なるほどね。たしかに、この発想は悪くない……と思う」

ゆえに、さくらは茶化すのはやめておいた。ヒロ君のノートをじっと見つめ、考えを整理する。整理してから、鉛筆を手に取った。

「……たとえば、こう」

○○……○◎（$\alpha+1$個）

◎○……○○（$\beta+1$個）

○○……○（α個）　◎　○……○○（β個）

○○……○◎○……○○（$\alpha+\beta+1$個$=3k+2$個）

$\alpha+\beta=3k+1$

さくらは彼のノート上に、新たなグラフと、いくつかの数式を追加した。端に◎を持つ二つの棒状グラフを、「それぞれ$\alpha+1$個、$\beta+1$個の白丸からなる」として考えてみたわけだ。

現在は、「$3k+2$個」の白丸からなる棒状グラフについて考えている最中である。ゆえに、二つのグラフを結合させた「○○……○◎○……○○」のグラフも、白丸の数は$3k+2$個であると仮定する。すると当然、$\alpha+\beta+1=3k+2$、すなわち$\alpha+\beta=3k+1$ということになる。

「あんたも、これくらいは考えたでしょう?」

「ええ、もちろん……と言いたいところですが。考える気も起きませんでした」

「どうして?」

「文字が二種類増えるということは、それだけ複雑になるということですから。その方向は避けて、もっとシンプルな道を探していたんです」

「複雑になる場合も多い。けれど、そうでない場合もあるよ」

さくらはノート上のα、β、kを順番に鉛筆の先で叩《たた》いた。

「たとえば$a^2+b^2=c^2$……三平方の定理は、三つの未知数が見事に溶け合って、最高の美しさを生み出してるわけでしょ? もしかしたらこの場合も、変数を三つにすることで初めて見えてくる法則があるかも」

「な、なるほど……言われてみれば」

「まあ、楽観的な予測だけどね」

さくらはそう言って笑った。しかし、あながち的外れでもないと思っている。

文字の種類を増やした方が、視界がすっきりと開ける場合というのは、たしかにある。

文字式の持つ不思議な強みだ。

数学と算数の絶対的な違いだ。

「たとえば、見て。『$\alpha+\beta=3k+1$』って式、何かに気づかない?」

「何か……とは？」

「整数問題で、似た形をよく見かけるでしょ？」

「整数問題……あっ……！　αとβの組み合わせを求める問題で……」

「そういうこと。ほらね、ようやく得体の知れない難問様が、受験数学らしい見た目になってきたよ。このやり方でうまくいけば、『四角が端に位置している場合』だけ証明すれば、四角がほかの場所にある場合も、芋づる式に解決するかも。……いや、それは期待し過ぎかな」

「いえ、可能性は十分にありますよ」

　ヒロ君が興奮を抑えた様子でそう言った。一秒でも早く机にかじりつき、大問3との格闘を再開したいという熱烈な想《おも》いが、全身から溢《あふ》れている。それほどまでにこのノート上に並んだグラフや数式は、これまで試したものとは違ってたしかな手触りを持っていた。人の身でも扱えそうな形と色を持っていた。

　ただの直感だが。問題の急所を突いている気がする。

「よし。この方向でやってみよう」

「はい！　これだけヒントをもらえれば十分ですよ。僕の実力を見せてやります」

　元気いっぱいのワンちゃんが、長時間続いた「待て」から「よし」と解放されたかのように。ヒロ君は必要以上に張りのある声で言うと、次の瞬間にはノートをめくって、ものすごい勢いでグラフを描き並べはじめた。

さくら自身も小さく息を吐くと、また自分の机に向き直った。彼女が目にしたのは、徐々に全貌を見せはじめた砂漠のオアシスか。それとも蜃気楼《しんきろう》か。彼女は自分のノートを開き、鉛筆をこめかみに当てた。

ヒロ君が最初に提出してきた解答は、明確に誤答だったわけだが。やはり、あのやり方〝すべてが〟間違っていたわけではなさそうだ。「逆操作」という発想自体は悪くない。問題は、可能グラフに逆操作を加えると、不可能グラフも出来上がってしまうことだが……

これについては、単純にスタート地点までさかのぼることでクリアできる。スタート地点とはすなわち、白丸一個である。

すべての可能グラフは、さかのぼれば必ず、白丸一個という絶対の可能グラフにまで戻れるのだ。

(命題) 可能グラフならば、白丸一個にまでさかのぼれる
(対偶) 白丸一個にまでさかのぼれないならば、不可能グラフである

この命題は明らかに真であるから、対偶もまた真。

さくらたちが探るべきは、簡単に言えば「どのようなグラフが不可能グラフか」である

から、次の仮説を証明することが、大問3すべての解決につながる。

（仮説）3k＋2個の白丸からなる棒状グラフは、白丸一個にまでさかのぼれない。すなわち不可能グラフである

（そして、これを証明するヒントになりそうなのが、「結合」……）

さくらは心の中でそうつぶやいた。ノート上に、ヒロ君の考案したグラフを素早く描き出す。

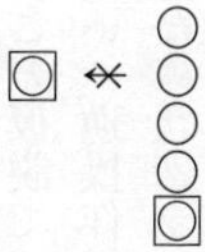

ヒロ君が提示したのは、白丸五個のグラフから、逆操作によって白丸一個のグラフを作ることはできない、ということ（ただし、端に位置している◎は、最後まで残る白頂点とする）。彼は続いて、次の仮説を提示した。

（仮説）

○○○……○◎（$3k+2$個）

↚

◎

この仮説では、◎の位置を端に限定しているが、実際には◎はどこに位置するか分からない。逆操作ではなく通常操作においては、◎とはすなわち最初から存在する白丸。最終的な棒状グラフでどの場所を占めるのか、操作をしてみなければたしかめられない。そのため、この仮説を証明したところで、大した前進にはならないようにも見える。

そこで、いよいよ「結合」の手法が登場する。

○○……○◎（$\alpha+1$個）

◎○……○○（$\beta+1$個）

↓（結合）

○○……○◎○……○○（$\alpha+\beta+1$個＝$3k+2$個）

二つの棒状グラフを◎の左側と◎の右側と考えることで、◎が端以外にある場合にも対応できるようにしたわけである。αとβは、「$\alpha+\beta+1=3k+2$」という等式を満たす。これは「$\alpha+\beta=3k+1$」と同じであるから、αとβを足すと「3で割ると1余る数」ができるというわけだ。

（この条件を満たす、αとβの組み合わせは……）

さくらは無意識のうちに手を動かしていた。ノートに汚い文字で、αとβが満たすべき条件が書き出されていく。ヒロ君にも言った通り、整数問題でよくある考え方だ。

（1）　αが3で割り切れて、βは3で割ると1余るとき
（2）　αもβも3で割ると2余るとき
（3）　αが3で割ると1余り、βは3で割り切れるとき

（3パターンだけ……）

さくらの手は、かすかに震えていた。3パターン。言うまでもなく、3とは有限の数である。無限の組み合わせを相手にしていたときと比べれば、難易度は雲泥の差。

（初めて見えた。光明が）

さくらは唾を飲み込んだ。この問題に取り組み続けて約二十六時間。具体的に、ゴールへの道筋が見えたのは初めてだ。

隣ではヒロ君が、紙に穴があくのではないかと心配になるほどの鋭い視線をノートに注ぎ、すさまじい集中力で問題と向き合っている。さくら自身も、深い霧を抜けそうだというたしかな手ごたえを感じている。

距離はまだ分からないが。歩き続ければ辿《たど》り着けるという確信が、さくらの心を弾ませる。脳の回転をさらに加速させる。

けれど。

「言問《ことい》さん。戻っていましたか」

「あ、部長。お疲れ様です」

役員会議から戻ってきた部長に、さくらは座ったまま会釈した。そして一瞬、現状について何か報告すべきか、それとももう少しはっきりとした成果を得てからにすべきか、考えを巡らせた。

その途中で気がついた。

部長が自分の椅子に座ろうとせず、曇った表情のまま突っ立っていることに。

「部長……？」

「言問さん。少し時間をもらえますか」

部長にそんなふうに言われたら、断る理由はない。さくらは「はい」とうなずいて立ち上がりかけたが、ちょうどそのとき小美山《こみやま》が授業を終えて戻ってきた。その姿を見て、井頭部長は「わざわざ個別に伝える必要も、ありませんね」とつぶやいた。

「小美山君と弘樹《ひろき》君も、よろしいですか？」

「え？　僕もですか」

「はい、もちろん。なんでしょうかね」

「三人とも、ちょっと会議室へ来てください」

井頭部長はそう言うと、先に立って出入口の方へと歩き出す。部長の表情は硬く、その足取りは重かった。なんとなく嫌な空気を感じながら、さくらたちは手帳とペンだけを持ってあとを追う。

良い知らせでないことは感じ取れた。

ただし。

まさかあれほど悪い知らせであるとは、まったく予想できていなかった。

＊

「廃止……発表……!?」

そう小さく叫ぶと、さくらは椅子を鳴らして立ち上がった。井頭部長は何も答えず、静かに机の上で指を組んでいる。

ヒロ君はさくらの隣で茫然《ぼうぜん》とし、離れて座った小美山は、難しい顔をして机に視線を落としていた。

会議室には、しばしの沈黙が舞い降りた。

「……すぐにお話しするかどうかは悩みましたが。隠していても仕方ありません」

井頭部長がまた口を開いた。

「東大コースの廃止は、数日中に正式発表されることが決まりました。正確には『東大コースの名称変更』と『医学部マスターコース創設』の2点を発表する、ということです」

「でも、まだ速報レースの結果は出ていません！」

「MASの大瓦《おおがわら》が解答を完成させた。そういう情報が、金岡《かなおか》社長の耳に入ったのです」

「あれは誤答です！」さくらの叫びが会議室の空気を震わせる。「間違いありません！この目で見ましたから！」

井頭部長は座ったまま、さくらの目をじっと見返した。数秒か、あるいは数十秒か、さくらは部長とにらみ合った。ただ、理不尽への怒りを腹の底で燃やすさくらとは違い、井頭部長の目は凪《な》いでいた。

「……なぜあなたがMASの解答の中身を知っているのかは、今は訊きません」

井頭部長は細く、ため息を吐《つ》いた。

「私は大瓦という人物を少しは知っています。完成させた、という情報が間違っている可能性も社長に伝えました」

「だったらなぜ……」

「向こうの解答に誤りがあろうとなかろうと、七徳塾《しちとく》がトップで解答を提出できなかったのは事実。……それが社長の言い分です」

部長の言葉を、さくらはまったく理解できなかった。日本語の咀嚼《そしゃく》をここまで脳が拒むのは、生まれて初めてのことだ。

「そんなの……滅茶苦茶《めちゃくちゃ》です」

さくらは声を絞り出した。机に両手をつき、身を乗り出した。

「私が今から解答を完成させます。そう……もう少しなんですよ。弘樹君がいいアイディアを出してくれまして」

さくらはヒロ君にチラリと目配せしたが、彼は黙ったままだ。仕方なく、彼女は一人で続ける。

「だって……部長は編集長と交渉してきてくださったんですよね？　私たちも速報レースに参加して、トップになれば『数学世界』に解答を載せられるように」

「そうです」

「だったら迷うことはありませんよ、やりましょう。きっとトップが取れますから。MASだけじゃなくて他にも勝てます。初めて勝てるんですよ、しかも世紀の大難問の速報で。

そうすれば社長だって、約束を守らざるを得ません」

「ええ。約束は守るでしょう」

井頭部長は静かに、淡々と答えた。しかしよく見れば、机の上で組んだ指に力が——肌が赤く変色するほどの力がこもっていることが分かった。

「ただ、もともとの約束は『再検討する』というところまでで、東大コース存続の確約はありませんでした。おそらく形だけの再検討をして、結局は廃止、という流れになると思います」

「そんなこと……！」

さくらは拳を握り締め……すぐに、それが無意味なことだと悟った。さくらが怒ろうが怒るまいが、会社の方針は変わらない。さくらは平社員で、相手は社長。それが権力というものであり、人間社会に秩序をもたらす絶対的糞《くそ》ったれ制度であった。

トップになろうがなるまいが、東大コースは廃止決定。

全身の力が抜けていく。骨と筋肉の連携が、片っ端から途絶えていくかのようだ。さくらは椅子にストンと尻を落とした。

誰も、何も言わなかった。

……。

………。

……………。

……………。

気づくと、さくらは休憩室の壁を殴っていた。

会議があのあとどうなったのか、何も覚えていない。自動販売機が低い音を立てている。誰もいないのをいいことに、さくらは壁を殴り続けた。鈍い音が連続する。拳が痛む。歯を食いしばってこらえる。

(結局、何にもならなかった)

無力感が心と体を蝕《むしば》もうとする。放っておいたら呼吸する力も失い、暗い穴の底に向かってどこまでも落ちていってしまいそうだ。だから、さくらは殴り続けた。

もともと、企業の経営方針を一社員のワガママで覆そうとするのは、無茶なことだったのだ。おまけに、七徳塾はワンマン経営といってもいいくらい、社長の力が強い。敵はMASやテクネ・マクラなどの大手ではなく、社長だった。いや、立ち向かおうとした時点ですでに負けていた……。

「あ、いたいた。さくらちゃん……ええ⁉　なにしてるの⁉」

休憩室のドアが開いて、小美山が顔を出した。さくらは振り返り、小美山の驚いた顔を見て、それから自身の拳を見た。皮がむけて、血がにじんでいた。

「小美山さん。どうかしましたか？」

「どうしたもこうしたも……。会議の途中で急に出て行っちゃったから、心配したんだよ。っていうか、壁に何か怨《うら》みが……？」

小美山はひどく戸惑い、血のついた壁に目をやる。会議の途中で出て行った。記憶にないが、そんなことをしたのか。さくらは自分自身の行動にあきれてしまった。本来ならすぐにでも部長に謝りにいかねばならぬことだが……。生憎《あいにく》、そういう気分にもならない。

「血が出てるじゃない。絆創膏《ばんそうこう》か何か貼った方がいいよ。総務部にならあるんじゃないかな。……いや、ないかな」

「大丈夫です、このくらい。洗っとけば治ります」

「すごいねえ……。最近はワイルドな女性がモテるのかな……」

小美山はため息を吐いた。そして壁に寄りかかり、さくらの手の甲をじっと見つめる。

さくらは訝《いぶか》しんだ。

「小美山さん？」

「……さくらちゃん。おじさんは東大コースを受け持ってないから、こんなこと言う資格があるのかどうかは分からないけど……」

「なんですか？」

「あまり、自分を責めないでほしい」

小美山は眉をハの字形にして、そう言った。

「役員たちの中で、数学が分かる人は部長だけだからね。数学の誤答……それが何を意味するか、彼らには判断できなかったんだよ。だから、さくらちゃんは何も悪くない」

「…………」

「でも、そういう役員たちを相手にしながら、部長はなんとか頑張ってくれているんだ。さくらちゃんが出て行ったあと、部長、言ってたよ。どんな形であれ、東大向けの授業は残せるよう交渉を続けてみるって。うまくいっても授業料は上がるだろうし、規模もかなり縮小されてしまうだろうけど……」

小美山は束の間《つかま》、足元に目を落としてから……意を決したように顔を上げた。

「部長には多分、まだ何か考えがあるんだよ。おじさんはそれを信じようと思う」

さくらは黙って、彼の言葉の意味を考えた。

井頭部長はまだあがいてくれている。ほんのわずかな枠でも、形が変わってしまっても、それでも東大コースの完全廃止だけは避けられるように、努力を続けようとしてくれている。

「私も……」

私も信じます。そう言おうとしたのだが、はたせなかった。のどに石が詰まったかのように、言葉が行き所を失った。

交渉をして、どうなるというのか。

社長は「廃止」の結論ありきですべてを進めてきたのではなかったか。そんな相手との「交渉」が、気休め以上の何かになるとでもいうのか。

否。

さくらは、それ以上は何も言えずにうつむいた。自然と両目から涙がこぼれ、足元に落下する。彼女は声を抑え、肩を震わせ、ただ泣いた。

小美山がうろたえ、手を空中でさまよわせている。涙は降り続けて、床にしみを作った。口の中で、塩辛い味がした。

＊

さくらはかつて、東大の理科Ⅰ類を受験した。そして落ちた。

数学だけなら、全受験者の中でもトップクラスの点数だったことは間違いない。しかし当然、試験は数学だけではない。

——女は数学ができない。

さくらにとっての原動力は、そうした周囲の偏見、おぞましい言葉たちへの怒りの火だった。だが、反骨心で数学力を極限まで磨き上げても、最後の最後でそれがあだとなった。バランスよく得点できない人間が東大に受かるのは難しい。さくらの力はいつの間にか、数学に特化しすぎていた。

本郷キャンパスの発表会場で人混みをかき分け、掲示板に辿り着き、自身の不合格をたしかめた。東大運動部の連中に胴上げされる合格者たちを尻目に、逃げるようにその場を後にした。自身の番号がない掲示板から一秒でも早く離れたかった。そうしたところで、合否が変わるわけでもないというのに。

赤門を出ると泣きながら走った。本郷通り、春日《かすが》通りを抜け、後楽園の方へ続く坂を下り、神田川の水道橋に行き当たり……その流れに従ってしばらく走ったところで、ようやく足を止めた。地元とは違い、川沿いに走ってもすぐに砂浜に出るわけではないのだと、思い出したから。

では東京の人間は、胸をかきむしりたくなるほどの激情に襲われたとき、いったいどこに向かって走るのだろう。どこで叫び、怒鳴り、泣くのだろう。それについては、さくらはいまだに分かっていない。

とにかく当時のさくらは、東京の真ん中で孤独だった。誰もが新生活の準備に慌ただしく動き回っている時期に、東大入試で散った六千の花びらのうちの一枚として、吐き出すあてのない感情を抱え込んだまま、立ち尽くしていた。

合否は公衆電話から、学校に連絡することになっていたのだが。さくらは電話することもできず、ただ泣いていた。歩道の中央に立って泣いていた。たくさんの人が横を通り過ぎていったが、涙で目が曇っていたため、彼らがどんな表情をしていたのか——あるいは、涙に暮れる女子高校生を見ても無表情を決め込んでいたのか——覚えてはいない。ついでに言うと、どうやって高校に戻ったのかも覚えていない。

職員室で結果を報告すると、さくらの足は自然と教室に向かった。すでに卒業式から何日も経《た》っていたはずだ。それでも、そこはまださくらたちの教室だった。チョークの粉の匂いも。ガタガタ鳴る戸も。机に残った落書きも。誰かが文化祭のときに床につけてしまったカッターの傷跡も。かつてと同じだった。

夕陽《ゆうひ》の射《さ》し込む教室には、クラスメイトが三人いた。三人はさくらを待っていてくれた。

——ごめん、落ちた。

——なんで謝んだよ。

三人のうちの一人——一時期、さくらのことが好きだったらしい男子が、少しぶっきらぼうに言った。うつむいた横顔に、夕陽が深い影を刻みつける。

——さくらが一番悔しいってのに。

そう言って、あいつは泣きだした。他の二人も泣いていた。

あんたたちが落ちたわけじゃないのに。バカみたい。

そう言おうとして声が詰まった。さくらの目からも涙があふれた。夕陽に染まった教室で、四人で声を上げて泣きに泣いた。

毎年の東大合格者は三千数百人。不合格者は六千人超。足切りされた者たち、さらには出願すら諦めた者たちまで含めれば、その人数はさらに膨れ上がる。あの教室での光景も、毎年毎年繰り返される、六千通りの悲しみのうちの一つでしかない。

そうだ。ありふれていて、わざわざ語る価値もない。よくある話だ。

友だちは泣いてくれたが。大人は、誰もさくらの味方をしてはくれなかった。受験の前も、後も。多分、脳が古びて固まってしまったせいで、もう考えを改めることができないのだと思う。

彼らは、女の子に数学はできないとか、東大はやめた方がいいとか、そういう糞ありがたいご高説を垂れ流すだけだった。不合格を報告したときには、教師も、親も、口には出さずとも《やっぱりな》という顔をして、自分の誤った信念をより強固にした。彼らの目からは同情よりも、さくらの不合格によって自分の正しさが示されたという、暗い喜びの方が漏れてきていた。

さくらの東大受験には、過程も結果も含めて、大人の味方はいなかった。

（……やっと見つけたと思ったのにな。味方になってあげられる場所）

椅子の背にもたれて、心の中でさくらはつぶやいた。講師室は静かだった。窓の外はすでに暗く、生徒たちが質問に来るような時間はとっくに過ぎていた。授業もすべて終わり、講師たちは黙々と、自分の机で残業に励んでいる。さくらは何もせず、ぼんやりと空中に視線をさまよわせている。

(女だから理系は諦めろ。お前じゃ東大は無理だ。誰もそんなふうに言われない……奪われない場所。ここがそうだと、思ったんだけどな)

同僚たちが本をめくる音、キーボードを叩く音、鉛筆を動かす音。それらが耳の周りを飛び回り、まとわりついてくる。さくらは顔をしかめた。だが、耳障りだからといって帰る気にもなれない。

数学島には今、さくら一人しかいない。他の三人はもう帰ったのだろうか。東大コース廃止を告げられてから、はたして何分……いや、何時間経ったのだろうか。何も分からなかった。ただ、居場所だけが失われた。

「どーもー」

そのときだった。すでにすべての生徒が帰宅したあとのはずなのに、入口をくぐって一人の男子高校生があらわれたのだ。さくらは声の方に視線を向ける。意外な人物が目に映り、両の眉を上げた。

竜一郎だった。

「こんばんはっす、さくらちゃん」

「どうしたの？　こんな時間に。忘れ物？」

「いやあ。実は帰らないで、今までずっと自習室にこもってたんすよ。マジメでしょ？」

さくらは壁の時計に目をやった。二十三時。先ほど竜一郎と別れてから、およそ六時間が経過している。

「……ホントに？」

「まあ、お祭しの通り、嘘《うそ》なんすけどね」

頭をかきつつ、竜一郎は言った。

「ホントは卒業記念にカラオケ行ってたんすよ、友だちと。で、さくらちゃんの様子を見に来たってわけで」

人の減った静かな講師室の中で——竜一郎はゆっくりと、さくらの机のそばまで歩み寄ってきた。彼は少しためらってから、問うた。

「その……解けたんすか？　例の大問3」

「解けない」

さくらは力なく首を横に振った。そうしてから、自身のノートが閉じられたままで、鉛筆も手元にないことに気づいて苦笑する。

昼間はあんなに偉そうに、竜一郎に対して講釈を垂れていたというのに。

今の自分は、どれほど滑稽に見えるだろうか。

「……もう解かなくてもよくなっちゃってさ」

「え？　どういうことっすか？」

「言葉のまんまの意味。社長たちが、東大コース廃止を正式発表するって」

生徒に伝えるべき内容なのかとか、そういう話はもうどうでも良かった。さくらは乾いた笑いを漏らし、言った。

「速報を雑誌に載せたかったんだけど、それもなし。だから、もう解いても意味ないってわけ」

「そうなんすか……」

それだけ言って、竜一郎は押し黙った。今、彼の頭の中を駆け巡っているのは、自身の将来への不安だろうか。それとも、さくらへの同情だろうか。

二人はしばらく何も言わなかった。さくらは椅子に真っ直《ます》ぐ座っている気力もなく、体を折って、頭を横向きに机にのせた。消しゴムのカスが耳のあたりに当たったが、もはやかまわなかった。

鉛筆の音。キーボードの音。ページをめくる音。誰かのため息。そこかしこから湧き上がる小さな音たちは、今度はひとしきり空気の中を漂ったあと、机を通してさくらの鼓膜を揺らしていく。

「……さくらちゃん」

やがて、竜一郎がまた口を開いた。さくらは頭を上げずに「なに？」とだけ返す。

「なんか俺、焼き肉食いたくなってきました」

冗談だろうと思った。何でもいいから、この重い空気を変えようとしただけかと。けれどもさくらが黙っていると、竜一郎はさらに言った。

「焼き肉。今度連れてってくれる、って約束したじゃないっすか。暇になっちゃったなら、ちょうどいいでしょ？」

「約束……」

さくらは頭を持ち上げると、耳についた消しカスを払った。彼は日ごろから、さくらの仕事を手伝う見返りとして焼き肉を要求していた。しかしながら、十代男子など焼き肉に連れて行ったら、明らかに仕事量を上回る金額を腹のうちに収めてしまうであろうことは目に見えていた。だから「そのうち行こう」とか「また今度」とかいう言葉でごまかして、いつもたいてい、ラーメン屋やファミレスで我慢してもらっていたわけだ。

（そのうち……また今度、か）

分かっている。ツケを払うときがきたのだ。

東大コースがなくなったら、彼は七徳塾をやめてしまうのだから。

「……いいよ」

体を起こし、さくらは言った。竜一郎が目を見開く。

「え、いいんすか」

「うん。行こう、焼き肉」

さくらはのろのろと荷物をまとめる。大問3の問題用紙と、答案の書かれたノートについては、一瞬だけバッグに入れかけてから、結局、机の一番下の引き出しに放り込んだ。

＊

「お手を拝借ぅ～！　よおォ～ッ！」

焼き肉店の前では、酔っぱらいのサラリーマングループが円になって一本締めをしていた。さくらは竜一郎とともにその集団の横を抜け、店内に足を踏み入れる。二十三時を回っているのだから、常識的な人間ならそろそろ帰り支度を始めるはずだが、あいにく、酒の匂いのする場所では常識人は少数派である。朝まで開いている店というだけあってまだ混雑しており、脂のはねる音、肉の焼ける音、香ばしい匂いで満たされていた。

「二名で」

「ご案内しま～す」

店員の男性は三月なのにTシャツ一枚で、汗だくであった。頭に白いタオルを巻いており、シャツの背中にはいろいろと英語の文字が入っている。その英語をなんとなく眺めている間に、さくらは店内の角にある狭いテーブル席に案内されていた。テーブルの真ん中には使い古された網。

「灰皿いりますか？」

「いえ、いらないです」

「俺もいらないっす」

店員はメニューを置いていったん下がり、お冷《ひ》やのグラスを手に戻ってきた。さくらはとりあえず、適当に何種類かの肉を注文する。酒は頼まなかった。店員は網に火を入れてからまた下がっていった。

「お酒、よかったんすか。俺に遠慮しましたか？」

「遠慮？　あんただってもう酒くらい飲んでるでしょ？」

「ん、何のことだか……」

「これは人生の先輩からのアドバイスだけどね、肉を食べるときは肉に集中するのが一番ってこと。酒に予算を食われたら、思う存分注文できないでしょ？」

「あ～予算の問題っすか。了解です」

肉の匂いと煙草《タバコ》の匂いが、近くの席から漂ってくる。さくらの腹は、減っているようないないような不思議な状態だった。昼間に一度仮眠しただけなので疲れもあるはずだが……頭の中はかなりクリアだ。

数学を解く力は残されているのに、問題だけが奪われたまま。

「卒業おめでとう」

さくらはそう言って、お冷やのグラスをかかげた。竜一郎は照れくさそうに笑ってから、結局、自分もグラスを持ち上げる。ささやかな乾杯の音は、店内の喧騒《けんそう》に呑《の》まれて消えた。

「春からはMASに行くの?」

「まあ、そうっすね。東大コースが廃止だっていうなら」

「あそこはうちと違って、生徒の様子を見ながら授業進度を変えたりしないから。おいて行かれないようにね」

「へい、気を付けます」

そんなことを言い合っている間に、最初の肉が運ばれてきた。皿の肉を全部網の上にぶちまけようとする竜一郎を制止し、さくらは焼き手を引き受ける。

「あんた、どの肉が好きなの?」

「いや、実はよく分かってないんすよね。ロースとかハラミとか言われても」

「分かんないのに肉食いたいって言ってたの?」

「肉なら何でもいいんすよ。名前とか、細かいことはどうでもいいっていうか」

「でも、牛と豚の違いは分かるでしょ?」

「その二択なら、牛っすね。いや、豚も好きっす」

「経済的な舌で助かるよ」

　さくらはとりあえず、安そうな肉を何種類かと、サラダと、白米を追加しておいた。網の上では肉が焼けていく。二人はその様子をじっと見守る。網の下に落ちる脂と、変わりゆく肉の色。自然と会話は途絶えて、二人は押し黙った。

　注文した白米（普通盛りと大盛り）が届けられる頃に、ちょうど肉が焼き上がりはじめた。竜一郎は待ちきれぬ様子で、自分の小皿にどんどん取っていく。

「ん、うまい。……うまい。米もうまい」

　竜一郎はタレをたっぷりつけた肉を白米にのせ、勢いよくかきこんでいく。肉汁とタレがからんだ米は光を放って見え、それが立ち上る湯気とともに、竜一郎の口の中へと吸い込まれていく。

　普通そんな光景を見せられたら、刺激されたさくらの胃袋が、自分にも寄こせ寄こせと大合唱を始めそうなものだが。どうしたことか、そうはならなかった。

　食欲が湧かない。

　肉を一枚、口の中に運んでみたが……味も大して感じなかった。

「もう、腹減りすぎて死にそうだったんすよ」

　あっという間に大盛りご飯を胃袋に収めてしまうと、ひと息ついて竜一郎が言った。さくらは次の肉を焼きはじめる。

「カラオケ行ったんでしょ？　何も食べずに歌ってたの？」

「はい。カラオケのメシって馬鹿みたいに高いんで。さくらちゃんはカラオケとか行くんすか？」

「あたし？　まあ、たまにね」

「どんな の歌うんすか」

「中島《なかじま》みゆき」

「へえ、意外。いや、意外でもないか」

「『空と君のあいだに』が大好きでさ。『家なき子』のテーマ」

「知ってます知ってます。同情するなら金をくれ、ってね。今度聴かせてくださいよ」

「気が向いたらね」

「楽しみっすね。……あ、さくらちゃん、ちゃんと肉食べてます？」

「食べてるよ」

そう言って笑い、さくらは肉をひっくり返す。会話は再び途絶えた。さくらはじっと、焼けていく肉を見つめ続ける。

生焼けか否かの判定というのは存外難しい。数学には「砂山のパラドックス」というものが存在するが、焼き肉の場合にも通じるのではないだろうか。砂山から砂を一粒だけ取り除いても、当然、そこに残っているのは砂山である。しかし、「砂山から一粒取り除いても、残りは砂山」という理屈なら、砂粒を何度取り除いても砂山は消えないということになる。最終的に一粒だけ残ったとしても、数学的にはそれは砂山と呼ばねばならない。

また、生焼けの肉の場合はどうか。生焼けの状態から0・00001秒だけ加熱したとしても、やはり肉は生焼けだろう。それを何度繰り返しても——つまり、何秒加熱を続けたとしても——肉はやっぱり生焼けということになる。数学的に考えると、肉は焼き上がらない。

有名なパラドックス。もちろん、パラドックスは所詮パラドックスであり、現実的な意味を持つわけではない。それでも、数学は人間の常識というものがいかに欠陥だらけで、いかに矛盾に満ちているかを雄弁に語る。数学的帰納法には、そうした風変わりな一側面がある。

数学的帰納法。

そう、数学的帰納法だ。

網の上の肉が、徐々に縮んで引き締まり、赤から茶へと変わっていく。にじみ出る脂が滴り音を立てる。さくらはトングでひっくり返す。

(数学的帰納法……多分、方向性は間違ってなかった……)

ぼんやりしていると、思考は自然と大問3へと引き戻されていった。すでに諦め、投げ出し、背を向けたはずだったが。さくらの脳は、速報レースとか、社長の思惑とか、他社の進捗とか、そういう非数学的な要素を拒絶していた。彼女の脳が求めるのは解答への道筋。ただそれだけだった。

(考えたって、意味なんてないのに)

立ち止まろうとしても、彼女の思考はやむことがなかった。手を伸ばす。誰も知らない地平の、その先へ。網の上では肉が焼け、ひっくり返り、ひっくり返り、ひっくり返る……。

「ちょっとさくらちゃん、ぼんやりしすぎでしょ」

唐突に、竜一郎に声をかけられ、さくらは我に返った。竜一郎はこれまで食べることだけに集中していたはずだが、どういうわけか眉をひそめてこちらを見ている。こちらを──いや、正しくはさくらの手元を見ているのだ。彼女は不思議に思って視線を落とした。

そして気がついた。

彼女がトングでつかんでいる肉は、すでに両面ともに真っ黒に焦げていた。

「もったいない。……いや、焼くのを全部任せちまってた俺も、悪かったっすけど」

竜一郎は消し炭同然となった肉を悲しそうに眺める。焦げた肉は一つではなく、片面が焦げたものもチラホラ目につく。竜一郎はもう一つのトングを使って、そうした肉だったものを網の隅に追いやろうとする。

「あ～あ、これなんて、最初に置いたやつだもんな。いったい何回ひっくり返したんすか」

　人間の食物であることを永久にやめてしまった黒い物体をトングでつまみ、竜一郎は言う。

（最初に置いた……何回ひっくり返した……）

「疲れてるんでしょ。俺が焼くんで、さくらちゃんは食べる側に回ってください」

（最初に……置いた……何回、ひっくり返した……何回……）

　何気ない言葉だったのだと思う。深い意味なんてなかったのだと思う。

　実際、肉を何回ひっくり返したかなんて、竜一郎は興味がなかっただろう。ただの軽口。あるいは、ちょっとした言葉の綾《あや》。

　しかしながら。

（何回、ひっくり返した……！）

　瞬間、さくらの脳裏に稲妻がひらめいた。網の上にあるのはもはや肉ではない。白丸と黒丸。グラフを構成する頂点へと、その姿を変えていた。

（棒状グラフに逆操作を加えるとき……◎は最後まで残る。何度か色が変わるとしても、最後は白になる）

「ちょっと、さくらちゃん……？」

　竜一郎に声をかけられても、さくらは反応しなかった。頭の中を情報が嵐のように行き交う。再びトングを動かし、竜一郎が隅に追いやった焦げ肉を、網の中央へと呼び戻す。

（白から一回色が変わると、黒。二回色が変わると、白。つまり色が偶数回変わるなら、最後に残ったときに白になる）

考えながら、さくらは焦げた肉を並べ、ひっくり返す。一度で黒。さらにもう一度ひっくり返せば白に戻る。三回で黒、四回で白。色が偶数回変化すれば白に戻る。

問題はここからだ。

（◎が端にあるときは……うん、できそう。端以外のときは……？）

さくらは焼き肉を一列に並べた。生焼けの肉数枚で、黒焦げの一枚を挟む形。黒焦げの肉は◎だ。これは二つのグラフを結合させたグラフであり、◎は左右からそれぞれ影響を受け、色を変化させる。

（たとえば、右側から二回、左側から四回の影響を受けたとしたら？　色は合計六回変わる。もともとの色が白だから、六回変化したら白に戻る。……つまり、左右からの影響の合計が偶数回になればいい。……右からの影響で偶数回、左からの影響で偶数回。もしくは、奇数回、奇数回……）

さくらは何度も何度も、網中央の黒焦げ肉をひっくり返した。竜一郎がおびえたような目を向けてきているが、そんな些細《ささい》なことは気にしていられない。

（そして重要なのは……一番最初からあった◎……それを追加する。どこに？　一番端に……）

さくらはもう一枚、列の端に黒焦げの肉を追加した。生肉生肉生肉、黒焦げ肉、生肉生肉生肉、そして黒焦げ肉。

　これだ。この並びだ。

　さくらは二枚の黒焦げ肉を箸でとり、まとめて口の中に放り込んだ。

「えっ……えええ⁉」

　竜一郎が慌てているが、さくらはかまわず咀嚼《そしゃく》する。人の食べ物の成れの果てとは思えぬほど、苦かった。おかげで思考がさらに澄み渡る。

（そしてここに……数学的帰納法！　解ける！）

　さくらは確信を得て、グラスを手に取った。黒焦げの肉を水で一気に流し込む。苦さはしばらく口内全体に残っている。しかしながら、気分は晴れ渡っていた。

「ナイス、竜一郎君！」

　さくらはテーブル越しに、竜一郎の頭を引っぱたいた。訳が分からぬ様子で、竜一郎は目を白黒させる。彼が何か言う前に、さくらは財布から福沢諭吉《ふくざわゆきち》を一名、引っ張り出す。

「これあげるから、好きなだけ食べてって！」

　さくらは諭吉をテーブルにたたきつけると、バッグをひっつかんで席を立った。そして、竜一郎の呼び止める声を背中に聞きながら、焼き肉店をつむじ風のごとき勢いで飛び出した。

すでに日付が変わり、三月十五日が始まっている。

七徳塾はもぬけの殻であり、これから朝まで、さくらの孤独な戦いが始まる……と思っていたのだが。

*

講師室の明かりはついたままだった。

数学島にはヒロ君がいた。

「ヒロ君……」

「あ、先輩。お疲れ様です」

「帰ってなかったんだ」

「夕食をとって、また戻ってきました。もう少し考えてみようと思いまして」

眼鏡を拭きながらそう言って、ヒロ君は苦笑した。机の横に立つさくらには、ノートに書き散らされた大量のグラフ、悪戦苦闘の跡が見て取れた。

講師室内には、他に人の気配はない。たった一人で残業するつもりだったのか。昼間はピカピカしていた高そうなスーツも、今はずいぶんくたびれて見える。

「東大コースの廃止が決まったんだから、もう速報を打っても意味がないって、思わなか

った の?」

「思いましたよ。実際、もう意味なんてないんでしょう」

ヒロ君はそう言って、ノートの次のページにグラフの続きを描こうとした。すでにページは尽きていた。彼はまた苦笑し、引き出しから新しいノートを引っ張り出す。

「けど、先輩。先輩は受験生の頃、定期テストとか模試とかで解けない問題があったとき、どうしてました?」

「どうしたって?」

「家に帰ってから、解けるまで考えたんじゃないですか? 家で解いたって点数も偏差値も上がらないのに」

言われて、さくらは高校時代のことを思い出した。親にすら期待されないまま受けに行った東大模試。女には数学は解けない——その呪いのような言葉を振り払うべく、ただがむしゃらに努力し、結果を求めた。

問題が解けた瞬間だけは、さくらは呪いから自由になれた。たとえ試験時間内に解けなくても。さくらは決して、そこで歩みを止めるわけにはいかなかった。

「……そうだね。解けないまま放置することは、絶対なかった」

「でしょう? それと同じですよ。途中で投げ出したら気分が悪いじゃないですか。本能……いや、使命感とでもいいますか。そもそも、東大コース廃止が決まろうが決まるまいが、僕が優秀で、七徳塾の次期エースであることに変わりはありません。つまり解けるはずなんですよ、この問題は」

声には疲労がにじみ出ていたし、理屈も滅茶苦茶だったが。彼の目にはまだ光があった。

「それに万が一、本当に万が一という話ですが……この僕が全力を尽くしても解けなかったとして。どうせ明日の朝がリミットなんでしょう？　フランスだかなんだかからの返信があるとかで。だったら、時間いっぱいまで考えてみたいんです。それで負けたら納得がいきます」

「なるほどね」

さくらは感心した。同時に、感謝もした。

少しばかり頼りない後輩ではあるが。こんな深夜に、一緒に骨折り損をしてくれる味方がいるなら、それだけで救われる心がある。

「……残念だけど」

何から話すべきか少し考えてから、さくらは切り出した。

「負け方の心配をしていたんなら、それは全部無駄になったよ」

「え？」

「大問3は解けた」

「大問3が、解けた……？」

「正確には、解ける。あとは細部まできちんと仕上げられるかどうか。まあ、あんたと二人がかりならなんとかなるでしょ」

「いったいいつの間に？」

「さっき、焼き肉食べてたら思いついてね」

「焼き肉……？」

そこで、ヒロ君は露骨に疑わしそうな顔をした。《僕は真剣にやっているのに、そんなつまらない冗談で邪魔をしようとしているんですか？》と、その両目が問いかけてくる。

「そんなはずないでしょう。焼き肉食べて数学が解けるんなら誰も苦労しませんよ」

「まあ、そう思うのも無理はないけどね」

「もし本当なら、僕は明日から毎日焼き肉を食べます」

そんなことをしたら、次の健康診断が恐ろしいことになりそうだが。それでも、焼き肉がさくらに数学を教えてくれたのは本当である。

「疑いたくなる気持ちも分かるよ。何十時間も考えてきて、全然解けなかった問題だからね。でも、解けそうっていうのは嘘じゃない。幻覚でも妄想でもない」

「本当に……？」

「うん。今から詳しく説明するよ」

さくらはヒロ君の隣に腰を下ろした。問題は、どこからどこまで話すべきかだが……。

いっそのこと、今のさくらの頭の中にあるすべてを、ヒロ君にぶつけてみるのもいいかもしれない。さくら一人では見逃すかもしれない細部のミスを、二人ならば発見できる可能性もある。

「ちょっと長くなるかもしれないけど、大丈夫?」

「無論です。まだまだ体力は残っていますよ。あと四十八時間くらいいけます」

「元気でよろしい」

さくらは笑って、鉛筆とノートを取り出した。机の足元にはいつも通り紙ゴミが堆積しており、さくらの心を落ち着かせてくれる。そしてさっそく、ノートを開こうとした。

しかしながら。

その瞬間、首筋が猛烈な冷たさに襲われて、彼女は反射的にとび上がった。

「……ッ! つめた!」

雨上がりの散歩道、首筋に雫が落ちてきたときなど。心臓が止まりかける不意討ちというのは日常の中に時々あるものである。

しかし今回は、その十倍ほどの衝撃があった上に、偶然の出来事でもなかった。

「やはり、諦めてはいなかったか」

うなじを押さえて、さくらはとっさに振り返った。ヒロ君も驚いた顔でそれに倣う。

さくらの椅子のすぐ後ろに、缶コーヒーを持った弥生《やよい》が立っていた。

「アイスよりホットが良かったか？」

「ちょっと、死ぬかと思ったよ」

「けっこう。死ぬかと思えるのは生きている証《あかし》だ」

弥生は缶コーヒーをさくらに手渡した。さくらは顔をしかめてそれを受け取る。不意討ちでなければ、心地よい冷たさだった。

「ほら、ヒロにもやろう」

「あ、ありがとうございます」

「ありがと、弥生。でも、もう帰ったかと思ってたよ」

「帰れるものなら帰っている。打ち合わせに時間がかかってな。やっと終わったところだ」

「打ち合わせ？」

「ああ。そういうお前は、まだ後期数学を？」

「うん。解けそうだからね、焼き肉屋から戻ってきたんだよ」

「それは良かった。なら、私たちだけの空回りに終わらずに済むかもしれないな」

さくらは缶を額に当てながら首をかしげる。対して弥生は、脇に挟んでいたファイルからプリントの束を取り出して、さくらの机に置いた。

その一枚目には「【特別講義】東京大学　後期日程　論文Ⅰ」の文字があった。

「これは……何？」

「今年は特別授業を行うことにしたんだ。英語科と協力して、東大後期『論文Ⅰ』を解説する。これはそのためのテキストだ」

「特別授業……？」

さくらはそのプリントを手に取って、パラパラとめくった。「論文Ⅰ」。後期試験特有の科目であり、いわゆる複合問題だ。単語数にして千数百語という英文を読んで、それをもとに日本語の小論文を書くという形式。英語の長文読解力に加えて、日本語の文章力が試される。

小論文の性質上、解答は一つに定まらない。実際、このプリントには複数通りの「解答例」が記されていた。そして、解答作成のポイントがまとめられている。

「藤倉《ふじくら》弥生君と協力して準備したのだよ。もちろん社長の許可も得ている。なかなか面白い試みだろう？」

また別の声が聞こえたので、さくらは顔を上げた。特徴的なとがった口ひげを持つ紳士が出入口の方から歩いてきて、弥生の隣に立った。さくらは目を丸くした。

「ダリ先生。今までどこに？」

「会議室だよ。藤倉弥生君と打ち合わせをしていたのだ」

「『論文Ⅰ』の特別授業の、ですか？」

「うむ。『論文I』は問題文が英語だからね、国語科単独では解説ができない。かといって英語科単独でも、小論文の講義となると不安が残る。だから私と藤倉弥生君が協力して解説を行うことにしたわけだ。言問さくら君、金岡弘樹君、君たちと足並みを揃えられそうで良かったよ」

「え、私たちと？」

「そうだ。人間とは不思議な生き物だ。どうせ燃やしてしまう山車《だし》を立派に飾り立てたり、消えてしまうと分かっていながら雪だるまを作ったり。意味がないと分かっていても入試の解答を作成したり、な」

　ダリ先生はヒゲをつまみながらそう言った。さくらは話を呑み込むことができない。チラリと目で問いかけると、弥生は肩をすくめた。

「そんなに驚くことではないだろう。数学科が有終の美を飾ろうとしているんだ。他の教科も負けていられるか」

「えっ、それってもしかして」

「ああ。私たちも無駄なことをしたくなったんだ。東大コースの廃止が決定しているとしても……最後だからこそ、これまでで最高の授業をやろうと決めた。全教科でな」

「全教科で……」

「そうだ。後期解説特別授業、きっと明日にはお前のところにも話がいくだろう。やや急な話になってしまったが」

弥生は隈《くま》で囲まれた目をさくらに向けながら言った。さくらは思わず笑ってしまった。

「あんた、また自分で仕事増やしてるってわけ？」

「約束したからな。まあ、前払いというやつだ」

「前払い？　それに約束って？」

「自分で言っておいて忘れたか？　解答速報をトップで打てたら、お前に協力すると言っただろう？」

「あ……」

さくらは口を開け、言葉を失った。

彼女はたしかに、弥生に言った。トップで解答速報を打てたら、東大コース存続のために協力してほしい、と。そして弥生は承諾したのだ。

しかし、その約束は東大コース廃止が決まってしまった時点で、消えてなくなったものと思っていた。そして、そもそもさくらは、まだ解答速報をトップで発表できたわけではない。

そう、〝まだ〟発表できていない。

（だから、前払い……？）

「残念ながら、コース存続のための協力はもうできないが……。せっかくだ。お前が打ち上げようとしている最後の花火を、ほんの少しでも大きくする手伝いくらいはできなくもない」

弥生はとても眠そうに、目を何度か瞬《しばた》いた。

「解答速報でトップをとり、しかも他教科の解説でも大手より質のいい授業ができれば、きっと痛快だ。他塾に移る生徒たちに、小さな何かを残せるだろう。きっとな」

さくらの胸に、あたたかいものがじわりと広がった。

一連の弥生の言葉には、一つの大前提が存在する。それは、「さくらがトップで解答速報を完成させること」。その前提が崩れてしまえば、弥生の言う「最後の花火」の美しさは半減してしまうだろう。彼女も、授業準備をしている他教科の講師たちも、さくらが速報でトップをとることを前提に動いている。

そう。

弥生は信じてくれているのだ。いや、弥生だけではなく、ダリ先生も、東大コースの他の講師たちも。

「それでは一足先にお暇《いとま》させてもらうよ。数学に関しては、我々にできることはないからね」

ダリ先生はあくびをかみ殺したような顔でそう言った。心なしか、とがったヒゲも少ししなびているように見えた。

「我々の求めているのは〝better《なるべく良い》〟だ。東大コースが廃止される前に、せめてbetterな授業をして、生徒たちを新しい戦いの場へと送り出してやりたい、とね。しかし言問さくら君、君は違うのだろう?」

「私、ですか?」

「うむ。君はbetterなどでは満足できない。違うかね?」

ダリ先生は疲弊した様子だったが、同時に楽しげでもあった。〝なるべく良い〟では満足できない。たしかに彼の言う通りである。

そもそも数学は小論文とは違う。小論文に微妙な優劣があり、段階的な評価が可能であるのに対し、数学にはbetterもworseもなく、正解か不正解かしかない。受験生には部分点という救済措置があるものの、予備校講師にそんなものはない。

そこにあるのは全か無か。「正しそう」とか「多分間違っている」などという曖々然、昧々然とした言葉は、数学の前では呼吸することも許されない。

当然、さくらも解答の「良さ」を求めてはいない。「完璧な答案」は大前提。彼女が求めるのはその先の勝利。ナンバーワン――bestのみである。

「やはり勝つ気なのだね。うん、素晴らしい気概だ」

ダリ先生はさくらの目を見て笑った。そして自分の机にいったん戻り、分厚い洋書を小脇に抱えて出口へ向かう。

「では、健闘を祈るよ」

「私もそろそろ帰るとしよう。頑張れよ」

弥生もあくび混じりにそう言って、ダリ先生に続いて、講師室を出て行った。さくらとヒロ君は、ドアが閉まって後ろ姿が消えるまで、彼らを見送る。

「……さて」

さくらは机に向き直ると、もらったばかりの缶コーヒーを開け、一口飲んだ。カフェインを含んだ液体が胃に落ちる。苦みが脳を刺激する。彼女は鉛筆を手に取った。ヒロ君も少し緊張した面持ちで、自身の鉛筆を握りしめる。

数学講師の武器は鉛筆一本だ。

ただしその鉛筆一本は、使いようによっては世界の中心へと――絶対不変の真理へと届く。大手の完全支配を断ち割る楔《くさび》となる。

東大コース廃止の件に、まったく影響を及ぼさないとしても。トップは譲れない。さくら自身のために。東大を目指す未来の子どもたちのために。

そして、世界に蔓延《まんえん》する〝呪い〟を、打破するために。

幕間

他人に説明しても分かってもらえたためしがないが、十代から二十代の頃、大瓦数夫《おおがわらかずお》は数学の声を聞くことができた。

机の前で問題と向き合い、周囲の雑音がすべてこの世から消えてしまうほどに集中したとき、数字と記号が踊り出す。彼らは毎回、しばしノートの上を好き勝手に動き回ったかと思うと、やがて大瓦にささやきかけてくる。数学を愛する人よ、どうか私たちをあるべき姿へ、と。

その声が聞こえたら、たいていの問題は解決した。

問題の急所が手に取るように分かり、どうしてそれまで苦戦していたのか思い出せなくなるほどに、すらすらとすらすらと、計算が進んでいった。

他の人たちには〝声〟が聞こえないのだと知ったとき、大瓦は自分が天才なのだと確信した。将来は歴史に名を残す数学者になるのだと、疑いもなく信じるようになった。

しかし。

その声が、ある日突然聞こえなくなった。

数字も記号も踊らなくなった。

最初は疲れのせいかと思った。「数学馬鹿三人組」と呼ばれた中で、自分一人だけが大学院に進んで以来、彼はそれまで以上に研究に没頭していた。寝る間を惜しんで、立ち止まることなく問題に取り組んできた。その疲労が精神の均衡を崩し、一時的に声を聞き取りにくくしているのではないかと彼は推測した。

結論からいうと、その楽観的な推測ははずれていた。

数学は二度と、大瓦にささやきかけることがなかった。

もう二十五年も前の話だ。

今は、原因はなんとなく分かっている。きっと数学に愛想をつかされたのだ。

当時の大瓦は数学を解くことよりも、名声を得ることを目指しはじめていた。世界的に権威のある雑誌に論文を載せたい。未解決問題を解いて賞金を得たい。フィールズ賞が取りたい。そうした欲求が心の大部分を占めるようになるにつれて、彼は苛立《いらだ》つことが増えていった。数学と向き合っても楽しくはなくなっていった。

だから、数学の方が大瓦から離れていった。大瓦は大学院をやめた。自他ともに認める天才だったのは、もう昔のことになってしまった。ただただ、みじめだった。

そして最悪なことに。

数学に見捨てられたにもかかわらず、彼には数学しかなかった。もうかつての数学力は発揮できないにもかかわらず、数学と無関係な仕事に就くことを、精神と肉体が拒絶していた。それがいかに残酷なことか、きっと誰一人、正しくは理解してくれないだろう。

なんとか予備校講師の職を得ると、元・天才はもがき苦しんだ。

中小予備校で下積みし、MASで東大志望者を指導するようになるまで十年かかった。人気講師のテクニックをひたすら盗み、ハッタリで生徒をだまし、他者の手柄を横取りすることで、人気ナンバーワン講師にのぼり詰めるまでに、さらに十年。

数学力は年々衰えていった。もともと天才的な閃《ひらめ》きに頼って解いてきたので、努力によって補うことはできなかった。次第に大学入試レベルにも苦戦するようになっていき、ついには、自分が解けない問題を大勢の生徒の前で解説するという奇妙な状況に陥った。それでも彼は衰えを隠し、舌先三寸で生徒を導いた。

地位を守り、さらなる名声を得る——大瓦はそのことに人生のすべてを懸けた。彼にはそれしか残されていない。日本一の数学講師というこの立場は、大瓦にとって最後のよりどころだった。

だからこそ。

先ほどの授業中の乱入劇は、彼にとって耐え難い屈辱だった。

予備校講師にとって、教室は聖域である。彼らは講義中、ある種の独裁権を与えられており、生徒たちの一挙手一投足を監督する。ノートの取り方。発言の順番。飲み物を飲むタイミング。すべては講師の意のままであり、生徒たちは絶対服従を義務付けられている——そうした権威主義的な空間におかれることで、生徒たちは自然と講師を尊敬するようになる。講師の言葉を無条件で信じるようになる。受験において、迷い、疑うことなく勉学に集中できるのは大きなアドバンテージだ。師に対して疑念を抱く者は賢者かもしれないが、受験における勝者にはなれない。賢者ではなく勝者を作るのが大瓦の仕事だ。

それなのにどうだ。先ほどの体たらくは。

教室の独裁者たるべき大瓦数夫が、若手講師と事務員ごときの授業妨害を許したのだ。おまけに、成り行き上仕方なかったとはいえ、最終的には向こうの言い分が通った。解答速報にミスがあり、プリントは即座に回収された。

完全無欠であるはずの、MASのエース講師がミスをした。決してあってはならない出来事が、生徒たちの目前で展開されたのだ。

（完璧でなくてはならないのだ。常に自信に満ち溢れ、ミスなどとは無縁。だからこそ生徒たちは私を信奉する。疑問や戸惑いなどというものは、私の教室にふさわしくない）

大瓦は、今は講義中とは違って普通のスーツ姿だ。自身の机の上で指を組み、そこに置かれた答案をにらみつける。

誤答。

言われてみればすぐに理解できたが、言われてからでは遅かった。

生徒たちの前では「清書したアルバイトのミス」ということにし、最悪の事態だけは回避できた。しかし廣瀬昭《ひろせあきら》。あの若造は、本当は誰のミスだったのか気づいているだろう。周りの目を憚《はばか》ってぼかしてはいたが……。大瓦本人のポカであると分かっていたはずだ。陰で間抜けと笑っているだろうか。それとも憐《あわ》れんでいるだろうか。

いずれにせよ、このままにはしておけぬ。

（……いや、廣瀬を黙らせる手段ならいくらでもある。問題は生徒たちだ）

今は「アルバイトのミス」ということで納得していても、一日、二日、三日と経っても解答速報の訂正版が配られなかったら、どう思うか。その挙句に他社に先を越されでもしたら、どう思うか。作業上の単純なミスではなく、解答の本質にかかわる重大な過ちがあったのではないかと、疑う者も出てくるのではないだろうか。

すでに日付も変わっていたが、理系の講師室には煌々《こうこう》と明かりが灯《とも》り、まだまだ騒がしかった。日本の都市部の美しい夜景は残業の光によって作られるわけだが、MASもその例に漏れず、社員たちの睡眠時間を燃料とする火が夜を彩る。

「体験授業のプリント、どうなってる？」

「あとは問4の見直しだけです。三十分で出来上がります」

「これでやっと眠れるな」

「物理のあれ、どうなった？　どうしても高校範囲では解けないってやつ」

「三船《みふね》先生が解いたらしい。微積分の式変形が多少厄介だったみたいだけど」

昼間よりやや興奮気味で、早口になっている講師たち。彼らの日付をまたいだ残業努力によって、三月十四日分の労働はやっと終わりを迎えようとしていた。

ただ一つ、東大後期大問3だけを除いては。

大瓦はゆっくりと、解答速報のプリントを手に取った。無論、大瓦自身が解いたものではなく、昼間に誰かが置き忘れていた解答を丸写ししたものだ。井頭《いがしら》のいる予備校――「七徳塾《しちとく》」の名が入った封筒の忘れ物があったと偶然小耳に挟み、気になって中身をあらためた。あのときは、自分の運の良さを恐ろしく思ったものだが……嬉々《きき》として写したそれは誤答だった。なんたる不運か。

どうにかせねばならない。なるべく早く――できれば今夜のうちに――訂正版を完成させねば。遅れれば遅れるほど、生徒たちは大瓦に対する不信感を募らせてしまう。しかもあろうことか、『数学世界』の花巻《はなまき》編集長が連絡を寄越《よこ》し、速報レースを「厳密に」行うと言ってきたのだ。すなわち今年に限っては、速報レースの勝者は暗黙のうちに決めるのではなく、『数学世界』編集部にトップで届けた予備校」とするという。これでは勝敗がはっきり出てしまう。

（私は〝日本一〟の大瓦数夫だ……。敗北は許されない……絶対に……！）

しかしながら、MASの精鋭数学講師たちが寄って集《たか》って解けぬ問題など、今の大瓦の手に負えるはずもない。しかも数学科の講師たちの大部分は、今日のところは帰ってしまった。彼らは、大問3はすでに解けたと思っており、解答回収は「アルバイトのミス」のせいだという大瓦の主張を信じているわけだから、帰宅するのも当然といえば当然なのであるが……。

「ん?」

そのとき、視界の隅に違和感を覚え、大瓦は顔を上げた。見ると廣瀬昭がプリンターの前に立って、印刷したばかりらしいプリントを眺めている。数メートル歩けば自分の机があるにもかかわらず、その間も惜しむかのように、突っ立ったまま険しい顔をし、首をひねっている。

普通だったら、取り立てて注目すべき行動ではなかったが。

その瞬間、ある種の直感が働いた。

この二十数年の間に、数学に関する閃きはすっかりにぶってしまったのだが……代わりに人が人を出し抜こうとするときに発する匂いのようなものは、嗅ぎ取れるようになっていた。

大瓦は自分の席から音もなく立ち上がると、抜き足差し足で、死角から廣瀬に近寄った。気づかれぬように、彼の肩越しにプリントを覗き込む。

大瓦は目を見張った。

そこには、白丸と黒丸で構成されたグラフが所狭しと印刷されていた。

「……廣瀬。なんだそれは」

「あっ、大瓦先生……！」

声をかけると廣瀬は飛びのき、一瞬、プリントを背中に隠そうとした。だが、すでに中身を見られたあとだと悟ったのだろう。観念した様子で言った。

「これは……真田《さなだ》先生に頼まれた仕事です。解答に目を通して、明日の朝イチで概要を報告するように、と」

「例のフランスからの返信か」

「……ええ、そうです。電子メールの」

しぶしぶ、といった口調で認めた。大瓦は心の中で万歳を三唱する。

天はまだ、大瓦を見放してはいなかった。

「なるほど、南倉《みなみくら》教授は解いたということか、大問3を」

「そうみたいです。詳しいことはこれから確認しますが」

「うむ。まあ、私の解答があれば速報自体は問題ないわけだが……もしかしたら、よりすっきりとした解き方かもしれないからな。教授の答案には私も興味がある」

「は、はあ。そうですか」

廣瀬はプリントをしっかりと握りしめ、なるべく大瓦の目から遠ざけようとしているように見えた。

そこにあるのは、東大後期数学、しかも大問3の解答である。凄腕《すごうで》講師たちが総力を結集しても苦労している難問だ。常識的に考えたら、今すぐにでも大瓦の解答と内容を突き合わせ、明朝一番に『数学世界』に速報を届け、一限の開始と同時に生徒に配布できるよう準備すべきだろう。

しかし、事はそう簡単にはいかない。解いたのがMASの講師ではなく、京大の南倉教授だからである。

数学科所属の真田という男が、昨夜のうちに、フランスのリヨン工科大学に出張中の南倉教授に電子メールを送った。正確に言うと、パソコンの苦手な真田に代わって廣瀬が送信したのだが、そのあたりはどうでもいい。教授と交渉し、協力を取り付けたのは真田の手柄である。真田が明朝出勤するまで、勝手なことをするわけにはいかない。

(そう、勝手なことはできない。しかし、私は例外だ)

大瓦の脳は、この深夜にもかかわらず冴《さ》えわたっていた。

真田は廣瀬にとっては先輩だが、大瓦の後輩にあたる。後輩の手柄は先輩のものであると、古来、決まっているではないか。

大瓦には、勝手なことをする権利がある。

「では、今から中身を精査するので」

「待ちたまえ」

立ち去りかけた廣瀬を、大瓦は呼び止める。

「なんでしょうか」

「廣瀬。とても言いにくいことだが……君は昼間、無礼な事務員を連れて私の授業に乱入したね」

「え？」

廣瀬は鳩《はと》が豆鉄砲を食ったような顔をした。たしかに、話の切り出し方が唐突極まりないと我ながら思う。しかし大瓦は、自身の目的のためにはこれが最善であると確信していた。

今、大瓦の脳はフル稼働している。目の前の解答を我が物とするための理論を、頭の中で完成させるべく。

「……どうして今、その話を？」

「昼間は時間がなかったからだ。今顔を合わせたものだから、ちょうどよいと思ってな」

「あれは……申し訳ありません。一刻も早くミスを報告しなければいけなかったので」

「気が動転していたのだろう。たしかに、ひどいミスだったからな。誰のミスだったのかはまだ判明していないようだが……。いや、その点についてはいい。犯人捜しのようなマネはやめようじゃないか」

大瓦はニッコリと笑ってみせた。ニッコリと笑うことなど滅多にないので、危うく表情筋が攣《つ》りそうになったが……どうにかこらえた。

「重要なのは、君が今日、冷静さを欠いているということだ」

「冷静さ、ですか？」

「だってそうだろう？　いくら大きなミスが発覚したからといって、いきなり断りもなく授業に乱入するだなんて。もっと穏便なやり方はあったはずだ」

「時間があればそうかもしれませんが……生徒のことを考えると、他に適当な手段はありませんでした」

「予備校講師は、時間のあるなしを言い訳にしてはいかん。受験生と同じく、常に限られた時間内でやりくりせねば」

大瓦は人差し指を立てて訓示を与えた。ただし、上から言いつけるだけではいけない。

廣瀬はおそらく、今日の大瓦の失態の真相を知っているのだ。彼がそれを暴露する気にならぬよう、うまく懐柔せねばならない。上下関係を意識させつつ、なおかつ労《いた》わりの気持ちが伝わるように。

（まるで綱渡りだ。だが、私は綱渡りによって日本一になったのだ。若造を言いくるめるくらい造作《ぞうさ》ない……！）

そしてもちろん、大瓦には分かっている。廣瀬は頭が回るし、奇人変人揃いのＭＡＳ講師には珍しく常識人だ。いつもの言動と今日の講義への乱入は結び付かぬ。原因はおそらくあの女事務員。新しく入ったとか言っていたから、勝手が分からず、あんな非常識な行動に出たのだろう。

もしかしたら、廣瀬は彼女を制止しようとしたかもしれない。しかしいずれにせよ、暴走行為を許してしまったのは廣瀬である。騒動の責任の一端は彼にある。それが何よりも重要な点だ。

「そう。いつもの君はもっと冷静なはずだ。それなのに、今日はどうしたというんだ。悪いことは言わない。少し休んだ方がいい」

大瓦は、なるべく優しい口調を意識しながらそう言った。廣瀬は非常に不服そうであるが、反論する時間は与えずたたみかける。

「そのメールに関しては私が見ておいてあげよう。なにせ今日の君は、そういう繊細な仕事には向かないからな」

「しかし、これは私が真田先生から頼まれた仕事です」

「真田君は数学科の人間なのだから、主任である私の部下でもあるわけだ。ということは、彼から君に与えられた仕事は、私から君に与えた仕事と同じ。ならば、その手順について主任たる私がちょっとした改善を施したとしても、何の問題もないだろう？　むしろ、健全な仕事というものはそうあってしかるべきだ。まさか有能な君が、仕事の円滑化を妨げようなどとはしないと思うがね」

「それは……」

「私から言っておいてあげよう。なあに、事情を説明すれば分かってくれるさ。疲労のせいで気持ちが乱れるなんてことは誰にでもある。恥じることではない」

大瓦は指で、近くにあったプリンターを小刻みに叩いた。すでに我慢の限界が近づいており、菩薩《ぼさつ》のごとく慈悲深い口調が今にも崩れ去ろうとしている。廣瀬の身の程をわきまえぬ反抗的な態度があと数秒でも続いていたら、きっと決壊していたことだろう。

しかしながら。

「……分かりました」

廣瀬は大瓦にプリントを手渡した。深夜の講師室に怒鳴り声が響くことは、どうにか避けられた格好である。大瓦は満足して頷いた。

「うむ、それでいい。君は仮眠をとりたまえ」

「解答に誤りがなかったら、どうされるつもりですか？」

「東京数理《とうきょうすうり》出版に届ける。今年の『数学世界』は、編集部にもっとも早く届いた解答を掲載するらしいからな。……いや、もちろん私の作成した解答もあるわけだから、それを教授の解答と突き合わせ、より完璧なものに仕上げてからだ。明日の朝イチ……いや、始発に間に合うかもしれない」

「届けるなら、事前に真田先生に伝えた方が……」

「いかんいかん。今の君は疲れている。何度も言うようだが少し休みたまえ」

プリントを確保した大瓦は、廣瀬をさっさと追い払った。廣瀬は束の間、空洞のように暗い目でこちらを見ていたが、やがてため息を吐くと講師室から出て行った。言われた通りに仮眠をとりに行ったのか。それとも嫌になって帰ることにしたのか。どちらでもいい。とにかく目的のものは手に入ったのだ。

大瓦はさっそく自分の机に戻り、プリントを一枚目からチェックしはじめた。たった一人だけ残った数学科。孤独というのはよいものだ。誰も彼を止める者はいないのだから。

(好都合だ。真田が家でのんきに寝ている間に私は解答を仕上げ、始発で東京数理出版に持ち込む。雑誌の編集部なら土日でも徹夜組の一人や二人はいるだろう。いなければ、花巻の自宅にでも電話をかけて呼び出せばいい)

このことを知っているのは大瓦と廣瀬のみである。

廣瀬を追い払った今、大瓦を邪魔する者は誰もいない……。

「む……？　これは……？」

解答をパラパラとめくり、大瓦は眉をひそめた。プリントの最初の方は、普通の日本語と数式が並び、白黒の丸からなるグラフが適宜挿し込まれる、という形式だったのだが……五ページ目から様相が一変しているのだ。

アルファベットが並んでいた。

数式の一部ではない。文章がすべて外国語で書かれていた。

(英語…… いや違う。となるとフランス語か? 馬鹿な、フランスの大学に出張中とはいえ日本人のはず。なぜわざわざフランス語で送ってきたのだ)

大瓦は歯ぎしりした。苛立ちのあまり解答を両手で引き裂きそうになり……思い直して深呼吸する。なんとか落ち着きを取り戻してから、日本語部分を読み直した。

そして、気がついた。

解答そのものは四ページ目で完結している。

(ということは、このフランス語部分は何だ?)

彼は読めぬと分かっていながら、フランス語のページをもう一度開いた。大問3とかかわりのある文章であることは間違いないが、白黒の丸がどこにも見えないから、解答のフランス語訳というわけではなさそうだ。大瓦は文章と、その中に時々あらわれる数式とを注意深く観察した。生憎、書かれた内容はまるっきり見当もつかなかったが……冒頭部分に目を戻したときに、気になる単語を発見した。

référence

英語の reference とほぼ同じ綴りである。

(レファレンス……英語ならば「参考」という意味だ。ということは、五ページ目以降は解答ではなく参考資料——あるいは参考資料を用いた解説……筆者、もしくは協力したフランス人の所感といったところか……？　それなら英語にしそうなものだが……その時間もなかった……？）

大瓦は額に手を当て、必死に頭を働かせた。この推測が正しいならば何も問題はない。フランス語部分を無視して、四ページ目までをそのままMASの解答としてしまえばよいのだから。

（……いや、本当にそうか？　ただのおまけに見えて、実は解答の重要な一部分だったりするのではないか？）

不安を覚えたが、残念ながらこの異国の言語を解読する能力は大瓦にはない。そして読めなければ、中身を確かめるすべもない。

（フランス語が読める人間は……英語科の寺原《てらはら》あたりか）

大瓦は卓上電話と、その横に貼られた内線番号一覧に目を向けた。寺原敏郎《としろう》は英語講師歴二十年のベテランであり、大瓦ほどではないにしてもかなりの人気講師である。たしか東京外語大にいた頃に、フランス語を専攻していたはず。

大瓦は受話器を取り、寺原の内線番号をプッシュした。

「……はい、英語科の松尾《まつお》です」

だが、受話器の向こうで応えたのは別人であった。英語講師の名前と顔はほとんど一致しないが、松尾というベテランがいないことだけは分かる。ゆえに、大瓦は迷わず高圧的な態度をとった。

「大瓦だ。寺原君はいるか？」

「寺原先生ですか……今日はもう退社されました」

「ならば君でもいい。緊急の用件があるから数学科に来たまえ。今すぐにだ」

「は、はい！」

ＭＡＳに所属する人間で、大瓦の名を知らぬ者は一人もいない。松尾と名乗った男は慌てた様子で電話を切ると、一分もしないうちに理系講師室に駆け込んできた。思った通り若手講師だった。

「お、お疲れ様です」

「うむ。君に訊きたいことがある」

若手講師が緊張した面持ちで机の横まで来ると、大瓦は前置きもせずに切り出した。

「君は、フランス語は読めるかね？」

「え？　……いえ、読めません」

「そうか、ならいい。では、寺原君がもう帰ったというのは本当かね？」

「はい、本当です」

「分かった。すぐに連れて来てくれ」

「えっ？」

若手講師（もう名前は忘れてしまったが、どうでもいいことだ）は、ぽかんと口を開けた。大瓦は眉間にしわを寄せ、口調を強める。

「聞こえなかったか？　連れて来てくれ、と言ったんだ」

「いや、帰ったのはかなり前で……多分、今頃はご自宅かと」

「それなら家に電話すればいい」

「こんな時間ですよ。もう眠っていると思います」

「かまわん。私が許可するから、たたき起こして引っぱってくるんだ。急げ」

そう言うと、大瓦は机の上のプリントに視線を戻した。フランス語部分は寺原に任せるとしても、日本語部分の精査は大瓦自身で行わなければならない。南倉教授本人が作成した解答ならば心配はないと思うが……万が一にも先ほどのようなミスがあってはいけない。次にあのような失態を犯せば、大瓦の求心力は不可逆的に失われる。

「あの……」

「……ん？」

声をかけられ、大瓦は顔を上げた。見ると、若手英語講師が阿呆《あほう》のような顔をして、まだ机の横に突っ立っている。いったいどうしたことか。先ほど大瓦は、これ以上ないくらいに具体的な仕事を言いつけたはずである。にもかかわらず、こんなところでもじもじし、カカシよりも無能な自分をさらけ出している。貴重な時間を浪費している。

瞬間、大瓦は腹の底から熱が昇ってくるのを感じた。熱は胸を通ってのどへ、そして口へと到達する。

「急げと言っているんだ！　一刻を争う！」

深夜の講師室に、大瓦の怒鳴り声が響き渡った。

おそらく若手講師は、大瓦という名は知っていても、その性質まではよく分かっていなかったのだろう。しかし、以後は心配いらない。舐《な》めた態度をとれば何が起こるか、身をもって知ったはずだから。

若手講師は慌てて回れ右をすると、講師室から飛び出していった。大瓦は満足し、また机上のプリントに目を戻した。

6

「じゃあ、おかしなことがあったらすぐに指摘してね」

「分かりました。遠慮はしませんよ。というか、粗をどんどん指摘されて自信喪失しないでくださいね」

ヒロ君は挑発的にそう言った。少し殊勝な態度を身につけたかと思ったらすぐにこれである。

すでに深夜三時を回っており、当然、数学島以外に人の姿はなかった。さくらとヒロ君はがらんとした講師室の中、隣り合った自分たちの机において、たった二人で最後の仕事に取りかかる。

ヒロ君は相変わらず、焼き肉を食べただけで解答を思いつくはずがない、と主張している。彼の言うことはもっともである。実際に、さくらも自身が仕上げたこの解答が、本当に大問3の芯を確実にとらえたものなのかどうか——疲労による幻覚に惑わされた末に生まれた紛《まが》い物でないのかどうか——確かめねばならなかった。

ゆえに、ヒロ君に対して事細かに説明する必要がある。これはダブルチェックの代わりであり、なおかつ、さくら自身が確信を深めるための儀式でもあった。

○○……○（n個）

「まずは簡単な確認だけど、あたしたちは最終的に、こういうn個の白丸からなる棒状グラフについて考えなきゃいけない。nがどんな数字だったらグラフを作れて、どんな数字だったら作れないか」

「ええ、それが大問3の本質でした」

「だけど、このままだと変化が膨大すぎてとても太刀打ちできない。だからここでちょっと味付けをする」

○○……○◎（n＋1個）

「さっきも、こういうグラフに逆操作を加える、ってやり方を考えたよね？」

「はい。四角で囲まれた丸は、逆操作の結果最後まで残る白丸、でしたね」

「そう。基本的にはこの延長で解ける」

さくらはチラリと、ヒロ君の横顔を窺《うかが》った。

「うん、言いたいことは分かるよ。このやり方はあんたが一人で散々考えて、それでも解までは辿《たど》り着けなかった。あたしもついさっきまでは全然ダメだったけど……こういう仮説を立てると話は変わってくる」

さくらはノートに数行の文章を書き加えた。もちろん、彼女の字は汚すぎるので、同時に読み上げることも忘れない。

(仮説)
① $n=3k$のとき、取り除ける(偶数回変化)
② $n=3k+1$のとき、取り除ける(奇数回変化)
③ $n=3k+2$のとき、取り除けない

「この仮説が成り立つと仮定するってわけ。『取り除ける』っていうのは、つまり『最後の白丸一個以外は、逆操作によってすべて取り除ける』って意味」

「『変化』というのは、何が変化するんですか?」

「四角で囲まれた白丸の、色のことだよ。たとえば$n=3$の場合」

$n=3$のとき
◎○○⃞

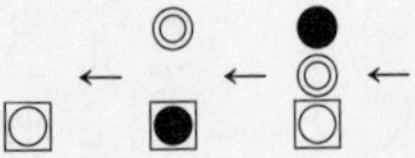

　$n=3$ということは、$n+1=4$なので、さくらは白丸四個の棒状グラフと、逆操作で生まれる一連のグラフをノートに描き出した。

「逆操作で、白丸一個に戻るまで丸を取り除く過程で、四角の中の色は二回変化してるでしょ？　白から黒へ、そしてもう一度白へ。二回、つまり偶数回」

「$n=3$は$3k$と表せるから……これは仮説の①、ということですか」

「そういうこと」

「じゃあ、この仮説③はどういう意味ですか？　取り除けない、とありますが」

「それもちゃんと説明するよ。$n=2$が一番シンプルでいいかな」

　今度は、さくらは白丸三個のグラフを描き出した。白丸三個――すなわち、$n+1=3$（$n=2$）である。

「このグラフに逆操作を加えて、四角に囲まれた白丸が、最後の一個になるようにできる?」

さくらが質問すると、ヒロ君は腕組みをして考えはじめた。そしてどうやら、数秒のうちに答えに辿り着いたらしい。

「……できませんね、どうやっても」

「うん」

さくらはうなずき、鉛筆を素早く動かした。白丸三個のグラフに逆操作を加えるのは簡単だ。▣は最後まで残さないといけないから、最初に取り除ける白丸は二つのみ。

$n=2$のとき

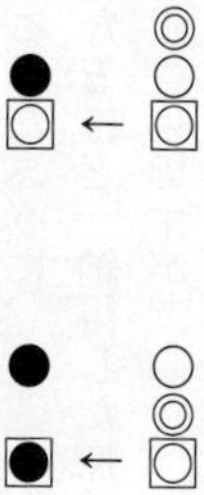

そして結局どちらのパターンも、取り除ける白丸が一つもなくなって終わるのだ。

「こんなふうに、$n=2$の場合は、四角に囲まれた白丸を最後まで残すことはできない」

「なるほど」納得した様子で、ヒロ君はうなずいた。「『取り除けない』というのは、そういう意味ですか」

「そう。最後の一個まで辿り着けないってこと」

「では、なぜn個ではなく$n+1$個の白丸からスタートしたのですか？　わざわざ端っこに白丸を付け加えたりして」

「さっき、$n=3$のときを考えたでしょ？　そのグラフの一番端だけを隠してみて」

◎○○　←

●◎　←

◎　←

さくらは、先ほど描いたグラフの上に鉛筆を置き、一番端の○や●を隠してみせた。白丸3個の棒状グラフに逆操作を加えていく図が出現する。

「これを見ていて、何か気づかない？」

「何か、というと？」

「ほら、ひっくり返して見ると、分かりやすい」

◎ ← ◎● ← ○○◎

さくらはノートの上下を逆さまにし、さらにノート上に置いたのとは別の鉛筆を使って、図の中の矢印をすべて逆向きに書き換えてみせる。そこまで進むと、ヒロ君は目を見開いた。

「あ、これは……！」

「気づいた？ 逆操作じゃない通常の操作で、$n=3$のときと同じでしょ？」

「た、たしかに」

「つまりこれは、白丸4個の棒状グラフを扱っている、と見せかけて、実は白丸3個の棒状グラフについて考えてるってわけ」

それを聞いて、ヒロ君はうなった。白丸n個のグラフに、わざわざ一個を付け加えた理由が浮かび上がってくる。

「ちょっと待ってください。ということは、白丸n個のグラフの端っこに一個を付け加えて、その上で逆操作をすれば……自動的に白丸n個のグラフの、通常操作について考えたことになるってことですか?」

「そう。わざわざ一個を付け加えたのはこれが理由。あくまでも、あたしたちが証明すべきは逆操作じゃなくて通常操作だからね」

「言われてみれば、そうですね。……いや、もちろん忘れていたわけじゃないですが」

「じゃあついでに、仮説③のグラフも四角のところを隠して、流れを反対にしてみて」

● ← ◎○

● ← ○◎

さくらは先ほど同様、ノートを上下逆さまにし、鉛筆を寝かせて四角を隠しながら、矢印を書き換えた。こうして見ると、黒丸一個から始まって白丸二個へと変化する操作、ということになる。そう、黒丸一個から始まっている。

「分かってくれた？」

「……はい、悔しいくらいにスッキリと」

ヒロ君はため息を吐《つ》いた。上下逆さまのグラフを、指でそっとなぞる。

「黒丸から始めないと、$n=2$のグラフは作れないということですね」

「そう。必ず白丸からスタートすべし、っていうルールに反してる。つまり、これは不可能グラフ」

そう言って、さくらはノートの向きを元に戻した。

nが他の数だったとしても同じことだ。もし白丸$n+1$個の棒状グラフに逆操作を加えて、最後まで〝取り除けない〟ならば、白丸n個の棒状グラフは不可能グラフだということ。

この大問3の問題用紙を手にしてから、三十四時間以上。ついに勝利条件があらわになった。さくらたちがなすべきは、どんな棒状グラフだったら、丸が最後の一個になるまで〝取り除けない〟のかを調べることなのだ。

そして、先ほど立てた仮説の③は何だったか。「$n=3k+2$のとき、取り除けない」ではなかったか。

つまりこの仮説③は、「$n=3k+2$のとき、棒状グラフは不可能グラフである」という仮説と同じものに他ならないのである。

「だからこの仮説を証明することが、そのまま大問3解決につながるってこと」

「敵の本丸が見えてきたわけですか。ようやくですね」

ヒロ君の声からは、明らかに興奮を無理に抑え込む努力が聞き取れた。彼の目は、さくらの些細《ささい》な誤りも見逃すまいとする狩人の目であると同時に、未知の景色を求める子どもの目だった。二つの感情が、彼の中で揺れている。

二人だけの寂しい講師室で。

受験史上最難問を狩る準備は整った。

「じゃあ、ここからが本番だから。ちゃんとついてきてね」

「誰に向かって言ってるんですか。ちょっとでも穴があったら、容赦なく叩《たた》きますよ」

強気な発言を聞いて、さくらは笑った。鉛筆を手に取り、二つのグラフを描き出す。

○○……○◎（α＋1個）　◎○……○○（β＋1個）

「これは……二つのグラフを結合させる手法ですね」

「うん。ヒロ君が思いついたこのやり方、やっぱり有効だと思う」

「しかも、どちらも端に一個が付け加えてあります」

「そうそう。だからα、βじゃなくて$\alpha+1$、$\beta+1$になってるってわけ。仮説が三つあるから、どれからやってもいいんだけど……とりあえず、仮説の②からいこうか。$n=3k+1$を例に説明するね」

そう言いながら、さくらはグラフの続きを紡ぎ出す。二つのグラフを組み合わせることで、◎が端にある場合の考察を、◎が中間にある場合にも応用する――ヒロ君が提案した手法である。

○○……○◎○……○○（$\alpha+\beta+1$個＝$3k+1$個）

α個　β個

「◎の意味はさっきと同じ。グラフに逆操作を加えて最後に残る白丸を、四角く囲んで示してる。ここまではいい？」

「ええ、問題ありません」

「そしてあたしたちは、仮説を証明するために数学的帰納法に持ち込みたい。帰納法については昼間も考えたけれど、うまくいきそうでうまくいかなかった。どうにか一工夫しないといけない」

「一工夫……思いついたんですか？」

「マトリョーシカだよ」

「……？　マトリョーシカ？」

「そう、マトリョーシカ。ヒロ君は見たことない？」

「ありますよ、たしか祖父の家で。ロシアの、入れ子式の人形ですよね？」

「うん。あたしたちに今必要なのは、マトリョーシカ」

「……先輩、眠気でおかしくなったのでなければ、少し説明していただけますか？」

ヒロ君は眉をひそめてそう言った。きっと後輩が本気で心配するほどに、今のさくらは睡眠不足と疲労と興奮でひどい顔をしているのだろう。しかし、脳みそだけは冴《さ》えわたっていた。反動で思考が曇る前に、決着をつけてしまう必要がある。

「数学的帰納法には二つの考え方があると思うんだよね。〝回覧板〟タイプと、〝マトリョーシカ〟タイプ」

「そのたとえは初めて聞きましたね」

「だってそうでしょ。たとえば帰納法の問題で、こんな式を証明するとき」

$$1+2+3+4+\cdots\cdots+n=\frac{1}{2}n(n+1)$$

「多くの人が最初に習う帰納法の問題ですね」

さくらが書いた数式をひと目見て、ヒロ君は言った。そう、数学講師なら……いや、数学がある程度得意な者なら誰でもひと目で解ける難易度。

この等式を証明するのはとても簡単である。

第一に、$n=1$のときは、左辺は1、右辺も「$\frac{1}{2}\times1\times2=1$」となるので、等式は成立する。

第二に、$n=k$でこの数式が成り立つと仮定する。つまり、「$1+2+3+4+\cdots\cdots+k=\frac{1}{2}k(k+1)$」ということだ。この両辺に$k+1$を加えると、等式は次のようになる。

$$1+2+3+4+\cdots\cdots+k+(k+1)=\frac{1}{2}k(k+1)+(k+1)$$
$$=\frac{1}{2}(k+1)(k+2)$$

この右辺は、nを$k+1$に置き換えたものに他ならない。つまり、$n=k$のときに等式が成立するならば、$n=k+1$のときにも成立するわけだ。

これで数学的帰納法によって、芋づる式に、nがどんなに大きくなっても等式が成り立つことが証明された。これは回覧板のようなもので、ある証明が、自分自身の隣にある数式の証明に役立ち、その証明がさらに次の証明に役立つ……というタイプのものだ。

そして、考え方はもう一パターンある。

すなわち、〝マトリョーシカ〟タイプ。

「$\frac{1}{2}k(k+1)$に、新しく『$k+1$』を加えると、$\frac{1}{2}(k+1)(k+2)$っていう、一つ大きな数式になる。これを逆にしてみて」

「逆、ですか」

「$\frac{1}{2}(k+1)(k+2)$っていう大きな数式の中に、$\frac{1}{2}k(k+1)$っていう小さな数式が入っているって、考えることはできない？」

$$\frac{1}{2}(k+1)(k+2)=\frac{1}{2}k(k+1)+(k+1)$$

「そして$\frac{1}{2}k(k+1)$には、もう一つ小さな$\frac{1}{2}k(k-1)$が入ってる」

$$\frac{1}{2}(k+1)(k+2)=\frac{1}{2}k(k+1)+(k+1)=\frac{1}{2}k(k-1)+k+(k+1)$$

さくらはさらに数式を付け加えた。ヒロ君はその数式を見つめてから、チラリとさくらの方に目を向けた。

「まるでマトリョーシカのように……ですか？」

「そう。まるでマトリョーシカのように」

「では、これがどのように棒状グラフとつながるのですか？」

ヒロ君は、至極もっともな疑問を提示する。さくらはさらりと、先ほど描いた棒状グラフの隣に新しいグラフを追加した。

○○……○[○]○……○○[○]（$n+1$個＝$3k+1+1$個）

「……さっきと同様に、白丸を一個付け加えたんですね」

「そういうこと。これが、あたしの作ったマトリョーシカ」

「これがマトリョーシカ……あっ……！」

「もう分かったでしょ？　白丸を一個付け加えれば、このグラフは入れ子構造になる。そしてマトリョーシカを作れれば、数学的帰納法に持ち込める」


話しながら、さくらはグラフにさらに手を加える。その様子を、ヒロ君は食い入るように見つめていた。

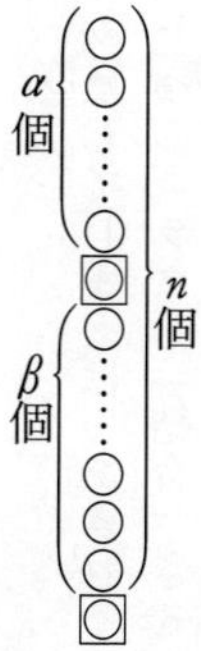

図にしてしまえば、あきれるほどに単純だった。

二つのグラフを「結合」させた、n個の白丸からなる棒状グラフ——そこに◎を付け加える。すると必然的に、もとの二つのグラフを内包するマトリョーシカ・グラフが出来上がるというわけだ。

盲点だったのは、「グラフに余計な白丸一個を付け加えないと、入れ子構造は出来上がらない」ということ。数学が得意な者でも、この発想にはなかなか至れない。いや、もとからさっぱりしている〝n〟という数式を、わざわざ〝$n+1$〟にして歪《ゆが》めてしまうというある意味「美しくない」行為は、数学が得意であればあるほどかえって忌避したくなるかもしれない。

白丸n個の棒状グラフを何時間、何十時間眺めていても、解決するはずがなかったのだ。美しい解法《マトリョーシカ》を発見するためには、あえて美しくない遠回りをする必要があった。それこそが大問3の秘密。〝なぜか〟解けなかった理由。

○◎ ← ●

「たとえば、こういう白丸二個のグラフだと、仮説の②が正しいことはすぐにたしかめられる」

「ええと……$n=1$のグラフの端に◎を付け加えたもの……ですね」

「そういうこと」

「たしかに、この場合の仮説は正しいですね。$n=1$も、$n=3k+1$を満たしますから。仮説②の通り、◎は一回――つまり奇数回変化した結果、●になっている……」

　ヒロ君は、自分の言葉を噛《か》みしめることで、思考を整理しているようだった。彼の顔に納得の色が広がるのを待ってから、さくらは話を続ける。

「そう。小さなグラフ……つまり$n=1$のときには仮説は正しい。そしてその結果を利用すれば、$n=3$の場合の証明もやりやすくなる」

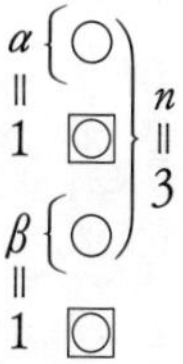

「さて問題。丸が二つ残るまでこのグラフに逆操作を加えたら、二番目の白丸は何回変化

すると思う?」

さくらは二つの◯⃞のうち、端ではなく間にあるものを指さしてヒロ君に問うた。彼は少し首をひねったが、大して時間をおかずに口を開く。

「$n=1$のグラフを二つ結合したものだと考えれば……二番目の白丸（◯⃞）は左右両方から影響を受けます。αのグラフで一回、βのグラフで一回。合計二回変化しますね」

「正解。つまり白に戻るってことだよね。じゃあ、端っこの白丸は?」

「そちらは一回です。黒に変わります」

「うん。つまりこういうことだよね」

「そして、この残った白丸（◯⃞）を取り除けば、最後の黒丸は白丸に変わる。ということは、最初から考えると、丸の色は偶数回変化して白に戻ったってこと」

「最初から、というと……もともとは $n=3$のグラフの端に、白丸を一個付け加えたものでしたね」

「理解が早くて助かるよ。$n=3$だから、仮説①ってわけ」

「仮説①……。『① $n=3k$のとき、取り除ける（偶数回変化）』、というものですか。たしかに成立しています」

ヒロ君がノート上に記された「仮説」に目を向け、言った。仮説①とはつまるところ、$n=3k$の棒状グラフ（○○……○◎）があったとして、◎を残してすべての○を逆操作で取り除いたとき、◎の色は偶数回変化して白に戻る、ということ。$n=3$も$n=3k$の一種なので、これは仮説と合致している。

さくらが今、展開したのは、数学的帰納法のスタート地点。「$n=1$のときに仮説が正しい」ということを利用して、「$n=3$のときに仮説が正しい」ことを示したわけである。また、「$n=2$のときに仮説が正しい」ことは、先ほど確かめたばかり。

もちろん数字が小さいうちは、こんなやり方をせずとも、グラフを地道に書き並べていけば仮説を証明できる。

このやり方が真価を発揮するのは、nがkの式に変わったときだ。

そして、$n=1$、2、3で仮説が正しいことを証明できたのだから、いよいよ〝k〟という未知数を扱うための土台は完成した。

「あたしはこのマトリョーシカ構造を利用して、大問3を解こうとしてるってわけ」

「なるほど……。この問題は〝回覧板〟タイプではなく、〝マトリョーシカ〟タイプなん客観的に見ればもはや言語としての機能を果たしていないのだろう。

数式とは違って、さくらの書く日本語は驚くほど汚い。いや、汚いというより、おそらく

さくらは休憩もせずに、またノートにすらすらと文字を書く。何度も言うが、グラフや

「オーケー。じゃあ、さっそく検証開始」

ですね。そこまでは分かりました」

（仮定）「nが$3k+1$よりも小さい場合は、仮説①〜③は正しい」とする

ヒロ君はきっと、この部分を解読できない。それでも、数学講師の端くれである彼は、

さくらがここに何を書くかは予測できるはずだ。案の定、さくらの汚い字を前にしても何

も質問してこない。さくらは安心して説明を続ける。

「この仮定の意味は、わざわざ説明するまでもないとは思うけど、数学的帰納法のための

準備だね。nが$3k+1$より小さい場合に、仮説①〜③が正しい——その前提のもとで、

$n=3k+1$で仮説②が正しいと証明する。①と③も同じように証明する。それができれ

ば……帰納法によって芋づる式に、すべての証明が完了する。nがどんな自然数でも、

〝必ず〟仮説が正しいことになる」

そして「○○……○◎○……○○（$\alpha+\beta+1$個$=3k+1$個）」という図で示した通

り、$\alpha+\beta+1=3k+1$。つまり、$\alpha+\beta=3k$である。αとβは、足すと3の倍数になるということだ。

「足すと3の倍数になる」パターンはたった3つ。「αもβも3の倍数」のときと、「αが3で割ると1余る数で、βが3で割ると2余る数」のときと、「αが3で割ると2余る数で、βが3で割ると1余る数」のときだ。

しかし、組み合わせとしてあり得るのは、「αもβも3の倍数」のときのみである。なぜなら仮説③によって、αとβのどちらかが「3で割って2余る数」のときには、逆操作によって白丸を最後まで取り除き切ることができなくなってしまう——つまり不可能グラフになってしまうからだ。

「$\alpha+\beta=3k$ってことは、αもβも『絶対に』$3k+1$より小さい。だから、『$3k+1$より小さいときには仮説が正しい』っていう前提が、ここでも適用できるってこと」

「なるほど。それによってαとβが『3で割って2余る数』ではないと言い切れるわけですね」

「そういうこと。で、$3k+1$個の白丸の列の端に、新たに◎を加えるわけだから……グラフはこう」

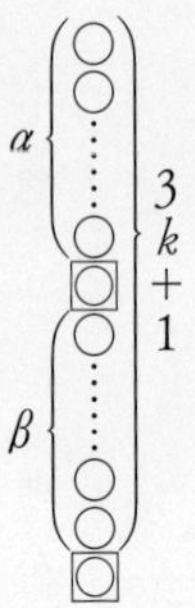

「さて、ヒロ君の作戦通り、こうやって一つのグラフを二つのグラフが結合したものと見なして、その上で◎を付け加えたわけだけど。この◎がそれぞれ何回ずつ変化するか、分かる？」

さくらが尋ねると、ヒロ君は目を細め、ノート上のグラフをじっと見つめた。この上なく真剣な——触れれば手が切れてしまいそうなほどの鋭い視線だった。

「……何回ずつ、というのは、逆操作で◎以外をすべて取り除く過程で、という意味ですよね？」

「もちろん」

「αもβも、3で割り切れる数でしたね？」

「そうだね」

「だったら、αにもβにも仮説①が適用できます」

「うん、正解。調子出てきたんじゃない？」

さくらは笑って、仮説の①のところを鉛筆で叩いた。

nが3で割り切れる数のときは、○は偶数回変化する。白丸が偶数回変化すると、結局、白丸に戻る。

「端にある○は、当然、偶数回変化する。じゃあ、間にある方は？」

「間にある○は、αの方の偶数回変化と、βの方の偶数回変化、両方の影響を受けます。けれど結局は同じです。偶数＋偶数＝偶数ですから。両方の影響を受けたとしても、この場合は白に戻ります」

ヒロ君の解答を聞き、さくらはうなずいた。特に付け加えることはなかった。

偶数回と偶数回が合わさった結果、間にある○も偶数回変化する。つまり、最後には白になる。端にある○も、偶数回の変化を経て最終的に白になる。

すなわち、逆操作をして○以外の白丸をすべて取り除くと、次のグラフが出来上がる。

○
○

「ここから白丸を一個取り除くと、こう」

◎
○←

●

さくらは手を止めずに、すぐさまノートのページをめくった。次のページに描き加えるのは、グラフの変化の全体像。

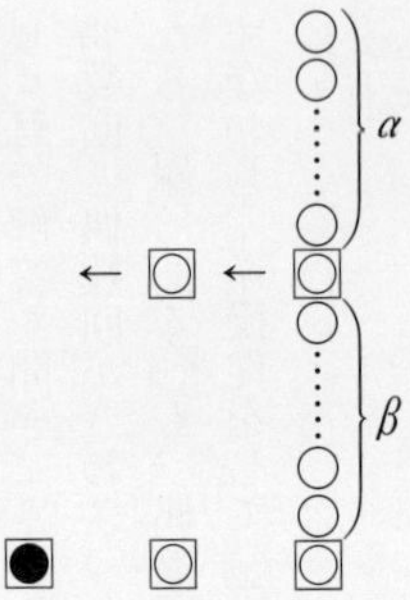

「全体で見ると……この端にある○が●になったということですね」

グラフを見ながらヒロ君が指摘する。つまり、$n=3k+1$個の白丸をすべて取り除くと、最後には●が一つだけ残るということを、この図は示している。

「そして黒になったということは……もとの白から何回変化したってこと？」

「それはもちろん、奇数回ですね」

ヒロ君は即答した。即答してから、ハッと息を呑《の》んだ。さくらはうなずき、ノートをめくって前のページに戻る。そこには「仮説」の文字とともに、「② $n=3k+1$のとき、取り除ける（奇数回変化）」という記述があった。

「もう分かった？」

「……はい」

ヒロ君の返事の声は、かすかに震えていた。さくらのノートをめくる手もまた、震えていた。たった今二人が考察し、手繰り寄せた事実には、それだけの価値があった。

「○○……○◎○……○○◎」は、白丸$3k+1$個の棒状グラフの端に◎を付け加えたもの――仮説でいうところの「② $n=3k+1$のとき」に他ならない。さらに仮定により、「nが$3k+1$よりも小さい場合は、この仮説は正しい」のは大前提。

ということは、どういうことか。

「nが$3k+1$より小さい場合に仮説①〜③が正しいならば、nが$3k+1$のときに仮説②は正しい」と証明されたわけだ。

「仮説の①も③も、同じ要領で証明できるよ」

ここまでくると、ヒロ君に対して説明する意味もなかった。数学的帰納法が成立し、芋づる式に、nがどんな自然数の場合も必ず仮説①〜③が正しいことが証明されたのだ。

ヒロ君は興奮を抑えきれない様子で、頬を紅潮させている。

では、この仮説が正しいとどうなるのか。

重要なのは仮説の③である。仮説③とはすなわち「$n = 3k + 2$のとき、取り除けない」というものだ。

「ここまでくれば、もう分かるでしょ？」

「ええ」

ヒロ君は震える指先で、図の「◎○○⃞↓●○⃞」のあたりを指でなぞった。

「さっきノートをひっくり返して確かめましたからね。白丸$n+1$個の棒状グラフに逆操作を加えて、一個を残して〝取り除けない〟ということは……白丸n個の棒状グラフが不可能グラフだ、ということでした」

「正解。つまり、$3k+2$個の白丸が並んだ棒状グラフは？」

「不可能グラフです」

ヒロ君の声はかすれていた。そして、自分の発した声が現実であることをたしかめるかのように、もう一度繰り返した。

「不可能グラフ……です。間違いなく」

東大後期数学・大問3。これまで三十数時間にわたってさくらたちを苦しめ続けたが、ついに年貢の納め時だった。

「nが3で割って2余るとき」に、n個の白丸が一列に並んだ棒状グラフが「不可能グラフ」であることは、ここに証明された。

「どう？　どこか不備は見つかった？」

「完璧ですよ」

　ヒロ君はため息を吐きながら言った。その「完璧」という言葉からはさまざまな感情がにじみ出ていた。感嘆。羨望。嫉妬。そして尊敬。

「とても悔しいですが。どうやら先輩のお手柄のようです」

「うん。だけど物足りない」

「え？」

「なんというか、こう……歓声が上がったり、胴上げされたり、そういうのがあったら最高だったんだけど」

「無茶言わないでください。何時だと思ってるんですか」

　言われて、さくらは笑った。壁の時計も腕時計も、等しく、日本標準時が午前四時を回っていることを示している。夜と朝の間。眠気は不思議と感じなかった。あとで押し寄せてくるのかもしれないが。

　講師室は静まり返っており、その空気をかき乱すものは、さくらとヒロ君しかいない。二人はなんとなく厳粛な気持ちになり、数分間、解答の書かれたノートを無言で眺めていた。まるで何か聖なるもの、霊妙なるものであるかのように。

ここで一旦休憩、という選択肢はなかった。一度足を止めれば今の緊張感を取り戻すことはできないだろう。体裁を整えるところまで、一気に駆け抜ける必要がある。

「……よし、あとはちゃんとした解答の形に仕上げるだけ。ヒロ君、あんたが清書して」

「え、僕がやるんですか？」

「全部理解したでしょ？　だったら、あたしがやるよりずっと速い」

さくらはノートをヒロ君に押し付けた。いつものように何かグダグダ言うだろうと思っていたのだが……珍しく、彼は文句を言わなかった。

「分かりました」

「え、分かったんだ」

「はい。たしかに先輩のおっしゃる通り、僕は有能ですから。先輩より速く清書できます」

「うん。まあよろしく」

「あと、ノートは要りません。先輩の字は独創的すぎて、僕には解読できないので」

「そう」

さくらはノートを返してもらって、パラパラとめくった。独創的な——彼女オリジナルの筆記体とでも呼べそうな文字列が、ページの上で躍っている。

「じゃああたしは、本当に穴がないかどうか再チェックしとくから」

それから、二人は黙々と作業に取り掛かった。机は隣同士だが、一言も口をきかずに、それぞれの仕事に没頭する。キーボードを叩く音。鉛筆の音。時々、ノートのページをめくる音。

不思議な時間だった。

二人が今取り組んでいるのは、仕事と呼べるものなのかどうか分からない。仕事というものを会社の利益のためになることだと定義すると、現時点では、大問3の解答作成は仕事には分類されないだろう。

さくらはこの解答を『数学世界』に掲載してもらう気でいた。しかし、東大コースの廃止が決まったことにより、掲載を目指す意味はなくなり、その話は自動的に立ち消えになった。ゆえに、あらためて部長の許可をとる必要があるが……却下される可能性もなくはない。

作業が報われるかどうかは分からない。しかし、報われるか否かは重要ではない……。

「……先輩、できましたよ」

「うん。やっぱり速いね」

ヒロ君が清書してプリントアウトしたものを、さくらは受け取り、素早く確認した。ヒロ君も数学講師であるからして、たった今解説されたばかりの問題で大きなミスをしたりはしない。ゆえにさくらが注目するのは細部――不備がないかどうかを丹念に調べていく。

水も漏らさぬ完全な解答を作り上げるために。

「……うん、見終わったよ。ちょっといい？」

「どうでした？　パーフェクトでしょう？」

「逆操作についての説明が甘い。ここと、ここ。それからここ。あと、白丸を一個付け加えるってことを、きちんと強調して」

「うっ……」

「そこだけ直して」

「承知しました。それくらいなら一瞬ですよ」

「油断しない。『数学世界』に載せるんだから、七徳塾《しちとく》の看板を背負っても恥ずかしくない解答にしないと」

「え、その話ってナシになったんじゃないんですか？」

「それは……今日あらためて、朝イチで部長に頼んでみる。というか、どんな手を使っても許可してもらうつもり。とにかく、トップで解答を届けさえすれば掲載だけはできるはずだから」

さくらは手ぶりで、仕事を再開するように促した。ヒロ君はパソコン画面に向き直る。

訂正箇所も少ないので、大して時間もかからず完成するだろう。そして完成してしまえば部長の出勤時間までやることがない。

諸々《もろもろ》の情報を総合し、さくらはMAS《マーズ》にフランスからの返信が届くのは今日の朝だと推測している。彼らはその返信を受け取ってから中身を確認し、検討し、解答の体裁を整え、ダブルチェックを行うことになる。一方で、すでに解答を作り上げているさくらたちは、部長の許可をもらうだけである。負けるはずがない。

さて、部長が来るのが八時頃だとして、三時間以上ある。休憩室で仮眠でもしておくか……。

「こんばんは、こんばんは。いや、違うか。おはよー、おはよー」

ところが、講師室の入口に、顔を赤くした酒臭いおじさんが現れて状況は一変した。睡眠不足が見せる幻覚かと思って、さくらは目をこする。しかし、そこには間違いなく四十過ぎのおじさんが立っていた。ネクタイはしておらず、しわだらけのスーツの上着を肩にひっかけている。

「小美山《こみやま》さん……？」

人生で最も、自分の目を疑った瞬間だった。ヒロ君も自分の机で茫然《ぼうぜん》としている。

二人が受けた衝撃については斟酌《しんしゃく》する様子もなく、おじさんはのしのしと数学島の方に歩み寄ってきた。

「ああ、やっぱりいたね、さくらちゃん。それにヒロ君も」

「お、おはようございます。小美山先輩……」

「小美山さん。どうしたんですか、こんな時間に。……酔ってます？」

「酔ってない酔ってない。おじさんにとっては、こんなの酔っているうちに入らないよ」

つまり、酔っているということか。

警察を呼んで、不審人物として引き渡してしまいたいところだったが、さくらは理性のすべてを総動員してかろうじてこらえた。

「今、五時前ですよ。居酒屋から直接出勤ですか？」

「そうさ。いやね、本当は家で少しは眠ろうかとも思っていたんだけどね。ほら、おじさんが会社の近くに住んでいるのは、こう見えて責任感が強いからなんだ。寝不足で仕事に支障が出ると困っちゃうからねえ」

「どの口が言うんですか」

「だけどね、眠っているわけにいかなくなったんだ。ちょっと事情があってね、世界がおじさんを寝かせてくれなかった、とでも言うのかな」

酔っぱらいの戯言《たわごと》。この先は無視して、ノートに視線を戻そうとした。しかし小美山の口から飛び出た次の言葉が、さくらの精神を数学の魔界から現実世界へと引き戻した。

「重大情報を手に入れて。もしもさくらちゃんが会社にいるなら、伝えないとと思ったんだよ。ＭＡＳのね」

「ＭＡＳの？」

「そうそう。どうだい、寝てる場合じゃないだろう？」

　小美山は得意そうに言った。ヒロ君が手を止めているので、さくらは注意した。

「ヒロ君は聞いてないで手を動かして。……で、小美山さん。情報って何ですか？　また競馬仲間からの？」

「うん。おじさんの情報網を舐《な》めないでほしいね。酒を注ぎ酒を注がれ、情報を交換する。とても知的でハイソな付き合いさ」

「そういうのはいいんで、内容を教えてください。迅速に」

「つれないなあ……。まあとにかく、おじさんは今日も居酒屋で、友人たちと親睦を深めていたんだけどね。たしか三時を過ぎた頃に、MASのとある若手講師から電話がかかってきたんだ。『嫌なことがあったから、仕事中だが飲みたい気分だ。三十分だけ飲み会に合流していいか』という具合でね。おじさんはもちろん快くオーケーしたよ。来る者は拒まず。なんといっても、朝になったら誰がいて誰がいなかったか忘れてしまうような飲み会だからね。一期一会とも言うかな」

「焦《じ》らさないでください。その若手講師がどうしたんですか？」

「ああ、ごめんごめん。そんな怖い顔しないで。彼は数学科に所属していて、大問3の解答作成にかかわっていた」

　小美山は語る。今、最も聞きたくなかったこと。しかし、目を背けるわけにはいかない現実。

「彼が言うには、ついにフランスからの返信があったって」

「フランスから……。例の大学教授からってことですか」

「そう。おかげで大問3は解決。なんと驚くべきことに、始発に乗って『数学世界』の編集部に届けられるように、全力で仕上げにかかってるって」

踏みしめていた大地が、音を立てて崩れ去る感覚。絶望が背後から、不意に肩を叩いてきた。

考えてみれば当たり前のことだ。MASの連中だって速報でトップを狙っている。となると、鶏が鳴く時間のずっとあとに出勤して、のんびりメールを確認する……はずがない。さくらたちと同様に徹夜するだろう。そして、件《くだん》の大学教授から連絡があったら即座に対応してくるだろう。

(始発の時間に他社を訪問する……。いくらなんでも非常識すぎるけど、大瓦《おおがわら》はそれをやろうとしてるんだ。常識をぶち壊して勝ちをもぎ取りにきてる)

甘かった……!

「さくらちゃん、やっぱりまだ諦めてなかったんだね。でも、もう無理しなくていいんだよ。さくらちゃんは頑張ったと思うし、トップじゃなくたって、誰も責めたりしない。昨日も徹夜みたいなものだったんだよね? 休んだ方がいい」

優しい声だった。そこでようやく、小美山がこんな時間に会社に戻ってきた理由に思い至った。

彼はただ、さくらに諦めるように告げにきたのだ。往生際の悪いさくらが、東大コース廃止決定後もあがき続けている可能性を考慮して。彼女の体調を心配して。勝負は負けだからもう休むように、と伝えにきた。酔っているので、妙に腹立たしく、思わずぶん殴りたくなるようなしゃべり方になっているが。その気持ちだけは本物である。

だが、残念ながら小美山のアテははずれた。

この話を聞いてしまっては、なおさら休むわけにはいかなくなった。

MASは解答を始発で届ける。だが当然、井頭《いがしら》部長の出勤は始発よりもあとである。

「……ってことは、朝イチで部長の許可をもらうようじゃ間に合わない」

「え……？」

小美山がぽかんと口を開けた。彼はやっと、さくらとヒロ君の顔に表われていた高揚感、そして新たに生まれた焦燥感に気がついたらしい。おじさんはさくらの顔と、机のノートと、作業を続けるヒロ君とを順番に見た。事実を伝えても一向に立ち止まろうとしない二人を見たのだ。

「……あのさ、さくらちゃん。まさかとは思うけど」

彼はおそるおそる、口を開いた。

「解けたの？」

「はい、解けました」

「なんと……」

へらへらしていた小美山だが、一瞬で真顔になった。やはり彼も、酔っぱらいダメ人間である前に、一人の数学講師である。

「今、ヒロ君に清書してもらっています。といっても、数か所訂正するだけなのでもうすぐ完成です」

「完成したら、どうするつもり？」

「『数学世界』に掲載してもらうために動くつもりでした。でも……」

「それには部長の許可がいる、よね」

「そうです。そこが問題で」

さくらは再び時計に目をやった。四時四十五分。始発が動き出すのが五時前後だとすると、もはや猶予はないと言っていい。ＭＡＳを出し抜くには、今すぐにでも解答を完成させ、タクシーで『数学世界』の編集部に向かうしかない。もしも部長の出社を待っていたら確実に出遅れる。

「こうなったら、部長に確認する前に、『数学世界』に解答速報を届けるしかない」

「ええ⁉」

小美山とヒロ君が同時に叫んだ。特に小美山は、この世の終わりのような顔をしていた。

「さ、さくらちゃん、それはなんというか……バレたら責任問題になるよ。というか絶対バレる」

「先輩、本気ですか」

「ヒロ君は気にせず、清書を続けて！」

「は、はいっ！」

「解答を届けたあとに、事後承諾してもらいます」

「本気なのかい、さくらちゃん」

「…………」

さくらは口をへの字に曲げ、腕組みした。責任問題になる。そんなことは分かっている。しかし、責任があとから取れるものであるのに対し、速報はこの瞬間にしか出せないのだ。そして、速報はトップでなければ意味がない。

やはり部長の頭を飛び越えて解答を提出するしかない。

（厳重注意で済ませてくれないかな……。さすがに甘いかな……）

心の中で、さくらはぼんやりと考えた。「解答速報を部長に見せずに外部に出した」というだけなら、もしかしたら注意だけで済むかもしれない。だが、それに加えて解答を『数学世界』に持ち込むこと自体も、誰の承諾も得ていないさくらの独断である。イエローカード二枚。退場だ。

(予備校講師に「退場」はないから……減給か、謹慎か……あるいは……)

「さくらちゃん？　おーい、おじさんの話、聴いてる？」

いや、さくら個人が処分されるだけなら、そんなもの痛くもかゆくもない。恐ろしいのは、社長の怒りに触れて、掲載が取りやめになったりすること。東大コースの有終の美を飾るつもりで、逆に看板に泥を塗ってしまうこと。そして、一緒に問題に取り組んだヒロ君、特別授業の準備をしている他教科の講師たちを巻き込んでしまうこと。

「さくらちゃーん」

しかし、MASに速報レースで負けてしまえば、結局掲載でき「おーい、さくらちゃん」ないのだ。お咎《とが》めを恐れて後れを取ってしまっ「もしもーし。さくらちゃーん」ては本末転倒。勝たなければ何も始まらない……。

「……え？」

「ああ、やっと気づいてくれた。ずっと無視されてて、おじさん傷ついちゃったよ」

さくらが顔を上げると、赤ら顔の小美山は言った。

「難しい顔で考え事をしていたみたいだねえ。でも、おじさんの作戦も、けっこうイイ線いってると思うんだよね」

「ええと、何の話でしたっけ？」

「電話してみよう、って話だよ。部長の家に」

「は？」

言われて、さくらは小美山の赤ら顔と、壁の時計とを交互に見た。何度見ても、まだ朝の五時にもなっていない。

「部長が来るまで待っていられない、って言うなら、待たなければいいんだ。せっかく電話という文明の利器が目の前にあるんだから」

「電話するって、今からですか？」

「そう、今から」

小美山は両の拳を握り、張り切った顔でそう言った。一方で、さくらは軽い頭痛を感じていた。酔っぱらいの世迷言《よまいごと》だ。始発が動くか動かないかという時間に、あの多忙な部長が起きているはずがない。一分一秒を惜しんで睡眠に精を出している頃だろう。

「いくら優しい部長でも、この時間にかけたらきっと激怒しますよ」

「大丈夫、おじさんがかけるから」

「あたしが言うのもなんですけど……無茶苦茶ですね。そもそもこんな朝だか夜だか分からない時間に、電話に出るわけないですよ」

「いいんだよ、出なくたって。電話したって事実が大事なんだ」

小美山は笑顔でとんでもないことを言った。あきれるさくらに対し、おじさんは続ける。

「まず、おじさんが電話をかける。この時間だから当然、部長は電話に出ない。にもかかわらずおじさんは、さくらちゃんにゴーサインを出す。解答を編集部に届けてこい、ってね」

「ええ、何言ってるんですか。そんなことしたら……」

「あら不思議、丸く収まるよね」

小美山はウィンクした。本気なのか冗談なのか、はたまた酒に脳を破壊されたのか即座には判断がつかず、さくらはただ困惑した。小美山が本気なのだと分かったのは、彼が自分の机に歩み寄り、受話器を手に取ったからだ。

「……本当にかけるんですか？」

「もちろん」

「必要ないですよ。むしろ藪蛇《やぶへび》っていうか。あたしがこっそり編集部に行ってくれば済む話じゃないですか」

「いいや。さくらちゃんに、そんなことさせられない」

受話器を首と肩の間に挟んで、小美山は手帳をめくりはじめる。その目は真剣で、さくらは一瞬たじろいだ。

「おじさんが責任とるよ。おじさんは先輩なのに、今回役に立てなかったしさ」

「そんなことは……いや、たしかにまったく役に立ってないですけど……」

「大丈夫。いざとなったら、酒に酔ってたことにするよ」

小美山は手帳をめくる手を止めて、電話機のボタンをプッシュしはじめた。さくらは小美山の傍らに立ち尽くし、茫然とその様子を眺めている。ヒロ君もキーボードを打つ手を止め、息を殺して事の成り行きを見守っている。

正直、小美山が責任をかぶってくれるというのならとても助かる。東大コースの最後に大輪の花を咲かせ、生徒たちへの希望を残すためなら、どんなことだってするというのがさくらの覚悟ではあるが……。さくらも一人の社会人であるからして、生活の糧を犠牲にせずに済むならそうしたい。減給、あるいは解雇の危機を避けられるならそれに越したことはない。

だが、本当にいいのだろうか。

普段から遅刻などが多い小美山によるこの狼藉《ろうぜき》。さくらが一人で暴走するよりも、大きな処分が下るのではないだろうか。

さくらは迷った。小美山の指が次々にボタンを押す。迷った末に、さくらは……。

「……小美山さん、やっぱりストップ！」

「もう鳴らしちゃってるよ」

止めに入ろうとしたさくらに対し、小美山は人差し指を口元に立てた。さくらは伸ばしかけた手を止めざるを得ない。ヒロ君とともに息を呑んで耳を澄ます以外に、彼女の取れる行動はなかった。

講師室には三人の他に誰もいない。受話器からかすかに漏れるコール音をも聞き取れるほどの静寂だった。自分自身がゴクリと唾を飲む音が、やけに大きく聞こえる。

一度、二度、三度。

繰り返されるたびに、神経にやすりがかけられるかのような緊張感があった。もう十分ではないか。そろそろ受話器を置いてもいいのではないか。さくらはそう声をかけようとした。

しかしながら。

「……もしもし」

「えええええ⁉」

受話器の奥から男の声で返事があった。さくらも、ヒロ君も、小美山でさえも。驚愕《きょうがく》に目を見開く。相手は誰か。問うまでもない。小美山は部長の家に電話をかけたのだから、奇跡的なまでに声が酷似している家族でもいない限り、自明の事実である。

つまり、部長が出たのだ。

「もしもし？」

受話器から、もう一度声が漏れ聞こえてくる。小美山が助けを求めるような表情でさくらを見た。あまりにも情けない顔だった。

反射的に、さくらは電話機のスピーカーモードのボタンを押していた。小美山は受話器をそっと机の上に置き、両手を上げて降参のポーズをする。通話の主導権はさくらに引き継がれた。

「……もしもし、井頭部長ですか？」

「ええ」

「おはようございます。……あ、いえ、朝早くすみません、言問《こととい》です」

「これまた、ずいぶん急用のようですね」

五時前であるにもかかわらず、電話機のスピーカーから発せられる声は思いのほかしっかりしていた。部長にこれほどの早起きの習慣があるとは、まったく聞いたことがないのだが……。

さくらは次の一言を決めかね、逡巡《しゅんじゅん》していた。ついさっきまで、部長には秘密で『数学世界』の編集部に突撃しようと考えていたくらいである。どこまで話して良いのか。とっさには判断がつかない。

すると先回りするように、井頭部長が問いかけてきた。

「解けたのですか？」

「……はい、解けました」

「やはりそうですか。いえ、虫の知らせ、というやつでしょうか。目が覚めてしまいましてね」

さくらはため息を吐いた。この人に隠し事は通用しない。すべて話すしかないだろう。

「もうすぐヒロ君が清書を終えます」

さくらは覚悟を決めて、そう説明した。

「私はそれを、今から『数学世界』の編集部に持ち込むつもりです」

「今からですか？」

「はい。今からでないと間に合いません」

「……東大コース廃止が発表されると決まったあと、解答持ち込みの話もなくなったと思っていましたが」

「ええ、私もそう思っていました。もう速報レースに勝っても意味がないから、その話もお流れだって。でも、社長は持ち込みをはっきりと禁じたわけではないんですよね？　トップはMASで確定だから、もう持ち込んでも意味ないって決めつけてるだけで」

「それは、たしかに」

「だったら社長の許可は要らない、部長に確認を取れば持ち込める――そう思ってお電話したんです」

しかし、さくらはそう言ってしまってから、やはり思い直した。

「……いいえ、本当は電話した事実が欲しかっただけで。まさかこの時間につながるとは思っていませんでした」

視界の隅で、ヒロ君が青い顔をしている。さくらは手ぶりで、清書を続けるように指示を出した。

「勝手なことを言っているのは分かっています。でも、MASは始発で解答を届けるつもりらしくて。もう一刻の猶予もないんです」

「なるほど」

電話機の向こう——七徳塾から細い線でつながる遠い自宅で、井頭部長は束の間《つかま》、沈黙した。ほんの数秒間。小美山は目を閉じて、何やら祈るような仕草をしている。ヒロ君もこちらを盗み見ている。

そして。

「……分かりました」

この、問題ばかり起こす厄介な部下に対して、井頭部長は言った。

「持ち込むこと自体は問題ないでしょう。『数学世界』側としても、今年は早い者勝ちにすると言った以上は、約束は守るはず。トップで届ければ掲載してもらえます」

「あ、ありがとうございます……！」

「ただし、それには私が解答に目を通す必要があります」

「うっ……」

さくらは思わずうめき声を上げた。部長の承認が要る。ごく一般的、常識的な指摘である。これほどまでに常識に対して怨《うら》みを抱いたのは生涯で初めてだ。

「私は責任者ですからね。私がチェックする前の解答を、社外に出すわけにはいきません」

「……部長、始発前に出社できますか？」

「それはさすがに、不可能です」

当たり前の返答。さくらの頭の中を、またよからぬ案が裸足《はだし》で駆けまわりはじめる。この場は適当にごまかして、とにかく先に解答を編集部に届けるか。こっそり届けてしまってから、何食わぬ顔で承認を得る——雑誌の編集作業が動き出してしまえば、社長にも部長にも止められなくなるのではないか。

けれど、そんなことを考える必要はなかった。

「FAXで自宅に送ってください」

井頭部長は言った。気づいてしまえばなんてことはない。すべての課題に対応した、シンプルな解決法だった。

空が白み、夜明け直前の薄明かりが、ぼんやりと窓から室内を照らしている。

「部長のご自宅に、直接……！」

「言問さんは今すぐに、タクシーで東数《とうすう》に向かってください。私はその間に解答に目を通します。承認か否かは、携帯に電話すれば良いでしょう」

その言葉が終わるか終わらないかというときに、ヒロ君が動いた。パソコンで何らかの操作を完了すると、椅子を蹴って立ち上がり、プリンターの方へと走ったのだ。電光石火――職場というより、バスケコート内で見るような動きだった。

プリントアウトが完了するまで、はたして何分か。

FAXもヒロ君に任せればいい。さくらのやるべきことは、解答を持って東京《とうきょう》数理《すうり》出版へとひた走ること。

「ハンコなどは、あとから書類を作ってそこに捺《お》せば問題ないと思います。重要なのは、私が確認したという事実ですから」

「だけど、もしもですよ……」

小美山が横から口を挟み、一瞬、口ごもった。考えたくない可能性。しかし、考えないわけにはいかない可能性。

部長の許可を求める以上、誰かが尋ねなければいけないことを。さくらに代わって、小美山が尋ねてくれた。

「もし、解答に間違い……とまでいかなくても、何かほころびが見つかったらどうしますか？　いや、もちろんさくらちゃんを疑っているとかではなくて。でも実際、MASの例の有名人も間違えたそうじゃないですか。車で出発して、東数の前に着いたあとに、部長が何か発見してしまったら？」

「小さなミスであれば、その場で直せばいいでしょう。修正液を持参してください」

さくらは素早く、自分の机の引き出しを開けた。流れるような動作で、修正液をそのまま
バッグに放り込む。

「編集長とは昔馴《なじ》染みです。そのくらいは大目に見てくれますよ。それに、いきなり雑誌に載るのではなく必ずゲラにするはず。少しだけなら、そこでも修正は可能です」

「じゃあ、もし大きなミスがあったら……？」

小美山がおそるおそる尋ねる。この酒と競馬大好きちゃらんぽらんおじさんは、どういうわけか、自分ではなく部長の責任になると分かった途端に慎重になっていた。責任はなるべく他人にとってもらいたいと願う、さくらを含む邪悪一般社会人たちとは違って、彼は根が善良すぎるのかもしれない。飲ん兵衛であることがすべてを台無しにしているが。

「あっ、何度も言うように、さくらちゃんが大きなミスをすると思っているわけではなくてですね。ただ、万が一ということもあるわけで」

「ええ。分かっています。もしその場で直せないような大きなミスがあれば、回れ右して戻ってきてください」

電話機の向こうで、井頭部長はあっさりと言った。

「そのときは、我々の負けです」

穏やかな声だった。あまたの挫折と苦難、そして一握りの幸福を知る人の声だ。……いや、もしかしたら気のせいかもしれない。これは人体の声帯ではなく電話機によって作成された音声である。それに人間の声の変化は人生経験によるものではなく、加齢のせいだ。

しかし、そういう生物学的な事情は、今はどうでもよかった。

ただ、井頭部長のその声が、さくらに最後の覚悟を決めさせた。

「……分かりました。そのときは、負けを認めて帰ってきます」

「訂正版、プリントアウトできました！」

「さあ、急いで。トップでなければ意味がありません」

井頭部長はそう言ってさくらをせかす。さくらはヒロ君に手渡された解答にサッと目を通した。先ほど口頭で伝えた箇所は直っている。あとはタクシー内で最終チェックをすればいい。

さくらは手早く、しわができるのも気にせずに、解答をバッグに突っこんだ。

「お気をつけて」

「先輩、慌てすぎて転ばないでくださいよ」

「心配だなあ。もしさくらちゃんが嫌でなければ、おじさんも一緒に……」

「行ってきますっ！」

それだけのやり取りのあと、さくらは一人、講師室から飛び出して行った。まだ事務員も出社していない――しんと静まり返った廊下を、駆け抜ける。

*

七徳塾の外で、タクシーはすぐにつかまった。

始発の時間帯――タクシーを利用するのは朝帰りの大学生か、ようやく酔いが醒《さ》めて我に返ったサラリーマンか。けれども彼女はどちらでもない。車に乗り込みシートに身を沈めるさくらに対し、運転手の男は興味津々の様子であった。

行き先である東京数理出版の名を告げると、発車しながら、運転手はさっそく話しかけてきた。

「日曜の朝からお疲れ様です」

「ええ、どうも」

「東数の方ですか？」

「いえ、違います」

「じゃあ、こんな時間に訪問を？」

バックミラー越しに運転手と目が合った。刹那《せつな》、さまざまな想《おも》いがさくらの胸に去来する。三十六時間に及んだ戦い。史上最難問。昭《あきら》との電話。ＭＡＳへの突入。焼き肉。

そして、さくらがトップで東京数理出版に着くか否かにかかわらず、東大コースの廃止は決まってしまっていること。

「……ええ、そんなところです」

長い長い二秒ほどの沈黙ののち、さくらは言った。運転手はあまり納得していないようだった。

「でも、まだ朝の五時ですよ。たしかにあそこは日曜も祝日も盆も正月もないみたいですが……さすがにまだ社屋も開いていないでしょう」

「それでもいいんです」

さくらは窓の外に目をやった。雑居ビルや街路樹が次から次へと現れては背後に流れていく。すれ違う車の数は、非常に少ない。

「開いてなくても、入口で待ち伏せしますから」

「そりゃあいい。お姉さん、刑事みたいだね」

運転手は笑った。多分冗談だと思ったのだろう。さくらもそれに合わせて少しだけ笑った。

運転手の言う通り、こんな朝っぱらでは東数には誰もいないだろう。かといって、FAXで解答を送りつけるのでは不確実だ。誰が受け取るか分からないし、即座に編集長に届けられる保証もない。

ゆえに、編集長を社屋の入口で待ち伏せして、手渡す。

それが一番早く、一番確実だ。

（だけど、MASの連中も同じことを考えているはず……）

窓に頭をもたせかけ、さくらは小美山の言葉を思い出した。彼はたしかに、MASの講師たちも解答速報を完成させ、『数学世界』の編集部に〝始発で〟届けると言っていた。誰からもたらされた情報なのかはっきりしないが、もし小美山を信じるとするならば……MASも、東京数理出版がまだ開いていないのを承知の上で解答を届けに来る。

多分、入口で鉢合わせる。

一緒に並ぶことになる。

出勤してきた編集長に、入口で同時に手渡したとしたら、はたしてどちらの勝ちになるのだろうか。

さくらはバッグから携帯電話を取り出した。着信はまだない。

到着までの短い時間を利用して、さくらは解答の見直しを行った。端に付け加える◎。マトリョーシカ。帰納法。あらためて読み直しても完璧な仕上がりだった。人間に乗り越えられた受験史上最難問は、今は行儀よく、解答という枠組みの中に収まっている。けっこう。もうしばらくは大人しくしていてもらいたい。

タクシーが減速し、赤信号で止まった。顔を上げると、前方に東数のビルと、その手前にある代々木《よよぎ》駅出口が見えた。人通りはほとんどなく、建ち並ぶビルたちは腹を空っぽにし、ひっそりと街の目覚めを待っているだけだ。東数の近くには車が一台停まっているくらいで、社屋の前に並んで待機している人間はいない。おそらく始発は動き出しているだろうが、それが代々木に辿り着く前に先回りできたということだろうか……。

「ん？」

さくらは眉をひそめ、窓ガラスに額をくっつけた。東京数理出版の手前――そこに停車していたタクシーから、誰かが降りてきたのだ。静まり返った駅付近――オフィスビルや飲食店が交ざって建つその場所を、二人の男が東数の社屋の方へと早足で歩きはじめる。その姿には、どこか見覚えがあり……。

東京数理出版に入る寸前、男のうち一人が振り返った。一瞬だけ見えたその顔が、さくらの目から脳へと、衝撃を直接叩き込んだ。

「大瓦⁉」

さくらは思わず叫んだ。運転手が驚き、シートから飛びあがりかける。いや、おそらく数センチは飛びあがっていただろう。さくらはバッグから財布を引っ張り出した。

「ここでいいんで！　降ろしてください！」

「お姉さん、困るって！　ほら、もうすぐ青になるから！」

さくらが騒いでいる間に、大瓦はもう一人の男とともに東数の中へと消えていった。そう、中へ消えていったのだ。さくらの額に脂汗が浮かぶ。

当たり前だ。始発より早く完成したなら、電車が動くのをのんびり待っているはずがない。でもどうして、この時間に社屋が開いている？　出版社だから？　社員がみんな徹夜で作業をしているから？　そもそも、どうして大瓦本人がここに？

頭の中を、無数の疑問が羽虫の群れのように飛び回る。さくらは携帯電話を見た。着信はない。信号機が青に変わった。もう一度携帯電話を見る。やはり着信はない。

タクシーはゆっくりと安全運転で発車し、少しだけ進んで社屋の前で停《と》まった。

「領収書、どうします？」

「いりません！」

さくらは最高速で会計を済ますと、タクシーからアクロバティックに飛び出した。東数の目の前。やはり大瓦の姿は付近には見当たらない。

（見間違いじゃなかった。やっぱりもう中に……！）

さくらは、今すぐに社屋に突撃したい気持ちをかろうじて抑え込んだ。MASに忍び込んだときとは違い、今回は一応、七徳塾の看板を背負っての訪問であるから無茶はできない。さくらは携帯電話を片手に、その場で何度も足踏みした。

大瓦が中に入ったからには、さくらもあとに続くことはできるだろう。しかし、それにはどうしても井頭部長からのゴーサインが必要だ。

さくらは、携帯電話と東京数理出版のビルとを交互に見る。携帯を五秒見て、ビルを三秒見て、また携帯を五秒見るといった具合に。焦燥感に苛《さいな》まれながら、ビルの前の歩道を行ったり来たりした。

一分が経《た》ち、二分が経った。

着信があった。

さくらは、一瞬の半分にも満たない短い時間で反応し、電話をとった。

「部長！　今、東数の前です！」

「お疲れ様です。すみません、斬新な手法だったのでチェックに時間がかかり……」

「そんなことより、許可はもらえますか！」

「許可します」

「ありがとうございます！」

言い終える前に、さくらは社内に突入していた。もう迷う理由は一つもなかった。自動ドアが開く。静寂に支配されたエントランスの真ん真ん中に、彼女は一足飛びに到達する。

エントランスの明かりはついていない。大瓦もいなかった。

薄暗がりの中、さくらは立ち尽くす。壁際の自動販売機が低い音を立て、あたりにわずかな明かりを提供していた。空気はちょっとした冷蔵庫のように冷えており、彼女は体を震わせた。コートを着てくるのを忘れたと、今さら気づく。

井頭部長の許可は出た。このバッグの中の解答速報を届けることは、もはやさくらの独断ではなくなった。しかし、肝心の渡す相手はどこにいる？

（予定通り、入口で待ち伏せは……多分ダメ。もう大瓦は社内にいるから）

さくらは正面――「受付」というプレートの貼られたカウンターに歩み寄った。人はおらず電話機だけが置かれており、総務部の番号が添えてあった。さくらは無言で受話器を取り、番号をプッシュする。

受話器の向こうから聞こえるのはコール音のみである。

どうやら東京数理出版では、日曜の朝五時には総務部は無人らしい。

さくらは受話器を置いた。わずかに残ったエネルギーをすべて投入し、必死で脳を働かせる。ここは無人のエントランス。大瓦が向かうとしたら、やはり編集部か。いや、そもそもいくら傍若無人の大瓦といえども、他社の社屋内を勝手に移動しているとは考えにくい。おそらく誰かに案内されている。先ほど一緒だった男が社員だったのか？

（あたしには案内役なんていない。こうなったら、一階からしらみつぶしにまわるしかない……！）

頭が燃えるように熱い。自分が今、まともに思考できているかどうかも分からない。

そもそも、普通に鍵がかかったドアに阻まれて、ほとんど移動できないかもしれない。仮に鍵が開いていたとしても、早朝の出版社は真っ昼間の予備校とは違うのだから、見つかれば警察のお世話になるだろう。

では、ここで大瓦を待って、「親切なあなた、解答をどこに持って行けばいいか教えていただけますか」と尋ねるか。そんな馬鹿な。

一秒経つごとに、速報レースの勝利は遠のいていく。

いや、すでに手遅れなのかもしれない。

解答速報は早い者勝ち。先に大瓦が東京数理出版に到着してしまった時点で、希望は潰《つい》えていた。

（そっか。じゃあ、負けか）

さくらはぼんやりとそう思った。取り乱しはしなかった。どういう顔をすればいいか分からなかったばかりか、どういう感情になればいいのかも分からなかった。胸が空っぽになり、そこを風が通り抜けていくような感覚だった。風が冷たいことは分かるが、冷えて困るような何かが、抜け落ちてどこかに行ってしまった。

こういうときは泣くのが普通なのだろうか。東大の合格発表のときと同じように、大泣きすればいいのだろうか。

でも、どこで？

東京の人間は、すべてを失って打ちひしがれたとき、いったいどこに向かって走るのか。どこで叫び、怒鳴り、泣くのか。さくらは知らない。あのときも、今も。

「さくら？」

そのときだった。

無人と思われた薄暗いエントランスに声が響いた。さくらは驚き振り返る。自動販売機のそばにあるソファから、一人の男が体を起こしたところだった。その顔を見てさくらは一瞬驚いたものの、すぐに納得した。

(そういえばコイツも、MASの数学講師だった)

「昭。おはよ」

「何してんだ……？」

男は——昭は立ち上がり、幽霊でも見たような顔をする。さくらはムッとした。

「こっちのセリフだよ。あんたは何してんの、こんなところで」

「ここで待ってるよう言われたんだ。大瓦から」

「ふうん。大瓦の付き添いで来たの」

「ああ。数学科には、他に会社で徹夜してる人がいなくてな。巻き込まれた」

「で、ここに置いて行かれたと」

昭はばつが悪そうにうつむいた。昔からいつもこうだ。普段は堂々として、過剰に自信を持っているくせに、メッキがはがれると途端に弱気になる。そして、その状態をさくらに見られることを極端に嫌う。

(今さら幻滅も何もないってのに)

心の中でつぶやいた。それと同時に、さくらは少しショックを受けてもいた。

そっか。あたしはもう彼のことを、後ろ姿ですぐに見分けられないのか。

「ま、あんたの事情はいいよ。それより解いたんでしょ。大問3」

「正確には、大瓦が解いたわけじゃないんだけどな。手柄は独り占めするつもりだ」

「大瓦はどこ?」

さくらはエントランスの奥——エレベーターと階段のある方に目をやった。

「あたしは、大瓦を追いかけなきゃ。解答を届けなきゃいけないからね」

「解答……? まさか、解けたのか」

「うん」

「うん、ってお前……」

昭は茫然として、束の間、言葉を失っていた。以前だったらどうしていただろう。今日の仕事をさっさと片付けて、二人でお祝いとして、安ワインでも飲みに行っただろうか。過去を仮定しても意味がない。

さくらはもう一度尋ねた。

「大瓦はどこ?」

「今からじゃ間に合わないだろ」

さくらはあっさりと認めた。認めてから、自分自身に問いかける。

だったら、どうしてあたしは回れ右して帰らない？

どうしてまだもがこうとする？

「……間に合わなくても、届けなきゃいけない気がしてさ」

ともに徹夜したヒロ君。さくらをかばおうとした小美山。東大コース存続のために奔走してくれている部長。そしてさくらの勝利を信じ、最後の特別授業に向けて準備してくれている他教科の講師たち。竜一郎《りゅういちろう》。佳菜子《かなこ》。去っていく生徒たち。

「あたしは、あたしたちの仕事をちゃんとおしまいまで仕上げないといけない。あたしは東大コースの全部を背負ってここにいるんだから」

「東大コースの、全部か」

「なに？　なんで笑ったの？」

「いや。大瓦とは正反対だなって思っただけだ。あいつはひとりぼっちだからな」

「でも、あんたは一緒に来たんでしょ」

「来たくて来たわけじゃない。俺はただの場所取り要員だ。ビルが開いてなかったときのための」

昭は自虐的に言った。場所取り要員。悪いとは思ったが、さくらは笑ってしまった。昭は少しムッとした様子だったが、やがてまた口元をほころばせた。

「本当は、お前に勝ってほしかったよ。……いや、もしかしたらまだ諦めるのは早いかもしれないな。南倉《みなみくら》教授の答えが間違ってる可能性もある」

「え、それはないでしょ」

「さすがにないか。……大瓦は五階だ。花巻《はなまき》編集長に連れられて、会議室に向かった」

「そう。分かった」

「ん。……それから、さくら」

エントランスの奥に進みかけたさくらは、呼び止められて振り返った。昭は数秒黙ってから口を開いた。

「エレベーターは止まっているから、階段を使った方がいいぞ」

「ありがと」

「……ああ、それともう一つ」

さくらはもう一度呼び止められた。今度は、振り返ろうか少し迷ってから、結局振り返った。

「何？」

「俺、転職しようと思ってさ」

昭の切れ長の目が、真っすぐにさくらに向けられている。さくらは目を閉じ、少し考えた。考えた末にこう言った。

「七徳塾は、講師の募集はしてないよ」

「いや、別にそういう情報は求めてないぞ」

昭は笑った。ちょっと困ったような、何かを諦めたような。そんな笑顔だった。

「行ってこい」

「うん」

さくらは昭に背を向けて、エントランスの奥へ――階段に向かって歩き出す。

今、「うちの会社に来れば」と言ったら、どうなっていたのだろうか。

過去を仮定しても意味がない。それは数学的仮定とは似て非なるものだ。決して再現されることのない、道行きの仮想的な交わりにすぎない。

階段をのぼって、彼の気配が感じ取れなくなるまで。さくらはもう、一度も振り返らなかった。

*

階段で五階まで至ると、件の会議室はすぐに見つかった。さくらに野性的な勘が備わっているわけでも、突如として透視能力に目覚めたわけでもなく、明かりが漏れている部屋が一つしかなかったからである。さくらは一応ノックしてから、その会議室のドアを開けた。

「失礼します」

部屋はそれなりに広く、二十人以上は座れそうに見えた。長机が長方形の辺をなすように並べられており、その一角に置かれた椅子に、五十くらいの男が二人、腰かけている。二人はさくらの方に目を向けた。

一方は大瓦。もう一方は『数学世界』の編集長・花巻である。

さくらの姿を認めると、大瓦は目をむいた。授業のときとは違って普通のスーツ姿だった。

「貴様は……！」

大瓦の頬が、いや顔全体が、一気にゆでだこになる。しまったたな、とさくらは思った。昨日の昼間に大瓦と顔を合わせたばかりだということを失念していた。何と言ってごまかそうか一瞬だけ考えたが、結局無視することにした。大瓦があまりの驚きと怒りのせいで言葉を失い、口を金魚みたいにパクパク動かしている間に、さくらは体を花巻の方に向けた。

「ご無沙汰しています、花巻さん。驚かせてすみません」

さくらはしっかりとお辞儀した。花巻は恰幅《かっぷく》のいい、井頭部長や大瓦と同年代の男だ。

髪はぼさぼさ、口元は無精ひげで覆われている。ワイシャツの胸ポケットには数本のペンと、潰れた煙草《タバコ》の箱が突っ込んであった。

花巻は眉間にしわを寄せ、しばし無精ひげを触って考え込んでいたが……やがて口を開いた。

「……たしか言問さん、でしたかねえ。井頭さんところの」

「はい。良かったです、覚えていてくださって」

「なぜここに？」

「受付で総務部に電話しても誰も出なかったので。たまたま近くにいた人に、花巻さんがどこにいるか教えてもらいました」

「朝の五時にいきなり現れた理由を聞きたかったんですが……まァいいでしょう」

花巻は頭をかきつつ言った。

「井頭さんから話は聞いていますよ。女性講師が例の問題に取り組んでいると。たしかに、解けたら届けに来ると言っていましたなあ」

そこで花巻は、探るような目をさくらに向けた。彼女は真正面からその視線を受け止める。

「ということは、解けた、と」

「ええ。解けました」

「なんとまあ。恐ろしいことをさらりとおっしゃる」

花巻は、大して驚いたようには見えなかった。テーブルの上には数枚のプリントが広げてある。白丸と黒丸の連なりが記されていることが、さくらにも見て取れる。大瓦の用意した解答。花巻はすでに、目を通したのだろうか。

「それにしても、こんな時間に来なくたっていいじゃないですか。僕という人間の労働条件についても少しは考えてほしいものですよ」

「その点はすみません。一秒でも早く解答速報を届けようと思いまして」

「最近は年配の男性も若い女性も、みんな揃って非常識ですな。僕が会社に泊まっていなかったら、どうするつもりだったのでしょう」

「そのときは入口で待ち伏せするつもりでした」

「ほお！　大胆なお人だ」

「……いや、ちょっと待て！　待て！　待て！」

今の今まであっけにとられていた大瓦が、椅子を蹴って立ち上がり、ようやくわめきだした。無作法にもさくらに指を突き付けて、唾を飛ばして怒鳴りつける。

「貴様は昨日……私の授業を邪魔した女だな！」

「え、なんのことですか」

「とぼけるな！」

怒りが全身から発散され、もう少しで目に見えそうなほどだった。

「忘れるものか！　授業に乱入した挙句、勝手に解答を回収した！　他社のスパイだったわけか！」

「人聞きの悪いことを言わないでください。授業に乱入なんてできるわけないでしょう」

さくらは、とことん白を切ることにした。というか、それ以外に有効な選択肢も見当たらない。

「私に似た雰囲気のスパイ？　それは……大変な災難があったんですね」

「白々しい！　私の東大後期の解答を、盗むことが目的だったのだろう！」

「よく分かりませんが……なにか盗まれたのですか？　何と言いますか……お気の毒に」

「貴様！」

「落ち着きなさいよ、大瓦先生」

見かねた様子で花巻が割って入ってきた。大瓦の方を見て、尋ねる。

「話を整理しますよ。東大後期の解答が盗まれたと？」

問われて、大瓦は一瞬口ごもった。花巻はそれを見逃さず、目をきらりと光らせる。

「その反応。盗まれたわけではなさそうですな」

「たしかに、盗まれてはいないが……。その女が授業に乱入し、一度生徒に配った解答を、回収させたのだ」

「なるほど。それで、配布したときよりも回収した解答が減っている、その女が盗んだに違いない、という話ですか？」

「いや……配った数と回収した数は一致していた」

「ん？　では回収した解答は、どうなったのですか？」

「全部シュレッダー行きだ。その……少しばかり欠陥があったものでな」

「う〜ん、どうも話が見えませんなあ……。欠陥のある解答を回収してシュレッダーで処分したことの、いったい何が問題なのですか」

「む……」

「むしろ話を聞く限り、言問さんに〝似ている〟というその女性に、助けられたように思えるのですがね」

「…………」

大瓦の顔が、人間の肌の限界に挑戦するかのごとく赤くなっている。彼は腕を振り上げ、声なき声を発しながら振り回し……やがて拳を下ろした。

彼は息を整え、咳払《せきばら》いする。顔の赤みが、少し引いた。

「……いずれにせよ、解答を届けたのは私が先だったのだ。速報を掲載できるのはＭＡＳ。貴様が何者であろうとお呼びでない。さっさと帰れ」

感心するほどの切り替えのはやさである。今度はさくらが黙らされる番であった。憎たらしいことに、大瓦の言う通りさくらは負けた。たとえ、大瓦が人間性に破滅的欠陥を抱えていて、反対にさくらが釈迦《しゃか》のように慈悲深い心を持っていたとしても、それと勝負は一切関係ない。『数学世界』に解答を掲載する権利はMASのものである。

（でも、この解答だけは届けないといけない）

さくらはバッグを持つ手に、ギュッと力をこめた。

（負けが決まっているとしても、この解答はあたしたちのすべて。これを編集長に届けないと、あたしたちの東大コースは終わらない。廃止されても、終わることができない）

さくらは無言でバッグから解答を取り出した。あらためてよく眺めてみると、かなりしわが寄っている。さくらはしわを伸ばしてから、それを両手で花巻に差し出した。

大瓦は軽蔑の目をこちらに向ける。

そして花巻は……。

「これが御社《おんしゃ》の解答ですか。どうもどうも」

意外なことに、解答をあっさりと受け取った。

「おい、何をしている」

大瓦が花巻に詰め寄った。椅子に座ったまま落ち着き払っている編集長に対し、食ってかかった。

「そんなもの受け取る必要はないだろう。掲載する解答はそこに、お前の目の前にあるのだから」

「大瓦先生。まだあなたの解答を掲載するとは言っていませんよ」

「なんだと？　どういうことだ」

大瓦は一瞬、横目でさくらをにらんでから、また花巻に視線を戻した。

「井頭の部下だといったか、この女。だから贔屓《ひいき》しようというのか？」

「あなたなら分かっているでしょう。僕の理想は数学そのものとなることですから。あくまでも中立。無私の精神ですよ」

「だったらなぜだ」

「深い意味なんてありゃしません。ただ、掲載するなら正確な解答がいい。当たり前のことでしょう」

飄々《ひょうひょう》とした花巻の態度に、大瓦はもっと文句を言いたげであった。だが、花巻はそれ以上大瓦を相手にしなかった。

「とにかく言問さん。暇でしょうけど、座って待っていてください。僕はこれから内容をざっと確認します。話はそれからですよ」

言われるままに、さくらは椅子に腰を下ろした。椅子は、大瓦からなるべく遠いものを選んだ。大瓦は仕方なさそうに椅子に尻を落としたが、相変わらずさくらを親の仇《かたき》のようににらみつけている。壁の時計が五時半を告げる。

花巻はさっそく、さくらから受け取った解答に目を通しはじめた。さくらは机の上で指を組み辛抱強く待つ。大瓦は椅子の背もたれに体を預け、露骨に不満そうな顔をしている。彼は時折、さくらに嫌悪の眼差《まなざ》しを向けてきたが、彼女は気づかないフリをした。

「……なるほど」

花巻は数分のうちに解答に目を通し終えた。すでに大瓦の解答を読んでいるとはいえ、驚くべき速さだった。さすがは数学専門誌の編集長、というべきか。

「細かいところは違っても、大筋は大瓦先生の解答とほとんど同じですな。そして大瓦先生のものには、解答に加えて論評までついています」

それを聞いて、大瓦は「そらみろ」と侮蔑的に鼻を鳴らした。

「解答を作るだけなら高校生と同レベルだ。まさか、それで掲載してもらえるとでも思ったのか？　『数学世界』を読んだことがあれば分かるだろうが、解答のあとには必ず論評をつけるものだ。それがないならば話にならんよ。おまけに提出も私の方が早かったのだ。どのような観点からも、私の勝ちは明白。いちいち言わせるな」

「大瓦先生の勝ち。普通は、そうですな」

「なんだ、普通は、とは。何が言いたい」

「先生、これは素朴な疑問なんですがね」

花巻は二組の解答——大瓦のものとさくらのものを、並べて机に広げた。遠くてよく見えなかったので、さくらは立ち上がり歩み寄る。花巻は大瓦の解答のうち、ある一文を指でなぞった。

「解答のあとに添えられている論評の部分に、ちょっと引っかかる文章がありましてな。『こうした簡単なグラフから考えるメリットは二点ある。第一に思考をすっきりと整理できること。第二に、数学的帰納法につなげられること。まさに、一つの石で二つを打つ妙手だ』と」

「それがどうかしたのか？」

「一つの石で二つを打つ。これはまあ、当然『一石二鳥』という意味でしょうね？」

花巻が顔を上げた。大瓦は訝《いぶか》しげに眉をひそめる。

「逆に訊きたいのだが、他に解釈しようがあるかね？」

「いいや、ないでしょうな。これはまさに、『一石二鳥』を意味することとわざです。ただし、日本語ではなくフランス語のね」

フランス語、という単語を耳にして、大瓦の口元がわずかに歪んだ。さくらは、話の流れがよく分からず黙っている。

「ここだけではありません。論評部分には、フランス語風の言い回しが他にも何か所かあります」

「それのどこが問題なんだ？　解答の正確さを損なうものではないだろう」

「もちろんそうです。数学は全世界共通語……いや、全宇宙共通語です。地球上だろうと火星の軌道上だろうと、現在だろうと一億年前だろうと、数学で〝真〟と結論が出た命題は常に正しい」

花巻は無精ひげを撫《な》でながら、言葉を続ける。

「言ったでしょう？　これは素朴な疑問です。大瓦先生。あなたは第二外国語はドイツ語だったし、フランスに住んだこともないはずでは？　それなのにここには、あたかも『つい使ってしまった』かのような……あるいはもっと直接的に、フランス語を翻訳したかのような、違和感のある言い回しが紛れ込んでいます」

大瓦は口をつぐんだ。ここまで来て、ようやくさくらにも話が見えてきた。大瓦の用意した論評になぜかちりばめられている、フランス語風の表現。それだけ聞くと謎めいているように思えるが……さくらには心当たりがあった。

「フランスにいる大学教授に助《すけ》っ人《と》を頼んだからでしょう？」

さくらは何の気なしに口を挟んだ。大瓦が答えづらそうにしている理由が、さくらにはよく分からない。幅広いコネクションはＭＡＳが誇る強力な武器であり、そんなことは今さら隠すまでもない常識だと思うのだが……。

「ああ、そういうことですか」

花巻は大瓦の解答をめくりながら、うなずいた。

「合点がいきました。大瓦先生の文章がフランス語に引っ張られたわけではなく、もともとフランス語で書かれていたわけですか。……しかし、おかしいですね。フランスの教授と電子メールでやり取りしていたのは、大瓦先生ではなく真田先生だったはずでは？」

編集長は鋭い視線を大瓦に向ける。大瓦の顔がまた真っ赤になっていく。信号機の赤ランプのような切り替わり方だと、さくらは思った。

「何だと？　言いがかりはやめろ。これは私が考え出した解答だ」

「なら、もう一つ質問させてもらえますかね」

花巻はまた、大瓦の解答の別の部分を指でなぞった。そこには複数の白丸からなる棒状グラフが記されていた。

○○……○—○（n＋1個）

「この部分、なぜn個でなく、わざわざn＋1個にしたのですか？　ちょっと理由がよく分からないんですが」

「それは……」

大瓦が顔をしかめたので、さくらは驚いた。前後の流れを見ると、この「○○……○—○」はさくらの解答で言うところの「○○……○○⃞」と同じ意味のようだが……。花巻編集長の問いは、大問3を解いた者なら即答できて当然のものだった。

少しの間考え込んでから、大瓦は咳払いした。

「……あとからの計算を楽にするためだ」

「計算ですか。しかしそれなら、単にn個とした方が楽ではないですか？　余計なものはなるべく省いた方が、問題が簡略化されて良いでしょう」

「そんなことはない。$n+1$個にしてあったからこそ、後半の計算がスムーズにできたのだ」

大瓦の額には脂汗が浮かんでいた。彼の苦しい弁明を聞いて、さくらはピンときた。大瓦が何を恐れていたのか。なぜ、フランスのなんとか大学にいる教授が解いたものだということを隠したかったのか。大瓦自身が内容を深く理解し、雑誌上で解説できるならば、何の問題もなかったはずなのに。

（やっと分かった。大瓦は解答を読んでも完全には理解できなかった……。解答を作ったのが他人だとバレて、理解度を試されるのを怖がっていた……）

「……n個の白丸に一個を付け加えたことには、もっと大きな理由がありますよ」

さくらは一歩進み出た。大瓦が鬼のような形相《ぎょうそう》でにらみつけてきたが、気にせずバッグから鉛筆を取り出す。彼女は自分の解答の余白部分に、グラフを描き出した。

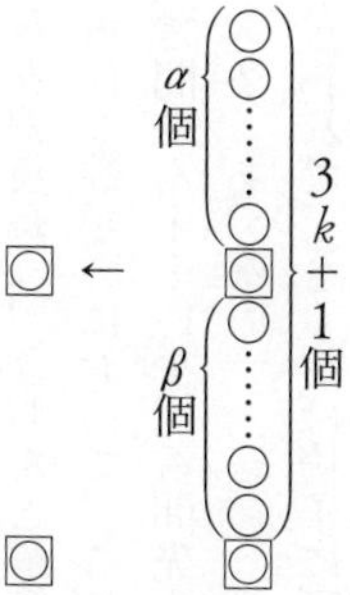

「これは$3k+1$個の白丸からなる棒状グラフに、新たに一個を加えた図です。四角で囲まれているのは、最後まで残る丸。この図をもとに考えれば、なぜわざわざ白丸を一個追加しなければならなかったかが分かります」

　彼女は、七徳塾でヒロ君に説明したときのように、グラフを描き連ねた。花巻編集長が「ほお」とつぶやく。

「見てください。このグラフ全体は、『白丸$3k+1$個のグラフの端に、白丸を一個追加したもの』ですが……同時に、別のグラフをも内包しています」

「別のグラフ、というのは？」

「『白丸α個のグラフの端に、白丸を一個追加したもの』および『白丸β個のグラフの端に、白丸を一個追加したもの』です。つまり、グラフは入れ子構造になっているんです。まるで、マトリョーシカのように」

「なるほど、マトリョーシカのように」

花巻は面白そうに相槌《あいづち》を打った。

「それが証明に役立つと？」

「はい。この証明は数学的帰納法です。一回り小さなグラフを利用して、大きなグラフについて考える必要があるので、入れ子構造を作ることが不可欠なんです。そしてそれには、端に白丸一個を追加する必要があった」

「なるほど。明快な説明ですな」

花巻はチラリと大瓦を見た。大瓦は苦虫を百匹ほどかみつぶしたような顔をしているが、花巻はそれ以上何も言わず、さくらの解答にあらためて目を向けた。視線が左右へ、猛スピードで動いている。とても、質問しながらギリギリ理解している人間には見えなかった。

（やっぱりこの人は……）

花巻のそうした態度を見て、さくらは思う。

（花巻編集長は、きちんと解答を読んで理解した上で、あたしたちを試していた……）

単純な数学力において、この編集長は大瓦より上なのではないだろうか。

「言問さん……いや、言問先生。どうぞ座ってください」

「え？　あ、はい」

言われて、さくらは椅子に腰を下ろした。とっさのことだったので大瓦と距離を置くのを忘れ、うっかり隣に座ってしまった。一メートル横から、子々孫々まで受け継がれていきそうな怨念が伝わってくる。さくらは、隣にいるのは銅像であると自分に言い聞かせた。

「お二人の解答を拝見したところ、先ほども申し上げた通り、解答部分に大きな差は見当たりませんでした」

長方形を描くように並んだ長机において――大瓦とさくらに対して角を挟んで向かい合い、花巻は落ち着いた声で語った。

「ご存じのこととは思いますがね。弊誌の解答速報には、毎年、どの予備校のどの講師が解いたものか、必ず名前を載せることになっています」

「ええ、そうですよね」

「何が言いたい。結論を言え、結論を」

「まあ落ち着いて。心を穏やかに保つことは長寿の秘訣《ひけつ》だと言いますし……ああ、余計なことでしたな、結論から言います。僕は、自力で解きあげたものを優先して掲載すべきだと思っています。しかもそれが、ほぼ同時に到着した解答であったならなおさらです」

「なにを、馬鹿な……！」

大瓦が、机を叩いて立ち上がった。

「つまり、私の解答は自力で解いたものではないと、そう言いたいのかね！　だから掲載する権利がないと！」

「端的に言えば、そういうことです」

「ひどい言いがかりだ。名誉毀損《きそん》で訴えるぞ！」

「しかし、あなたは僕の質問に答えられなかったではありませんか」

「早押しクイズじゃないんだ。複雑な問いをいきなり投げかけられたら、とっさに答えられないことだってあるだろう」

「複雑な問いを投げかけたつもりはないのですがね」

「揚げ足をとるな、揚げ足を！」

大瓦は何度も机を叩いた。隣にいるさくらにとってはいい迷惑である。何かを叩きたいなら、どこか別の場所で太鼓でも鳴らしていてほしいのだが。

「とにかく、話にならん！　花巻、貴様は少しは理知的な人間だと思っていたが、買い被《かぶ》りだったようだな。木《こ》っ端《ぱ》企業で腐った井頭と同じように、情けなく落ちぶれたらしい」

大瓦はすごい剣幕でまくし立てている。花巻は椅子に座ったままだったが……。井頭部長の名を聞いた途端に、その目つきは鋭くなった。

「あまりふざけたことを言うなら、こちらにも考えが……！」

「ふざけたこと？　ふざけたことを言っているのは君じゃないか、大瓦」

編集長の口調が、砕けたものに変わった。先ほどとは別人のような迫力。さくらは息を呑む。大瓦がひるみ、机を叩く手を止めた。

「言うに事欠いて、理屈を捨てて幼稚な悪口に逃げるとは、ついに焼きが回ったか？　日本一の数学講師だとか騒がれちゃいるが、メッキが剝がれたら見苦しいものだな」

「花巻、貴様……！」

「最近の君のやり口は分かっている。部下の手柄を散々横取りしているらしいが、俺の目をごまかせると思ったか。ちょっと会わない間に見くびられたものだな」

あの大瓦が気圧《けお》されていた。しかし、花巻から憎しみや悪意を感じるわけではない。気安いがゆえの厳しさがそこにあった。

「とにかく、少しは自分の手を動かして、頭を働かせてみろ。昔みたいに死に物狂いでな」

「…………」

大瓦は唇をかみ、椅子に腰を落とした。叱られた子どものような表情にも見えた。意外な態度にさくらが驚いていると……花巻はもう、元の落ち着いた雰囲気に戻っていた。

「さて言問先生。この解答を、『数学世界』に掲載させていただきたく思います」

「え……」

その瞬間のさくらは、きっとひどく間抜けな顔をしていたことだろう。いや、間抜けで済めば良い方で、驚きと戸惑いを鍋で煮詰めて寝不足のスパイスを加えた顔というのを、実際に鏡で見る勇気はさくらにはない。

本当に嬉《うれ》しいとき、人は動揺のあまり、喜びの感情をどこかに置き忘れてしまうようだ。

「あ、ありがとうございます」

さくらはただそう言って頭を下げることしかできなかった。竜一郎の協力。ヒロ君の意地。井頭部長の機転。弥生《やよい》。小美山。ダリ先生。昭。三十六時間の結晶。

(ああ、そうか)

さくらは全身の力が抜けて倒れそうになるのを、かろうじてこらえた。

(ずいぶん久しぶりに、こんなに気分がいい)

久しぶり。

いったい、いつ以来だろうか。

さくらはもう一度、「ありがとうございます」と、かみしめるようにつぶやいた。

7

「礼を言うのはこちらですよ。雑誌というのは、編集者が何人、何十人といても、それだけでは絶対に完成しませんから。原稿を書いてくれる人がいなければね」

花巻《はなまき》は大瓦《おおがわら》とさくらの解答を分けてまとめると、胸ポケットから取り出したボールペンのクリップ部分を用いて、それぞれ留めた。

「ぜひ来月号に載せたい。締め切りまであまり時間がありませんがねえ……。まあ、なんとかねじ込んでみせますよ」

「はい。お願いします」

さくらは頭を下げ、それから大瓦を一瞥《いちべつ》した。日本一の数学講師は打ちひしがれ、今にも机に突っ伏しそうになっている。

多分、花巻はもともと、大瓦が本当に大問3を自分で解いたのかどうか疑っていたのだ。だからこそ遅れて来たさくらを受け入れ、二つの解答を比較するような真似《まね》をした。そうすることで大瓦がボロを出すかもしれないから。狙いは見事に的中した。

「さて、本当はひと眠りしたいところですが、そういうわけにもいきませんからな。やるべきことが山積みですよ。編集長はこれだから大変だ」

花巻は解答を手に立ち上がった。さくらも黙ってそれにならう。対して大瓦は、いまだに体を起こせない。

「まず、ゲラのスケジュールを決めなくては。印刷会社と相談した上で、電話で連絡いたしましょう。それと、御社《おんしゃ》の東大コースの広告も同じページに載せるでしょう？　ああ、失礼。さすがにそれは言問《こととい》先生の担当ではありませんか。僕から連絡をしておきますよ」

東大コースの広告。

その言葉を耳にして、宙にふわふわと浮かんでいたさくらは、一気に地上へと引き戻された。

解答速報レースには勝った。しかしそれは、あくまでも有終の美に過ぎない。

「ありがとうございます。でも……東大コースは廃止されるんです」

さくらはうつむき、唇をかんだ。花巻はドアの方に向かいかけていた足を止めて、振り返る。

「廃止ですか。しかし、解答速報でトップをとれば存続だと聞いていたのですが」

「もともと、『再検討する』っていうだけで、存続が確約されていたわけではないんです」

さくらは力なく、首を横に振った。

「すでに内定してしまったので、どうしようもなくって。形だけの『再検討』はされるかもしれませんが」

「…………」

「名称が変更されて、授業内容も大きく変わります。……実質的に廃止です。今後は私立医学部受験をメインにするらしくて」

「なるほど。井頭《いがしら》の言った通りというわけか」

「え？」

「いえいえ、なんでもありません」

花巻は一瞬だけ遠くを見るような目をしてから、またさくらに視線を戻した。

「しかし、社長さんは数学ではないのでしょう？」

「え？」

意味が分からず、さくらは固まってしまった。

数学ではない？

聞き間違いかと思った。しかしどうやら、さくらの耳はこの上なく正確に、花巻の言葉を聞き取っていたらしい。彼は咳払《せきばら》いして言い直した。

「失礼。社長さんは、数学ではなく人間なのでしょう？」

「は、はい、もちろん」

「だったら気が変わるかもしれません。実際にトップをとったことを知ればね」

編集長は楽しげに言った。どのくらい真剣に言っているのか、にわかには判断がつかなかった。

「はっきり言って、僕は大手を中小が負かすことなど、予想だにしませんでした。おそらく社長さんも同じなのでは？」

「はい、多分おっしゃる通りだと思います」

「だからあなたが速報レースの結果を報告すれば、社長さんは自分の予測、常識が打ち破られることになる」

「でも、そんなことで前言を撤回したりするでしょうか」

「しないでしょうね。ホモ・サピエンスはたいてい、自分があくまでも正しく、一貫しているように見せたがるものですから」

無精ひげを触りながら、花巻はあっさりと言った。

「逆に言えば、一貫しているように見えればいいわけです。人間は数学ではないのでね、必ずしも真理に従うとは限らない。愚かしく柔軟な存在ですよ、本当に」

「ど、どういうことですか……？」

「前言を撤回せずとも、廃止しない方法があるかもしれない、というわけです」

人間は数学ではない。

独特の言い回しだったが……ようやく、少しは理解することができた。

人間は真理に従うとは限らない。

たしかにその通りだろう。

けれども、だからといってあの社長が譲歩してくれるとは、どうしても思えなかった。廃止が内定したことをわざわざ伝えてきたくらいだから、今からそれを覆したら、やはり「一貫性がない」と見なされてしまう。花巻も言っている通り、自身が優柔不断だと思われることを、人はよしとしない……。

「おい、黙って聞いていれば……いったいどういうことだ」

声をかけられ、さくらは振り向いた。先ほどまでしなびた野菜のようになっていた大瓦が、いつの間にか元気を取り戻していた。彼はまた椅子を蹴って立ち上がり、詰め寄ってきた。

「東大コースが廃止されると言ったな。七徳塾《しちとく》のか？」

「え、そうですけど……」

「井頭が何かしでかしたのか」

「いいえ」

正直、あまり会話したくはなかったのだが。さくらは仕方なく応対した。

「ただ経営方針が変わっただけです」

「経営方針……？　私にこんな屈辱を味わわせておいて……！」

大瓦がわなわなと震える。これはまずいと思い、さくらは自身の鼓膜を守るべく、数歩、身を退いた。

「ふざけるな！」

案の定、大瓦はものすごい剣幕で怒鳴った。

「それでは私は、無名なだけではなく東大受験の担当でもない、どこの馬の骨とも分からぬ輩《やから》に負けたことになるではないか！」

「そんなこと言われても」

「認められん！　認められんぞ！　東大コースの講師でないなら、解答の掲載は辞退しろ！」

言い分が滅茶苦茶《めちゃくちゃ》である。数学講師ならばもう少し筋道だった言動をしてほしいのだが、生憎《あいにく》、この有名人様にはそのような理性は期待できないらしい。大瓦は再び花巻に食ってかかる。

「花巻！　やはりコイツでは格が足りない！　私の解答を載せるんだ！」

「その話は終わりましたよ。しつこい人ですね」

花巻は煩わしそうに言うと、大瓦には構わず部屋の出口へと向かう。それに追いすがり、支離滅裂なことをまくし立てる大瓦。そのさらにあとから、うんざりしながらついて行くさくら。

「だいたい、『数学世界』の歴史を考えても、解答や解説を寄稿する人間にはそれなりの肩書が必要だ。無名の予備校に所属する、十把一絡《じっぱひとから》げにできるような愚鈍な講師どもには、その資格はないと言わざるを得ない。その点、私はどうだ。知名度も実力も申し分あるまい。『数学世界』に何度も解答を載せてきたという実績もあり、読者の信頼が……」

うるさすぎて、だんだん頭が痛くなってきたが。電車とか飛行機とかの騒音と同じだと思って、さくらはかろうじて我慢した。

＊

「……はい、よろしくお願いします。失礼します」

通話を終え、井頭はホッと息を吐いて受話器を置いた。顔を上げると、小美山《こみやま》と弘樹《ひろき》が固唾《かたず》を飲んでこちらを窺《うかが》っている。いや、その二人だけではなく、数学島の近くに机を並べる他教科の講師たちも、始業直後の慌ただしい時間であるにもかかわらず仕事の手を止め井頭に注目していた。

井頭は笑って口を開いた。

「編集長から連絡がありました。これで間違いなく掲載決定です」

「よおし！」

「やりましたね！」

途端に、小美山と弘樹がガッツポーズし、間髪を容《い》れずハイタッチした。周囲の島から拍手が起こり、それはやがて講師室全体へと広がっていった。井頭は椅子の背もたれに体を預ける。まだ手が震えていた。

朝の六時頃に、すでにさくらから電話を受けていた。それでも、彼女の暴走や早とちりである可能性を捨てきれず、誰もが半信半疑だったのだ。

しかし、編集長から電話があったとなれば、信じないわけにはいかないだろう。

言問さくらは速報レースで勝利を収めた。

「勝ったんですね。大手予備校、全部に」

「おじさんもう泣きそうだよ。いや、もう泣いてるよ」

小美山と弘樹は、今にも手を取り合って踊り出しそうな様子であった。さすがの井頭でも、体の力が抜けてしまっていた。

東大入試において、大手よりも早く解答速報を打てたのは初めてのことだ。

それは、高校球児がプロ野球チームに勝つことくらい、本来であればあり得ない事態である。

それを、やった。

泥の中を這い、知力と体力を最後の一滴まで振り絞ってやり遂げた。

（しかし、問題はここからだ）

井頭は自分の席で、じっと手のひらのしわに目を落とした。

速報レースでは勝ったが、すでに東大コースの廃止は内定している。おそらく、社長に勝利を報告したとしても決定は覆らないだろう。

しかし、井頭はまだ諦めていなかった。

たとえ名称が変わり、大幅に枠が縮小されたとしても、存続さえすればあとから盛り返すことはできる。どんな形でもいいから、東大コース、あるいはそれに類するコースを残す方法はないものか。

(もともと言問さんは、東大コースを存続させるためにこの戦いを始めた……。そして奇跡を起こした……引き寄せた。それなのに何一つ報われないなどとは……)

──数学は、報われるためにやるものではない。

花巻だったら、そんなふうに言うだろうか。

真理の探究としての数学において、見返りを求めるとはけしからん、と。

しかし井頭は、さくらに報われてほしいと思っていた。

彼女はまだ若い。これから散々、会社という組織に振り回されたり、大手と中小の差によって泣かされたりするだろう。

だが、受験業界を揺るがす大仕事を終えてもなお報われないとしたら、彼女の心は誰が救ってくれるのか。

たとえ、井頭自身の地位に影響することになったとしても。さくらのために、何かしてやらねばならない。その程度のことができない人間なら、井頭は五十年間、ただ無駄に飯を食い、無駄にしわと白髪を増やし、無駄に数字と記号を書き散らしてきただけということになる。

(今回だけは、彼女の働きを無駄骨で終わらせてはいけない)

しかし、具体的にはどうすれば良いか。

社長としても、方針を短期間で二転三転させるようでは、自身の評判にかかわると考えるはず。いや、そのあたりはお得意の屁理屈《へりくつ》でどうにでもしてくれるだろうか。ならば必要なのは理由、つまり強烈な動機だ。一講師との口約束以上に、社長を東大コース存続へと動かす何か。

井頭はさくらの机をチラリと見た。彼女が帰社したら一緒に社長室に来るようにと、社長本人から呼び出しを受けているが……机の持ち主は不在。「銭湯に寄ったので遅くなったが、今から出勤する」と電話があったばかりである。

電話では、東京数理出版《とうきょうすうり》での顚末《てんまつ》について簡単に報告を受けた。大瓦の方がわずかに早く到着していたが、解答への理解度の深さから、掲載の権利を得たのはさくらだった。その後、さくらが東大コースの講師でなくなると知って、大瓦のプライドは(勝手に)傷つき、そのために彼はしばらく喚《わめ》き散らしたらしい……。

（……大瓦か）

井頭は壁の時計に目を向けた。MAS《マーズ》の始業時間も、とっくに過ぎている。

大瓦の講義が一限から入っているかどうかは分からないが……。あの男は、何があろうと講義を中止したりはしない。自身のブランドに傷がつくことを極端に嫌うから、徹夜明けだろうと高熱があろうと、家族が亡くなった直後だろうと間違いなく教壇に立つ。

自身の地位を守ることに命を懸けるのが、大瓦数夫《かずお》という人間なのだから。

（ということは……）

大瓦は十中八九、今日も出勤している。

「…………」

井頭はしばらく無言で、腕組みをして机に視線を落としていたが……やがて受話器を取った。MASの番号をプッシュする。

「お世話になっております。七徳塾の井頭と申します」

うまくいくかは分からなかったが。

井頭は、少しあがいてみることに……いや、あがいてもらうことにした。

「大瓦先生、いらっしゃいますか」

＊

会社の近くに早朝から入れる銭湯があって良かったと、さくらは今日も思った。

ひと風呂浴びてスッキリしてから、さくらは会社に戻ってきた。マッサージチェアに座ったまましばらく眠ってしまったので遅くなりはしたものの……。今日のさくらの講義は午後からだから、その点は問題ない。

だが、別の問題が発生した。

さくらとしては、《出社した途端に同僚たちからたくさんの祝福を受け、瞬く間に社内の人気者になってしまうかもしれない、そうなったら仕事が思うように進まないかもしれない、困ったな》と考えていたわけだ。が、待っていたのはそんなささやかな幸福ではなく、いつもの、ただの現実だった。

さくらは井頭部長とともに、社長室に呼び出されたのである。

「さて、説明してもらおうかな」

社長は無駄に広いデスクの向こう側で、高そうな椅子に腰を下ろしていた。いつものぺらっぺらな笑みを浮かべているものの、上機嫌ではないということはさすがに察しがついた。彼の正面に、さくらは井頭部長と並び立つ。

口を開こうとしたさくらは、井頭部長に片手で制された。部長が、さくらに代わって釈明する。

「解答速報が完成したので、提出した。それだけです」

「東大コース廃止の件は、すでに正式決定したと伝えたはずだがね」

「ええ。しかし、解答速報まで中止しろとは言われていません」

臆することなく、井頭部長は返答する。さくらは口から出かけた言葉を呑《の》み込んだ。胃と心臓の間辺りで、感情がぐつぐつと煮えており、それらが形を与えてはならないものだということはかろうじて自覚できていた。今は部長に任せるべきだ。

「彼女は東大コースの件とは関係なく、ただ速報を打っただけです。そしてそれが、たまたま全予備校中で最速だった」

ふんぞり返っている社長に対し、井頭部長は言う。

「それなら、会社の方針に背いてはいないでしょう?」

「む……」

社長はチラリとさくらの方に目を向けてから、腕組みして天井を見上げた。今、社長の頭の中を何が駆け巡っているのか、表情からは読み取れない。いや、メスで頭蓋を裂いて覗《のぞ》いて見ても、きっと理解できないことだろう。

「……本当に最速だったのか?」

「ええ」

「MASやテクネ・マクラより早かった？」

「その通りです」

「しかし昨日、MASが解答を完成させたという知らせがあったじゃないか」

「どうやら誤答だったようです。ええ、時にはそういうこともあるものです」

井頭部長は堂々とそう答えた。社長は部長に目を戻し、それからまたさくらを見た。

「……そうか。大したものだね、言問さん」

「私だけではありません」

「ん？」

「弘樹君が、決定的なアイディアを出してくれました」

「弘樹が？」

「ええ、詳細は省きますが。彼がいなければ解答はまだ完成していなかったでしょう」

「…………」

ヒロ君の名を耳にすると、社長は束の間《つかま》、目を閉じた。聞き取れるかどうかという小さな声で、つぶやいた。

「……それもまた約束、だったな」

「え？」

「いや、なんでもない。こちらの話だよ」

社長は首を横に振った。

「分かった。もう解答を届けてしまったのであれば、今さら撤回することもないだろう。『数学世界』の件はそのまま進めてくれ」

「承知しました」

「しかし廃止については、残念ながらもう決まったことだ。取り消すことはできない。上半期の予算も確定しているしね。近いうちに正式発表することになるだろう」

それを聞いて、さくらの頭は瞬時に沸騰した。すでに覚悟は決めていたつもりだったが、目の前でこうも冷徹な態度で告げられては話が別である。足を一歩前に出しかけたところを、井頭部長にまた片手で遮られた。

「……ただし」

あと数秒遅かったら、もしかしたらさくらは、部長の制止を振り切って社長につかみかかり、殴り飛ばし、めでたく翌日以降の職を失っていた可能性があった。けれどもそういう未来が訪れる寸前、社長は言った。

「東大コース廃止後の経営方針については、未定の部分も残っていてね。それについては『微調整』を検討する予定だった」

前のめりになっていたさくらは、グッとその場で踏みとどまった。

「『医学部マスターコース』と『栄冠コース』の二本柱でいくことは確定だとしても……。『栄冠コース』の授業方針については『再検討』しよう。東大コースの色をどの程度まで残すか……。重要な問題だからね」

もっともらしいことを、社長は語る。はたしてそこに中身はあるのか、それともはぐらかしているだけなのか、即座には判断がつかなかった。「相手の目を見れば嘘《うそ》を吐《つ》いているかどうか分かる」と思い込んでいる人はたまにいるが、そういう人は金岡《かなおか》社長と会ったら考えを改めるだろう。

さくらはチラリと、井頭部長を見やる。部長は黙って社長を見据えているだけだ。……いや、よく見ると部長の視線は金岡社長ではなく、社長の机に向いているらしかった。机――正確に言うと、そこに置かれた卓上電話に。

井頭部長は、〝何か〟を待っているようだった。

その〝何か〟が向こうからやってきたのは、その数秒後だ。

唐突に、社長の卓上電話が内線の着信を告げた。金岡社長は「失礼」とつぶやき、受話器は取らずにただボタンを押す。

「どうした」

「お疲れ様です。たった今、MASの大瓦様が……」

事務の女性の声。さくらの心臓が、トビウオのようにはねた。この場で耳にするはずのない名前。できれば二度とかかわりたくない男。

（大瓦？）

嫌な予感が無数の虫となって、背中をゆっくりと這《は》うかのようだった。

そしてその電話は、金岡社長にとっても意外だったらしい。彼は眉をひそめた。

「大瓦？……大瓦数夫か？」

「はい。社長と話がしたいと」

社長は首をひねり、数秒間考えてからポツリと「名刺を交換したことがあったな……」とつぶやいた。

「あの超有名人が……。分かった、つないでくれ」

「いえ、お電話ではなく、直接……。もう総務部までいらしています」

「なんだと……⁉」

金岡社長の表情が、ますます困惑の色に染まる。さくらも突っ立ったまま、ただただ混乱していた。

（分からない……まさか社長に直接文句を言おうってこと……？）

「本当に私かね？　数学科の誰かではなく？」

「はい、間違いなく社長に用があるそうで」

「いったい何なんだ。見当がつかない」

社長は額に手を当て顔をしかめた。しかしいくら悩んでいても、大瓦が帰ってくれるはずもなし。結局、社長が何一つ納得しないまま、大瓦は案内されてきた。

ドアが開いて、大瓦数夫が社長室に現れる。先ほどさくらが会ったときとは違って、授業のときの服装——明治か大正の街からタイムスリップしてきたかのような着物姿であった。

入室したとたん、大瓦は、社長の机の前に立つ井頭部長とさくらに気づいた。目を見開いているさくらに対し、彼は不快そうに言った。

「何を驚いている。貴様がやったように、直接乗り込んだまでだ」

「いったい、何のために……？」

「言問さん。大瓦先生は社長に用があるようです。……では社長、我々はこれで」

「いや、構わない。むしろお前たちも同席しろ」

退出のために会釈した井頭に、大瓦はそう言った。ますます訳が分からなかったが……彼は何の説明もせずに、促される前に来客用ソファに腰を下ろした。アウェイであることを感じさせない、堂々たる態度である。

「久しぶりだな、金岡社長。私を覚えているか？」

「ええ、ご無沙汰しております」

「急に押しかけてしまったことは、一応、詫《わ》びておこう」

「いえ。それで、どのようなご用件で？」

金岡社長の態度はずいぶんと慇懃《いんぎん》であった。この社長は——たいていの人間がそうであるように——権威に弱い。実際に、父親が社長で彼がまだ一役員だった頃は、非常に大人しくしていたものだ。

必死に取り繕ってはいるが。さくらや井頭と話すときと比べて、明らかに萎縮していた。中小とはいえ企業の社長が情けない、と言いたくなるが……。相手はただの人ではなく、日本一有名な数学講師であり、バックには大企業MASがついている。

さくらは昨日から今日にかけて、大瓦の顔に泥を塗る行為を繰り返しており、彼の目鼻はすでに泥に埋もれて見えなくなっている頃であるが……。そうした恐るべき行いの数々は、死ぬまで黙っておいた方が良さそうだとさくらは思った。

「用件は他でもない。そこにいる言問という数学講師についてだ」

大瓦は、そう言って横目でさくらを見た。やっぱり、と思って、さくらは顔をしかめる。

先ほどさくらに負けた腹いせに、何か言いがかりをつけに来たというわけだ。

嘘八百を並べ立て、社長と部長を丸め込んで、解答を撤回させるつもりだろうか。しかし、それならさくらは同席させない方がいいだろう。では、さくらがMASに侵入したことを責め立てるつもりだろうか。いや、その件ではすでに花巻編集長によって言い負かされていたはずだ。じゃあいったい、何が目的で……？

「彼女は非常に才気あふれる逸材だ。どうだね、うちに寄こさないか」

「え？」

聞き間違いだろうと思った。そうでなければ、ソファに座っているのは大瓦によく似た別人だろうと思った。それほどまでに、彼のセリフと人間性はかけ離れたものだった。

社長の困惑が、さらに深くなった。

「……それは、どういう意味でしょうか？」

「そのままの意味だ。彼女はきっと、MASでも即戦力になる」

「御社にスカウトしようということですか？　いったいなぜ……？」

「すでに知っているだろうが、私はそこにいる言問君に敗れた。ほんの数秒の差で、先に解答を届けられてしまってな。こちらにアクシデントがあったせいでもあるが……それでも勝負は勝負。言い訳をするつもりはない」

言い訳しない、どころか。どうも情報が捻《ね》じ曲げられている気がするのだが。

そう思って、つい口を挟みそうになったが……横から井頭部長の視線を感じ、思いとどまった。《今は黙っていなさい》という言葉が聞こえてくるようである。

「私を負かすほどの人材は滅多《めった》にいない。スカウトの理由として、他に何か必要かね？」

大瓦はいけしゃあしゃあと言ってのける。つい数時間前には、負けを認めようとせずに喚き散らしていたというのに。どこかに頭をぶつけたのか、何かまずいものを食ったのか。

とにかく何かがおかしかった。

さくらは井頭部長を横目で盗み見た。部長は大瓦を昔から知っているらしい。今の大瓦がおかしいことには、当然気づいているはず……。

「……残念ですが」

だが期待に反して、井頭部長が違和感を指摘することはなかった。

「彼女は弊社の貴重な戦力ですのでね、大瓦先生。スカウトなら諦めてください。そうでしょう、社長」

「え？　……あ、ああ、そうだな」

社長はやや戸惑いを見せつつ答えた。大瓦は、フンと鼻を鳴らした。

「まあいい。もともとスカウトの成功は期待していなかった。本題は別だ」

本題？

さくらはまた身構えた。いや、身構えてどうなるものでもないのだが、とにかく、大瓦から攻撃的な言葉が飛んでくることを予測した。今度こそ、束数《とうすう》でのやり取りを蒸し返し、自身の負けをなかったことにするために、あらゆる手段を尽くしてくるのではないかと。

しかし、違った。

「さっきも言ったように、私は負けた。そうなると問題があってな。実はビジネス誌やテレビから、この件について特集したいという連絡が、昨日のうちに来ていたわけだ」

「この件、というと？」

「当然、今年の東大後期だ。数学の大問3が、疑う余地のない受験史上最難問であったことは……まあ、わざわざ説明するまでもないだろう。MASの講師たちが数十人がかりで解けなかったのだから」

社長はチラリと井頭部長に目配せをした。部長は無言で、小さくうなずく。

「ええ、存じています」

受験数学のことは何も知らない社長であるが、ここは、知ったか振りで切り抜けることにしたらしい。彼はそれらしく応じた。

「非常に難しい問題だったそうですね」

「そうだ。記者たちもその話を聞きつけていたわけだ。そして、『難しいとは言ってもどうせ大手が勝つだろう』と予想し、何社かにあらかじめあたりをつけていた。しかし蓋を開けてみたら、勝ったのはノーマークの七徳塾だった。記者たちは慌てている」

「な、なるほど」

「そして先ほど、なじみの記者に電話で七徳塾の名を教えたら、東大コースを取材したいとも言っていた」

「ほお、取材ですか」

社長の眉がピクリと動いた。平静を装ってはいるが、わずかに前のめりになったことがさくらにも分かった。

ビジネス誌。テレビ。

七徳塾の知名度を上げるために、願ってもない機会である。

社長が興味を持ったことに、大瓦は気づかなかったのか、それとも気づいていながら知らぬフリをしているのか。彼はソファにふんぞり返っている。

「受験史上最難問を最初に解いたわけだからな。取材の依頼が舞い込むのは当然の流れだ。ただ、そうすると懸念事項もある」

「懸念事項？」

「東大コースの〝名称が変わる〟という噂《うわさ》を小耳に挟んだ。たしか来年度からだったか」

瞬間、社長室の中に緊張が走った。

名称が変わる、というのは、つまるところ廃止のことである。取材対象そのものが消えてなくなる。そうなったら、雑誌もテレビも七徳塾に興味を持つ理由が皆無である。

「……ええ、よくご存じで」

金岡社長の目が束の間、泳いだ。

この話はどのように転ぶのか。社長のみならず、さくらも固唾を呑んだ。

「新しいコースの売り出し方は、私には分からんからな。あまり無責任なことは言えないが……。いずれにせよ、東大受験のためのコースであることに変わりはないのだろう？」

やはり、今の大瓦はどこかおかしかった。

彼はまるで、廃止のことをまったく知らないかのように言ったのだ。

「だったら、出版社やテレビ局にとっては同じはずだ。近いうちに連絡があるだろう。取材を受けるかどうか考えておきたまえ」

(どういうこと……?)

大瓦は今朝、さくらから廃止の件をすでに聞いているはずなのに。

敗北のショックで記憶が混濁している、というのでなければ、これはいったい何だ?

「では、そろそろ失礼する」

さくらが、目の前の出来事を何一つ理解できないでいる間に、大瓦はソファから立ち上がった。彼が社長室に突撃してきてから、まだほんの数分しか経《た》っていない。これには金岡社長も驚いたようであった。

「え、もうお帰りですか」

「用件は済んだ。私は忙しいんだ」

大瓦はそれだけ言うと、会釈もせずに社長室を出て行った。その際ドアの付近で、茶を運んできた女性事務員と入れ違いになる。事務員は、茶を出す相手がいなくなってしまった格好になり、お盆を手にしたままその場で立ち尽くしていた。

「大瓦」

七徳塾のエントランスを出たところで、井頭部長は大瓦に追いついた。大瓦は不愉快そうな顔をして振り向き……部長の後ろにさくらもいることに気づいて、さらに二倍くらい不愉快そうな顔をした。

午前中特有の、手つかずで爽快な空気があたりを満たしているにもかかわらず、その空気は大瓦の体から発せられる苛立ちの感情によって、すぐによどんでしまう。

日曜ゆえに、ビジネスマンは少ない。代わりに高校生がちらほらと歩いており、その中の幾人かはさくらたちとすれ違って、七徳塾の中へ吸い込まれていく。塾の前にはタクシーが一台停まっていた。

「来てくれてありがとう。おかげで助かったよ」

「私にこんな芝居を打たせるとは」

大瓦は口元を歪《ゆが》めた。自分の内臓を手づかみで取り出すことを強いられた人のような、強烈な忌避感が表われている。

「まさか、ありがとう、などという言葉だけで済ます気ではあるまいな」

「もちろん、約束は忘れていないよ」

「そうあってほしいものだな」

大瓦は小さく首を振った。思ったよりも気安く会話する二人を前にして、さくらはいささか動揺していた。

「そっちの女とも口裏を合わせておけよ。やるからには徹底しろ」

「もちろん。そういう取引だからね」

「だが……たしかにこの策は悪くない。あえて乗ってやる、今回だけはな」

「ありがとう。けれど、うまくいくかどうかはまだ分からない」

「ふざけるな！　私にここまで協力させておいて、失敗しました、などとは言わさんぞ！」

大瓦は、今にも殴りかからんばかりの勢いで井頭部長に詰め寄った。さくらはハッと息を呑んだが……部長は平気な様子でニコニコ笑っている。大瓦は鼻を鳴らすと、吐き捨てるように言った。

「結果が分かったら連絡しろ。すぐにだ」

「そうするよ。どうだい、全部うまくいったら、またラーメンでも食べに行くというのは」

「フン」

そこまでだった。大瓦はさくらの方には目を向けることなく、そのまま踵《きびす》を返すと、肩をいからせて、待たせてあったタクシーに乗りこんだ。さくらはぽかんと、滑るように発車するタクシーを眺める。

和服姿のその男を乗せたタクシーが角を曲がって見えなくなってから、さくらは井頭部長に目を向けた。

「あの……なんだったんですか」

「本当にすさまじい行動力です。あのエネルギーが少しでも、数学力を磨くために向けられていたら良かったのですが。昔のようにね」

「いったい大瓦は、何をしに来たんです？」

「自分の格を落とさないように。大瓦はそのために人生を懸けています。今回の訪問も、百パーセント自分一人のためですよ」

「はあ……」

「単純な話です。速報レースで勝利をつかめなかった。だから今度は、敗北の傷口を最小限に抑えるために動きはじめた、というわけです」

井頭部長はエントランスには戻らずに、七徳塾の裏手に回るよう手ぶりで促してきた。二人は人のいない――つまり盗み聞きの心配のない――ビル裏側の非常階段の方にやってきた。

階段をのぼりながら、部長は語る。どうにか回収したらしいが、それでもＭＡＳの生徒たちが誤答を一度受け取ってしまった事実は変わらない、と。しかも、修正版がなかなか配布されなかったとなれば、不審に思う生徒もいるだろう、と。

「大瓦が敗北したという噂は、おそらく早晩広まるでしょう」

部長は踊り場で立ち止まり、遠く南東の空を見た。本郷キャンパスのある方角だった。

「だから大瓦は、自分の敗北をあえて隠さないことにしたのです」

「え、ずいぶん潔いですね」

「そう、潔く見えますね。それこそが大瓦の狙いなわけです。彼はこの敗戦を『某社東大コースのエース講師との死闘、わずか数秒差の決着』という具合で、武勇伝として語ることにしました。しかも、アルバイトがひどいタイプミスをしており、その訂正に時間をとられるというアクシデントに見舞われた、と」

「なるほど……」

非常階段の手すりに軽くもたれかかって、さくらは考える。

たしかに、「数秒差で勝った」というご都合主義的な話よりも、「数秒差で負けたが、私はへこたれない」というストーリーの方が、美談として受け入れられやすいかもしれない。敗れはしたものの、自身の神格化が揺らぐことはない。

それにしても。

つい数時間前まではさくらや花巻編集長に難癖をつけ、敗北を認めようとしなかったというのに。東数で会ったときにも感じたが、やはり驚くべき切り替えのはやさである。

「私は彼と取引をしました。東大コース廃止を防ぐために、社長の説得に協力してもらう。その代わり、私たちは記者に対して、大瓦にとって都合の悪いことは話さない。具体的には、今言ったストーリーだけを語るわけです」

「数秒差の決着、ですか。さっき大瓦が『口裏を合わせろ』とか言っていたのは、その話……」

「ええ。大瓦にとっては、事の全容を知っているあなたの存在が最大の懸念材料。だからこそ、取引に応じたのですよ」

そう言って、井頭部長は空からさくらに視線を戻した。

「勝手に取引をしてしまって、すみません」

「いえ、そんな……」

謝る井頭部長に対し、さくらはとっさには言葉を返すことができなかった。いつもと同じ優しい口調、優しい雰囲気。けれど、語る内容は老獪《ろうかい》そのもの。部長の、これまで知らなかった一面。

東大コース存続への希望が残った。首がつながった。

(この人は、きっと)

きっとこれまでも、知らないところであたしたちを守ってくれていた。

「それと一応、大瓦がこの劇的なストーリーを広めれば、七徳塾の宣伝にもなるのではないかと見込んでいます」

「た、たしかに、そうなったらさらに都合がいいですね。一つの石で二つを打つ、というやつですか」

「しかし最大の問題は、これで本当に社長を説得できるかどうか、です」

井頭部長の口元から、束の間、微笑が消えた。

社長が、テレビや雑誌による取材に魅力を感じるかどうか。それほど注目されているコースを廃止することについて、「もったいない」と思ってくれるかどうか。そして権威に弱い社長が、有名人大瓦数夫の言葉に心を揺らすかどうか。

すべては未知数 x の中だ。

東大コースが存続するか否かはまだ分からない。そして速報レースが終わった今、さくらにできることは何もない。

ここから先は、部長に立ちまわってもらうしかない。

「さあ、講師室に戻りましょう」

井頭部長はそう言って、再び非常階段をのぼりはじめた。さくらはしばし踊り場に立って、建ち並ぶビルを眺め……。やがて、部長のあとを追った。

*

七徳塾の社長・金岡茂《しげる》は煩悶《はんもん》していた。

いきなりアポイントもなく押しかけて来た大瓦数夫。彼の言葉を信じるなら、雑誌やテレビの記者の中に、七徳塾に興味を持っている者がいるという。彼らが近いうちに取材のために連絡してくるだろう、と。予備校も客商売である。知名度が高いか低いかで言えば、高いに越したことはない。私立医学部志望、つまり富裕層をターゲットに方針転換していく上で、願ってもないスタートとなるだろう。

しかしそこには、大きな問題がある。

東大コースは来年度から「名称変更」――つまり廃止することが決まっている。そして、廃止することが知られてしまえば、せっかくの取材の件は立ち消えになるだろう。

もちろん、速報レースで勝ったときには「再検討する」という約束だったことは覚えている。先代社長――つまり茂の父の頃から、七徳塾はワンマン経営。他の役員と比べて社長の力が圧倒的に強いのだから、彼が方針転換を提案すれば、即座に廃止を撤回することは可能だろう。

(だが、そんな風見鶏《かざみどり》の社長が求心力を持ち得るか?)

そうした自問が彼を引き留める。

おまけに。

経営方針を元に戻すことは、父と異なる方法で結果を出し、父の鼻を明かすという、彼自身の目標にも反することとなる。

「……それで、用件は何ですか？」

声をかけられ、茂は思考を中断して顔を上げた。先ほど大瓦が座っていた来客用のソファには、息子の弘樹が不機嫌そうな顔をして腰を下ろしていた。

大瓦の突然の訪問からおよそ二時間。講義のない時間を見計らって、社長室に呼び出したのである。

「ああ、すまない。少し考え事をな」

彼は咳払いし、グッと背筋を伸ばした。一方の息子は、出された茶には手を付けず、じっとこちらの様子を窺っている。

（警戒されているな）

茂はそっと苦笑した。鬱陶しがられるのはいつものことだ。

理学部ではなく、医学部受験を勧めたこともあった。自身のツテを使って、もっと良い会社への就職を斡旋《あっせん》しようとしたこともあった。息子はそのことごとくを蹴り、大学で数学を学び、予備校講師になった。七徳塾に入社したのも茂の影響ではなく、祖父――つまり茂の父を慕ってのことだ。むしろ当初、茂は猛反対したものだ。

良かれと思ってしたアドバイスだったが、息子は聞く耳を持たなかった。

自分の若い頃と同じだと、茂は思う。

「……そんなに構えなくていい。ただの世間話だ」

彼は自分の茶に口をつけたが、普段よりも苦い気がして、ちょっと顔をしかめる。彼は湯呑《ゆのみ》を机に置いた。

「例の東大後期、お前も協力したのだろう？」

「はい、もちろん。僕も数学科の講師ですから」

「言問さんは、お前にずいぶん助けられたと言っていた」

茂はそんなふうに水を向けてみた。弘樹なら当然、自分の功績を詳しく語りはじめるものだと思っていた。

しかし、そうはならなかった。

「いいえ。残念ながら、あまり力にはなれませんでした」

弘樹は首を横に振り、悔しそうに言ったのだ。

「僕はまだ力不足だと、今回痛感しました。もっと勉強して出直すつもりです」

茂は驚いた。たとえ地球が滅ぶ日になっても、弘樹は決して自分を「力不足」などと評すことはないと思っていたのだが。

「どうした、急に謙遜をして」

「謙遜ではなく、客観的に分析しただけです」

彼はムッとした様子で答えた。

「あの問題を、僕は先輩より先に解いたと思いました。けれどそれはただの勘違いで……

結局、言問先輩に助けられてばかりでした」

意外なほど素直な告白だった。これが、常に自分を実際よりも大きく見せるように努めてきた男だとは、にわかには信じられない。

「僕はまだ、受験数学の勉強が足りていません。しかし一年後には違います。東大がどんな問題を出題しても、難なく解けるくらいの力をつける……。それが今の目標です」

「だが、東大コース廃止は内定した。それは知っているだろう？」

「知っています」

弘樹はうなずいた。何か問題があるのかと、その目が問いかけてくる。

「僕はただ数学を解いて、先輩に追いつきたいだけですから。東大コースがなくなっても、道が絶たれるわけではありません」

「東大コース廃止後には……東大の難問を片っ端から解いて、素晴らしい解答を作れたとしても、誰にも評価されないかもしれないぞ？」

息子を揺さぶるつもりで茂は言った。いつもだったら、このくらい挑発すればムキになるはずだった。

「新しい七徳塾では、東大ではなく私立医学部に受かることが重要になるのだからな。そういう指導ができる講師を、私は評価する」

「どう評価されようと、もう僕には関係ないんです」

あっさりと言い切った。茂は思わず押し黙る。弘樹の言葉は、何から何まで予想外だった。

茂は自身の父からこの会社を継いだ。若い頃、「親父とは違う道を行く」と意地になっていたにもかかわらず、結局は同じ道に戻ってきてしまった。今も、父とは違う経営方針がないものか、必死に模索しているが……言ってみればそれだけだ。自分は、父の影から逃れられていない。

だからきっと、息子も自分と同じなのだろうと、勝手に思い込んでいた。表面上は父から離れようとしつつも、結局は認められたくてもがいているのだろうと。

「用がないならもう行きます。僕も忙しいので」

弘樹はソファから立ち上がった。茂は引き留める理由を探したが、そんなものがあるはずもない。先ほども自分で言った通り、彼はただ、久しぶりに世間話をするために息子を呼んだだけだった。

「……お前の考えはよく分かった」

去ろうとする息子に、茂は言った。

「やりたいようにやってみなさい。私は数学のことはよく分からないが……どうやら言問さんはとても優秀らしい。彼女から多くを学ぶといい」

「はい、そのつもりです」

「それから、やりたいように、とは言っても、徹夜ばかりしていては仕事の能率が落ちるものだ。その点だけは言問さんを見習わずに、夜はしっかり寝るように」

「……分かりました」

弘樹は静かに、社長室から出て行った。ほとんど音もなく閉まったドアを、茂はじっと見つめる。

意地になっているのは、今や自分だけなのではないだろうか。

茂は頭に手をやり、天井を見上げた。たった一人の社長室で、誰にも知られずため息を吐く。

(まさか、息子に置いていかれる形になるとは)

茂はしばし、天井を眺めながら沈思黙考した。東大コースの廃止を決めた役員会議。井頭、そして言問からの抗議。「再検討」の約束。速報レースでの勝利。大瓦数夫の来訪。短期間に押し寄せたあらゆる出来事が、次々に思い出される。

茂はおもむろに、机の引き出しを開けた。そして中から「東大コースの名称変更について」と書かれた資料を取り出す。

彼はその資料をパラパラとめくり、ひとしきり目を通してから……両手で、無造作に引き裂いた。

……。

……。

……。

……。

後日、当初の予定通り「医学部マスターコース」の創設と、東大コースの「名称変更」が発表された。新たなコースの名前は「栄冠コース」。名称が変更されたとはいっても、内容はそれまでの東大コースとまったく変わっていなかった。

七徳塾の東大コースは、〝当面は〟実質的に存続することが決まった。

エピローグ

「ヒロ君、問2は訂正してって言ったでしょ」

「先輩。何度も言うように、僕の解き方の方がスマートなんですよ。単純に座標平面上で扱うよりも、幾何的に考えた方が計算も少なくて済みます」

「だから、それを生徒が覚えて使いこなせるようになるかどうかは別問題ってこと。このやり方は難しすぎるよ」

「決めつけはよくありません、決めつけは。今年の生徒たちは地力があります。そこに僕の的確な指導が加われば、きっと使いこなせるようになりますよ」

「う～ん……」

さくらとヒロ君の言い合う声が、朝の講師室内に響いていた。新学期になってからはいつもこの調子なので、近くを通る講師たちも特に気に留めずに歩き過ぎていく。小美山《こみやま》がスポーツ新聞をめくりながらニヤニヤし、井頭《いがしら》部長は穏やかな微笑をもって、二人のやり取りを見守っていた。

「ん～……分かった。じゃあ、そのプリント二種類とも刷って、両方持ってきて。普通のやり方を教えて、余裕がありそうなら幾何のも教えてみる方向で」

「承知しました！」

「あと五分で始まるから、急いでね！」

さくらがそう言うと、ヒロ君は待ってましたとばかりに、コピー機の方へと走っていった。さくらは机の上からノートやらプリントやらチョークやらをかき集め、「授業行ってきます！」と言い残して数学島をあとにする。小美山が手を振っていた気がするが、振り返す気は毛頭ない。

隣の国語島では、弥生《やよい》が机でうとうとしている。授業のある講師たちは次々に、慌ただしく講師室を出て行く。その他の者たちは机の前で、ボロボロの参考書を眺めて首をひねったり、パソコン画面とにらめっこしたりしている。

四月。

七徳《しちとく》塾の講師室は、昨年度までと基本的には変わりがなかった。ただ、以前よりも少し慌ただしさは増した気がする。合格者たちが三月でやめたが、それ以上の人数が新年度から入会してきた。

生徒が増えたのは良いことだ。しかし、世の中のたいていの事象は、良いことばかりを運んできてくれるわけではない。

生徒が増えれば、講師の仕事もまた増える。

その影響もあって、ヒロ君が東大コース……いや、「栄冠コース」の授業を手伝いはじめた。まずはさくらのアシスタントという形で授業のやり方を学んでいる。本人はやる気満々であるが、空回りすることも多々あり、さくらの仕事はかえって面倒になった。慣れれば楽になると信じたいものだ。

ちなみに、新しくできた「医学部マスターコース」の方は、さくらと小美山の二人で五里霧中である。こちらも徐々に慣れていくしかない。

さくらはプリントとノートを抱えて、講師室を出て、早足で教室へと向かう。途中で、分厚い洋書を手にしたダリ先生が、何やら壁の方を向いて立ち止まっているのが目についた。うまく通り過ぎようとしたのだが、残念ながら、このとがったヒゲを持つ英語講師はこちらに気づいてしまった。

「ああ、言問《こととい》さくら君。今から授業かね？」

「ええ、東大……栄冠コースの」

「まだ慣れないね。うん、気持ちは分かるよ。……ところでこの記事はもう読んだだろうか」

ダリ先生は壁の一角を指さした。そこは大学情報などを貼る掲示板……のはずだが、今はちょっと状況が違う。掲示板には雑誌のコピーが貼ってあり、そこに並んでいる見出しは、どれも似たり寄ったりだった。

大瓦《おおがわら》数夫《かずお》　史上最難問を語る——予備校のいちばん長い日
最強講師・大瓦の知られざる名勝負
巨人・大瓦に挑んだ弱小予備校

偉そうに腕組みをしたところを斜めから写された大瓦の写真が、嫌でも目に映る。さくらはため息を吐《つ》いた。

「……また新しい記事が増えたんですか？」

「うむ。例によって、君のこともかなり詳しく書かれているよ」

「そうですか。正直、自分の特集記事ってあんまり読みたくないんですけど。この前の週刊誌みたいな例もあるので」

「あれはたしかに、褒められた記事ではなかった。しかし、今回は受験生の子を持つ親向けの記事だから安心したまえ。そもそも、ここに貼ってある記事はちゃんと取材があったものだけだ。まあ、気が向いたときにでも読むといい」

そう言い残すと、ダリ先生はさくらとすれ違う形で、講師室の方へと歩いていった。さくらは再び、チラリと掲示板に目を向ける。

どの記事にも、見出しに「七徳塾」の名前はない。だが、内容を読むと七徳塾のことが中心だった。無名の予備校を見出しに使うよりも、大瓦数夫の名で読者を釣った方が儲《もう》かると判断したのだろう。拝金主義、大いに結構。こちらとしても、雑誌が売れてくれなければ宣伝にならないのだから、多少のことは目をつぶろう。そう、多少のことは……「七徳塾の美人講師は、本当にこの難問を解いたのか。背後に誰か、大手の男性講師がいたのではないか」とか書かれるくらいは目をつぶろう……いや、思い出したらやはり腹が立ってきた。あの出版社の雑誌も書籍も、未来永劫《えいごう》買わないことに決めた。

さくらは顔をしかめて、また早足で歩きはじめた。

当たり前だが、彼女が速報レースでトップをとっても、翌日から世界が劇的に変わったりはしなかった。相も変わらず、多くの大人は「女子に数学はできない」と根拠もなく思い込んでいるし、それを子どもたちに向かって偉そうに語っている。東大コース（栄冠コース）は「当面は存続」というだけで、いつ廃止になるか分からない状況。そして新しい「医学部マスターコース」の授業料については、今は常識的な額であるとはいえ、社長はきっと値上げの機会をうかがっているだろう。

それでも……いや、だからこそ、さくらのやることは変わらない。変えるつもりはない。

この一歩一歩が誰かを救うことになると——誰かの足を引っ張る厄介な亡霊を、祓《はら》ってやることになると信じているから。

教室に向かって歩きながら、さくらは決意を新たにする。そして同時に、先日自分宛てに届いた一通の手紙のことを思い出していた。三月に卒業した教え子、佳菜子《かなこ》からの手紙だった――。

言問さくら先生

ご無沙汰しています。里井《さとい》佳菜子です。まだ覚えてくれてますか。

早いもので、進路についてさくら先生とお話ししてから、一か月以上も経《た》ってしまいました。

あのときはいきなりごめんなさい。合格発表があったばかりで、いろいろ動揺していて。本当は笑顔で報告したかったんですけど、それもできなくて。暗い感じになっちゃって、困らせてしまったんじゃないかって心配してます。

でも、相談に乗ってくれて、嬉《うれ》しかったです。

この間、入学式がありました。大学の入学式ってすごいんですね。日本武道館を貸し切っちゃって、大きなステージを作って、その前に学生がずらっと並ぶんです。

私はというと、どこから会場に入ればいいか分からなくて少し遅れてしまい……。ステージのある1階にはもう入れなくて、観覧席での参加ということになりました。ステージの上では学長とか、ゲストの有名な人とかが順番に話していたような気がします。途中でうとうとしてしまったので、よく覚えていないんですけど……。

こんなことを書くと、また先生に心配をかけてしまうかもしれませんね。でも大丈夫です。失敗したのは入学式だけで、履習登録とかは今のところ順調です。

それから、奨学金の方も。

きちんと申請して、今は結果連絡を待っているところです。

学生生活はお金がかかりそうなので、奨学金頼りではなく、塾でバイトもしようかな、と考えています。もちろん、大学の授業の方にしっかり慣れたら、と決めていますが。

高校生に教えるのは大変だから、小学生か、中学生向けのところを探しています。どこかオススメがあったら、教えてくださいね。

それから。

『数学世界』読みました。たまたま見ていたテレビで、さくら先生の名前が紹介されてて、すごくびっくりしちゃって。本屋ではもう売り切れてたので、取り寄せてもらったんです。

『数学世界』、受験が終わってから初めて買うなんて、おかしいですよね。毎月読んでるクラスメイトはいたんですけど、文系の私には無理だろうなって、ずっと避けてたんです。

実際に読んでみても、解けそうな問題なんて一つもありませんでした。すごいんですね、数学を究めようとしてる人たちって。私には縁のない世界だなあって、思いました。だけど、そんなことを思いつつ、先生の作った解答だけは全部読んだんです。東大後期数学。文系の私には一生縁のない問題です。それでも机に向かって、ノートにいろいろ書き込みながら読みました。何日もかけて、何回も繰り返し読みました。多分、ひと通り理解できたと思います。ホントに、多分なんですけど。

久しぶりに、教室でさくら先生に数学を教わっている気分になりました。だから懐かしくなって、先生にお手紙を書こうと思い立ったんです。

先生に教えてもらっても、私は数学が苦手なままでした。だけど今では、なんとなくそれでもよかったんじゃないかって思っています。私は東大数学を解けるようにはならなかったけど、東大数学を解こうとして、うんうん唸《うな》っていろいろ考えた分、きっと少しは賢くなれたんじゃないかと。モノの考え方というのを学べたんじゃないかと。ただの思い込みかもしれません。

でも、さくら先生のおかげでそんなふうに思い込めるようになったんです。だってさくら先生は、すっごく頭が良くて、私の憧れの先生だから。先生はきっと、すっごくすっごく数学を勉強して、今の先生になったんですよね。だから私も、先生ほどじゃなくても数学を勉強して、ちょっとは頭が良くなったと……物事を筋道立てて考えられるようになったと思うんです。

憧れに、少しは近づけたかなって思うんです。

私、大学では教員免許をとりたいなって考えてます。そのための授業のこととか、単位のこととか、いろいろ調べて計画を立てて。まだ入学したばかりでよく分かってないんですけど、とにかくやってみようって。

さくら先生が私の憧れだったみたいに。少しでも、誰かを導ける人になれたらなって、そんなふうに思ってます。

さくら先生、私は東大に行きたかったです。不合格だったときは悔しくて、苦しくて、教えてくれた先生に申し訳なくて。本当に辛《つら》くて、目が真っ赤になるまで泣いてもまだ足りなくて。何もかもなかったことになってほしいって、ベッドの上で泣いていました。東大に、受かりたかったんです。

でも、それを言うのはこれで最後にします。

東大には行けなかったけど、東大を目指して勉強して、さくら先生に教われたことは、とっても嬉しかったから。七徳塾に通って、本当に良かったたって思えるようになったから。

私は、先生のことが大好きです。

私の自慢の先生です。

また会いに行ってもいいですか。

もちろん、勉学が第一だって分かってますけど、たまに、時間ができたときにでも。そのときにはまた新しい報告をいろいろできるように、頑張りたいです。

長々とまとまらない文章を書いちゃってごめんなさい。

さくら先生、本当にありがとうございました。

またお会いできる日を楽しみにしています。

里井佳菜子

階段を一階分だけのぼり、401教室へ。始業二分前であり、すでに受講生三十人ほどが待っていた。あの日、さくらがチョークで壁や床をグラフで埋め尽くした教室だった。

「あっ、言問先生」

「おはようございます」

「おはよーございまーす」

「うん、おはよう」

さくらは生徒たちに片手を上げて適当に返事した。するとちょうど、入口にもっとも近い席に座っていた男子生徒と目が合った。薄い眉と、坊主頭。がっしりした体格の浪人生。柏木《かしわぎ》竜一郎《りゅういちろう》は、満面に笑みを浮かべた。

「おはよっす、さくらちゃん」

「うん、おはよう」

「ちょっと分かんないところがあるんすけどね」

「いや、待って。もう始まるから、授業終わったらね」

「いいじゃん、あと二分あるんだから」

竜一郎は壁の時計をチラリと見てから、自分のノートをちょいちょいと指さす。さくらは苦笑し、歩み寄った。この手のかかる、弟みたいな生徒のノートを、覗《のぞ》き込む。

「ほら、前回の授業で紹介してくれてた、この整数問題」

「式は出来てるじゃん」

「この先が分かんなくって」

「そこは帰納法だよ、帰納法」

「出た、帰納法。MAS《マーズ》に勝ったヤツ」

「バカにしてるでしょ」

「してない、してないっすよ」

慌てる竜一郎の頭を、さくらは軽く小突く。だが軽口はそこまでだった。三秒経つ頃には、さくらも竜一郎も真剣に、目の前の問題と向き合っている。

竜一郎を含め、東大に落ちた生徒が何人も七徳塾に残ってくれたこと。

もしかしたら、勝ったこととか雑誌に載ったこととかよりも、それがさくらにとっては一番だったのかもしれない。

大手との戦いはまだまだ続いていく。そしてもちろん、予備校として本来求められているものは解答作成ではない。

東大へ。

来年こそはこいつを受からせてやると、さくらは静かに、心に誓った。

東京大学
1998年·後期日程試験

理科·数学　大問3

解　答

(命題)

(ア)　$n = 3k$のとき

n個の白丸は全て取り除け, Tは色を偶数回変化させる.

(イ)　$n = 3k+1$のとき

n個の白丸は全て取り除け, Tは色を奇数回変化させる.

(ウ)　$n = 3k+2$のとき

n個の白丸は取り除けない.

※ただし, $n = 0$は除く.

以下, Tの指数(右上の数値)は自身の色が変化した回数を表す. また◎は次に取り除く白丸を表す.

(i)　$n = 1, 2, 3$のとき

図のようになり, 成り立つ.

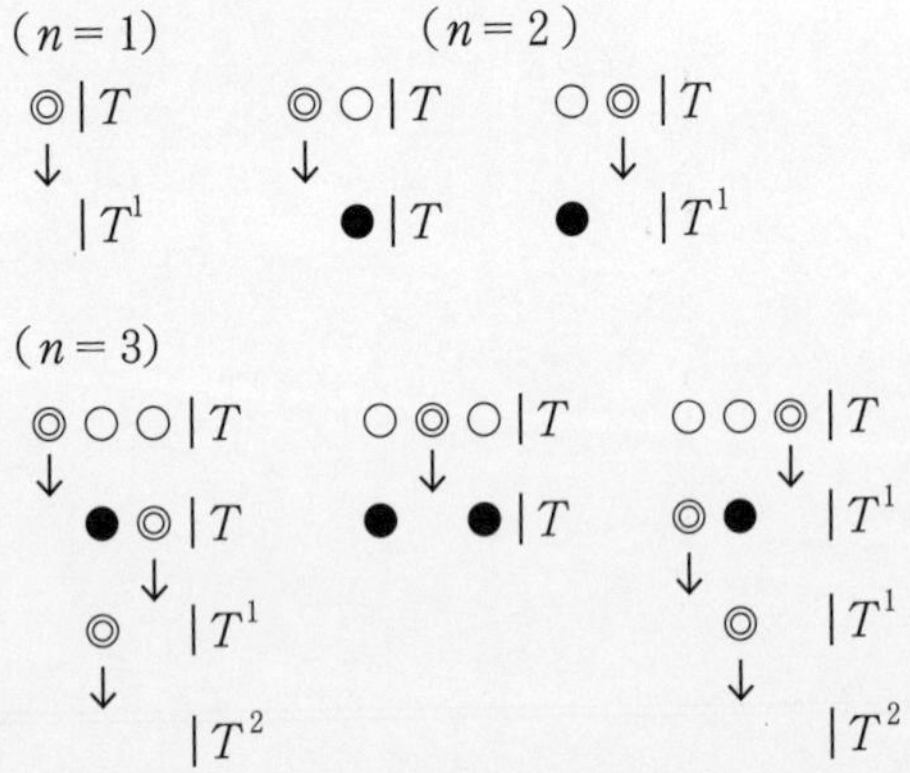

3

(1) 以下, 新しく付け加える白頂点(白丸)を ◎ で表す.

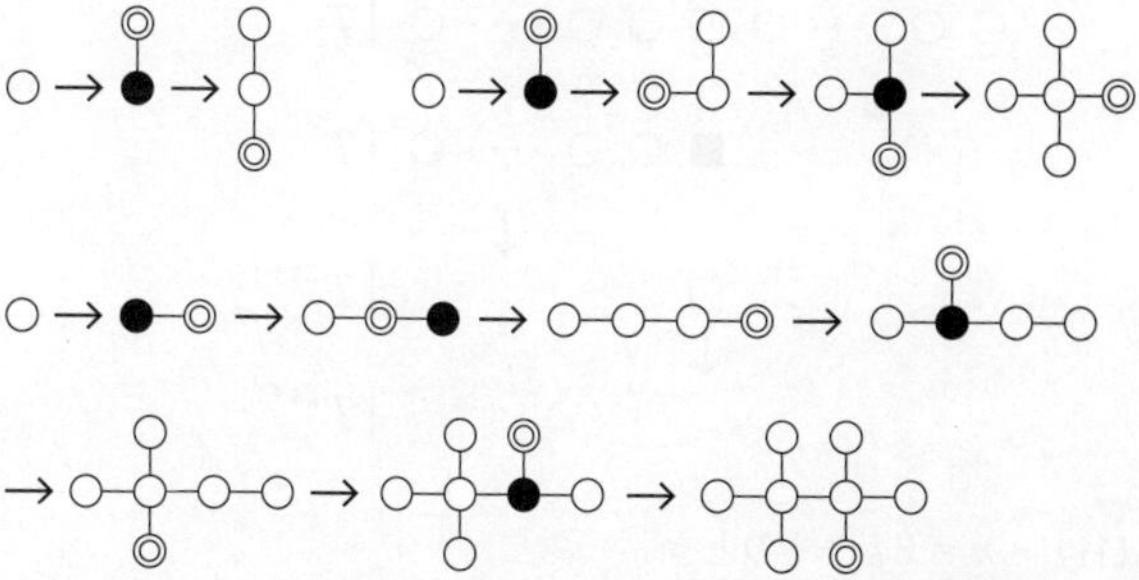

上のようにすれば, 3つのグラフは全て可能グラフであることがわかる.

(2) 以下 $k, l, m, s, \alpha, \beta$ は全て 0 以上の整数とする. また, 丸どうしの間にある辺は省略して書く. まず n 個の白丸を並べて,さらにその右に 1 個の白丸を付け加える(これを T とする).

○ ○ ○ …… ○ | T

この n 個の白丸に対して, 本問の逆操作を行う(白丸を一つずつ取り除く. その際, 隣接した丸の色を白ならば黒に, 黒ならば白に変化させる). このとき, 白丸を全て取り除くことができるならば, 可能グラフであり, また取り除くことができないならば, 可能グラフではない. 以下 T の色の変化について, 次の命題が成り立つことを, 数学的帰納法により示す.

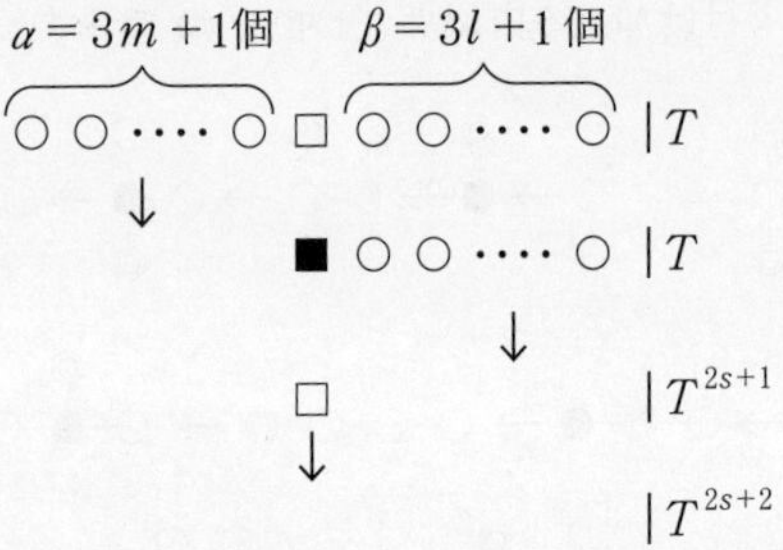

(ii)′　$n=3k+1$のとき

$\alpha+\beta+1=3k+1$より$\alpha+\beta=3k$であるから,(α,β)の組合せは

$$(\alpha,\beta)=(3m,3l),(3m+1,3l+2),(3m+2,3l+1)$$

である. (ii)と同様に考えると$(\alpha,\beta)=(3m,3l)$の場合を考えれば十分である.

□の左側（α個）の白丸を取り除くと, □は色を偶数回変化させ, 右側(β個) の白丸を取り除くと, □とTが偶数回（$=2s$とおく）色を変化させる. 最後に□を取り除くと,Tは1回色を変化させる. このときTの指数は$2s+1$, すなわち奇数となる.

よって命題は成り立つ.

(なお, αもしくはβが0のときも上記の議論は成り立つ)

次にnより小さい全ての自然数に対して，上の命題が成り立つと仮定する．また，以下の図において□はn個の中で最後に残る丸とし，それより左側にある白丸の個数をα，右側にある白丸の個数をβとする．ただし□ははじめ白丸で，変化の過程で黒丸になる場合は■で表す．

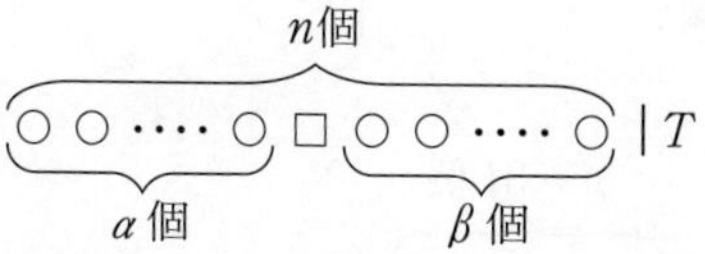

(ii)　$n=3k$のとき

$\alpha+\beta+1=3k$より$\alpha+\beta=3(k-1)+2$ であるから，(α,β)の組合せは

$$(\alpha,\beta)=(3m,3l+2),(3m+1,3l+1),(3m+2,3l)$$

である．$3l+2, 3m+2$型は仮定より白丸を取り除けないので，$(\alpha,\beta)=(3m+1,3l+1)$ の場合を考えれば十分である．

□の左側の白丸（α 個）を取り除くと，□は色を奇数回変化させる（■となる）．次に右側（β 個）の白丸を取り除くと，■は奇数回，Tも奇数回（$=2s+1$とおく）色を変化させる（■は□となる）．最後に□を取り除くと，Tは1回色を変化させる．このときTの指数は$2s+2$，すなわち偶数となる．よって命題は成り立つ．

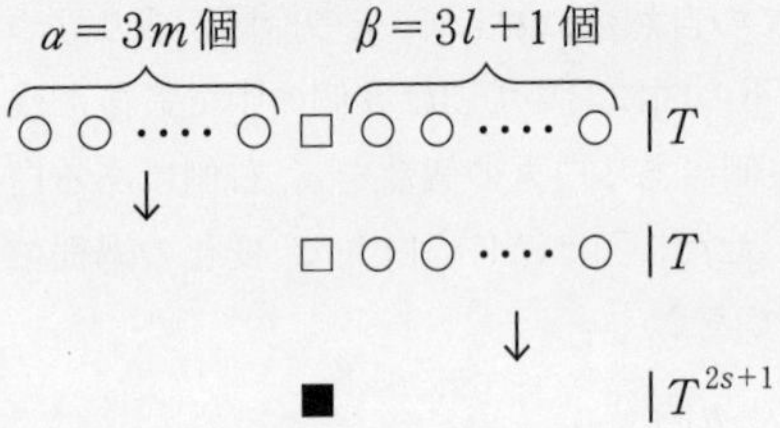

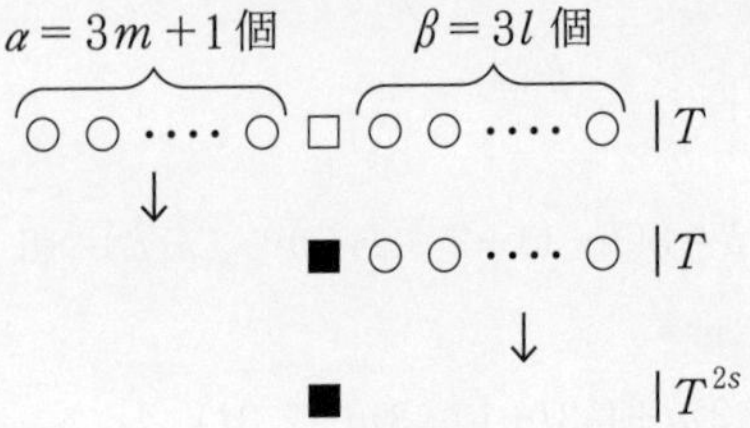

これらから全ての自然数nに対して，上の命題が成り立つ.
これは本問の操作において，可能グラフとなる必要十分条件が $\boldsymbol{n=3k}$，$\boldsymbol{3k+1}$であることを意味する(ただし$n=0$は除く).

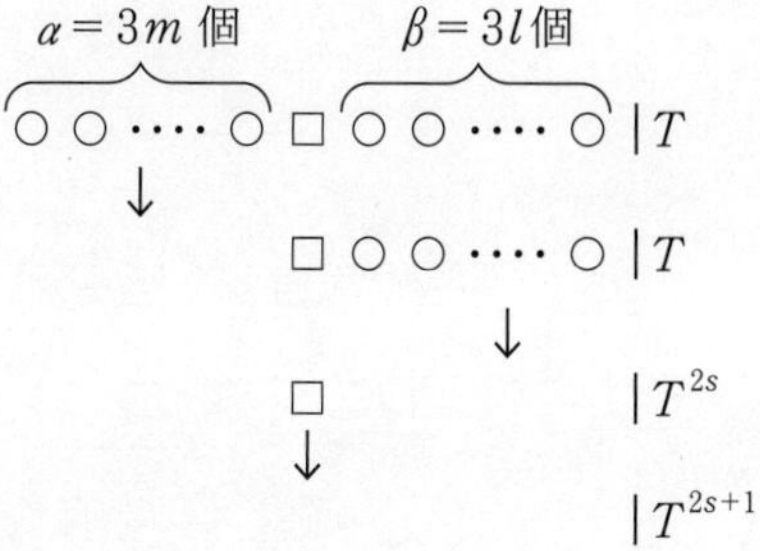

(ii)″　$n=3k+2$のとき

$\alpha+\beta+1=3k+2$より $\alpha+\beta=3k+1$ であるから,(α,β)の組合せは

$$(\alpha,\beta)=(3m,3l+1),(3m+1,3l),(3m+2,3l+2)$$

である. $(\alpha,\beta)=(3m,3l+1),(3m+1,3l)$ の場合を考えれば十分である.

どちらの場合も, □の左側, 右側の白丸を全て取り除くと, □は色を奇数回変化させ, 最後■が残る. これは取り除けない.

よって命題は成り立つ.

―本書のプロフィール―

本書は、小学館文庫のために書き下ろされた作品です。

小学館文庫

予備校《よびこう》のいちばん長《なが》い日《ひ》

著者 向井湘吾《むかいしょうご》

企画・監修 西澤《にしざわ》あおい

二〇二二年六月十二日 初版第一刷発行

発行人 石川和男

発行所 株式会社 小学館
〒一〇一-八〇〇一
東京都千代田区一ツ橋二-三-一
電話 編集〇三-三二三〇-五九五九
販売〇三-五二八一-三五五五

印刷所 ―――― 中央精版印刷株式会社

ISBN978-4-09-407150-4